天蚕土豆 作品

斗破苍穹

DOUPO CANGQIONG

12

陨落心炎

青岛出版社
QINGDAO PUBLISHING HOUSE

图书在版编目（CIP）数据

斗破苍穹 . 12, 陨落心炎 / 天蚕土豆著 . — 青岛：
青岛出版社，2015.10
ISBN 978-7-5552-2950-6

Ⅰ . ①斗… Ⅱ . ①天… Ⅲ . ①长篇小说—中国—当代
Ⅳ . ① I247.5

中国版本图书馆 CIP 数据核字（2015）第 235304 号

书　　名　斗破苍穹 12 陨落心炎
著　　者　天蚕土豆
出版发行　青岛出版社
社　　址　青岛市海尔路 182 号（266061）
本社网址　http://www.qdpub.com
邮购电话　13335059110　0532-68068026
责任编辑　刘　迅
特约编辑　赵桂芹　代　敏
照　　排　青岛双星华信印刷有限公司
印　　刷　青岛新华印刷有限公司
出版日期　2016 年 4 月第 1 版　2018 年 6 月第 5 次印刷
开　　本　16 开（710mm × 1000mm）
印　　张　15.75
字　　数　220 千
印　　数　36501-45500
书　　号　ISBN 978-7-5552-2950-6
定　　价　29.80 元

编校印装质量、盗版监督服务电话　4006532017　0532-68068638
本书建议陈列类别：畅销·青春幻想

CONTENTS

目录

第一章

强者交锋

高台之上，众人面面相觑，谁都没想到萧炎这匹最大的黑马，竟然会在这个关键时刻遇见真正的拦路虎。对战柳擎，内院之中有这实力的，怕也只有紫妍与林修崖了。虽然萧炎在前两场的战斗中表现得无可挑剔，可与柳擎这般真正的强榜巅峰强者相比，无疑有着极大的差距。

“萧炎这家伙算是要倒霉了。”严皓叹了口气，对身旁的林修崖等人道。

韩月也微蹙黛眉，虽说对于萧炎的实力她估计得颇高，但真要与柳擎这等高手比试，她也不得不承认，这之间有着不小的差距。

林修崖脸色平静，谁也不知道他在想什么，只是过了好一会儿，方才轻声道：“比赛结束后再下结论吧。虽然我也认为萧炎输的可能性较大，但不能否认，他也同样有胜算。他与柳擎间的比试，唉，不好说啊。”

身旁几人微微点头，目光却不由自主地扫向了柳擎。

此时，柳擎的眉宇间也闪现出一丝淡淡的错愕，只不过他并未表现出来，如同林修崖一般，神情平淡。

与柳擎的平淡相比，其身旁的柳菲却差点忍不住跳起来大声欢呼。昨日姚盛败在萧炎手下，可是令她憋了一肚子气，原本还在诅咒他在比赛中遇见表哥柳擎，却没想到，在这几乎是最关键的一场比试中，他还真这么倒霉与柳擎撞在了一起。这突如其来的惊喜，让柳菲在心中得意地吐出两个字来：“报应！”

“唉。”吴昊有些无奈地拍了拍萧炎的肩膀，想要说点什么，却又无从开口，只得轻叹了一声。

“喂，萧炎，要不我去帮你把柳擎揍一顿，让他不能出场怎么样？这样你就能直接晋级了。”紫妍把紫色马尾辫一甩，冲着萧炎扬了扬小拳头。

“拜托，对我有点信心好不好？”萧炎苦笑着摇了摇头，揉了揉紫妍的脑袋。环顾四周，他发现除了薰儿外，其他人脸色都有些凝重，当下不由得笑道：“虽然对手是柳擎，但也不用这般哭丧着脸吧？比试可还没开始呢。”

闻言，吴昊等人也只得勉强笑笑。他们知道萧炎对于进入前十名有多在意，如今在这最关键的时刻却遇到了柳擎，想必他心中也颇为烦躁吧。

望着吴昊他们比自己还郁闷的模样，萧炎无奈地摇了摇头。柳擎固然很厉害，可真要拼起来，谁胜谁败还不一定呢。以他现在的实力，若是彻底放手一搏的话，别说是斗王强者，就算是斗皇，萧炎也能打他个稀里哗啦。毕竟，一旦施展真正的大型佛怒火莲，那种破坏力连药老都不得不惊叹。他可并非是吃素的。

当然，大型佛怒火莲的副作用也很大，不到生死关头，萧炎不会轻易动用。这东西，是他最后的底牌。

场中的窃窃私语持续了一会儿后，大伙便逐渐将目光再度投回了裁判席上。

苏千的目光缓缓从萧炎那里收回来，心中也只能暗暗祈祷这位年纪轻轻便掌控着异火的青年，能够再度展现一次奇迹，在柳擎这等强者的阻拦中，闯进前十名！

“第一场比试：严皓对钱陌！”

随着苏千一声发令，场中人们的注意力终于转回到即将开始的比赛，一道道目光射向了高台上的两位选手。

众目睽睽之下，严皓先站起身来，这位身材瘦削的汉子，面不改色地行至高台边缘，随后利落地跳了下去，重重地落在场中。

见严皓进了场，肥胖的钱陌无奈地站起身来，然后浑身肥肉一颤一颤地慢慢走到高台边缘，只见他将浑身肥肉微微收紧，一股淡淡的风旋在其周身凝聚，旋即那颇为庞大的躯体，便在众人目瞪口呆中犹如气球一般，慢慢地飘下了场。

“竟然还是修炼的风属性斗气。”众人忍不住抹了一把冷汗，飘逸灵活的风属性斗气，被这家伙这么一展现，简直有种面目全非的感觉。

不过，虽然钱陌的外貌形象不太雅观，但大家心中清楚，能够在强榜占据前十位置的人，实力无不是那种极为恐怖之辈，可不能以貌取人，小瞧了他们。

随着严皓和钱陌的入场，看台上的气氛顿时变得火热。两人都名列强榜前十，不得不说这番比斗将极为精彩。

在苏千一声淡淡的“比试开始！”后，场中两人瞬间抽出各自武器。严皓依然是那柄乌黑的巨大铁锤，钱陌却在一干人愕然的目光中，从纳戒里抽出了一大把圆形锯齿样的金黄之物。这些黄灿灿的东西，仅有巴掌大小，可周身一道道锋利的锯齿，却隐隐泛着瘆人的寒光。

“据说钱陌的这个武器叫作金环锯，用它投掷极其精准，力度狠辣，与人打斗时若将十来把金环锯一起甩出来，那可让人够受的。”吴昊在萧炎身旁低声道。

“哦？”萧炎饶有兴趣地挑了挑眉头，没想到这胖子竟然还有这手绝活儿，看来能够进入前十的人，都有几把刷子呢。

在看台上一阵阵的窃窃私语中，就见那钱陌对着严皓拱了拱手，干笑道：“严大哥，待会儿下手可要轻点，你那乌钢锤一砸下来，我这身板怕是当场会变成一堆肉酱。”

“少说废话，钱胖子，我好久没撞见你了，不知道你那金环锯比以前厉害了多少？”严皓笑骂了一声，将手中乌黑的铁锤重重一挥，那股尖锐的破风声响，令看台周围的人忍不住捂住了耳朵。

钱陌抖动着脸上的肥肉笑了两声，旋即脸色逐渐凝重，右手握住一柄金环锯，浓郁的斗气从体内暴涌而出，一股股风旋在周身形成，最后在斗气的操控下，凝聚在手中的金环锯上。

猛然间，一声低喝响起，钱陌手臂陡然一震，闪烁着金光的金环锯犹如一抹金色闪电，向严皓暴射而去。

金色闪电速度惊人，众人只能模糊看见一条金线从眼前闪过，那闪电便已经要击中严皓。

“嘭！”

乌黑的铁锤狠狠地砸在地面上，顿时，手臂粗的裂缝急速蔓延，一股极其雄浑的深黄色能量从裂缝之中暴射而出，刚好击中那一闪而过的金黄“闪电”，将之撞得直飞上天。

“再来！钱十环，还有九环，哈哈！”严皓一声大笑，体内斗气急速涌动，其身体表面的皮肤此刻变得犹如岩石，透出灰白的颜色。

钱陌苦笑着叹了一声，严皓的斗气属于地系类别，并且还是较为稀少的岩斗气。这种斗气能将修炼人的身体变得如同岩石一般坚硬，刚好能克制他的金环锯。

“钱陌无论实力还是属性都被严皓压制，想取胜很难，而且施展金环锯极为消耗斗气，以他的实力，仅能施展出十次最强攻击。因此在内院，钱陌也有个外号叫作钱十环。”吴昊像解说员一样，滔滔不绝地向萧炎介绍那些他从未听过的新词。

萧炎微微点了点头。金环锯并不适用于这种光明正大的比赛，它最能发挥其威力的地方，应该是用于偷袭。想想看，若是行走于山林小道，突然间从一个你意想不到的角落里射出这么一柄金环锯，那是何等令人恐怖的事啊。

场中，钱陌似乎也醒悟到自己的弱点，然而他束手无策。当初他的导师就说过，他若是去当杀手，恐怕可以混得风生水起，可若是正面与人挑战，那么战斗力将会大打折扣。

一柄柄锋利无比的金环锯，接二连三从钱陌手中如闪电般暴射而出，但是不管他投出的角度如何刁钻，对于严皓都没起多大作用。因为后者几乎将所有的斗气全用在了防御上，就算偶尔失手，锋利的金环锯射在他身上也仅仅留下一道长长的灰白痕迹。

虽然像这样将斗气全部用来防御很消耗斗气，可与钱陌施展金环锯相比，却要好许多。因此，他们两人的这番战斗，几乎就是在比拼谁的斗气更加雄浑。

这种一攻一防的战斗，虽然在一些寻常学员眼中颇为精彩，可对于萧炎等人来说却略有些无聊。因为谁都知道，这场比试，钱陌已落入下风，在严皓的全力攻击下，他根本就破不开对方的防御。

战斗在持续了将近半个小时后，钱陌终于罢手，将手中最后两柄金环锯收好，旋即在周围错愕的目光中，乖乖地举手认输。

钱陌认输并未出乎萧炎等人的意料。经过短暂的等待，第二场战斗也接踵而至。

紫妍对秦镇，实力悬殊更大的一场比试。

紫妍在第一时间便闪身进入场中，昨天被一头斗皇阶别的魔兽搞得满心火气的她，现在急需找个人来好让她发泄一下。因此，紫妍一入场便挽起了袖子，乌黑的大眼睛狠狠地扫视着高台上的人群。

望着紫妍的这副表情，高台上的众人都忍不住缩了缩脖子，心中不断地为秦镇叫苦。

然而，紫妍上场后好半天，那秦镇也未曾露面。就在众人等得有些不耐烦了时，一个弱弱的声音方才响起："秦镇说他肚子疼，就不参加比赛了。"

大家面面相觑，这也太戏剧了点吧？

萧炎等人搓了搓有些僵硬的脸庞，紫妍以前究竟干了什么，竟然让这些强榜高手对她如此忌惮甚至惧怕？

苏千等长老也无奈地摇了摇头，倒也并未怪罪秦镇。他们同样清楚，紫妍本就是强榜上一个怪物般的存在，就算是林修崖、柳擎这般人物，也不敢捋其虎须，更何况其他人。

"既然秦镇自己认输，那么便开始进行最后一个前十名额的争夺吧。"苏千站起身来，干咳了一声，缓缓地道。

随着苏千话音落下，场中一道道目光立即射向高台，最后停留在了萧炎与柳擎两人身上。

今日的三场战斗，恐怕这一场才是最令人期待的吧！

新人黑马与老牌强者的交锋！

满场寂静，所有的目光都聚集在高台上的两人身上。

在众目注视下，柳擎率先缓缓地站起身来，随即便在柳菲一脸的崇拜下大步走向高台边缘，接着闪身跃下。

双脚重重地踩在场中，柳擎抬起头来，目光直视萧炎那边，眼神中透出一丝急切。这强榜大赛中，他最看重的对手当属林修崖，而对其他参赛者倒并未太当回事。但是这两天来，萧炎所表现出来的不菲战斗力不由得让柳擎这等强者对他多了一些关注。能够在与林修崖战斗之前，与这位最受瞩目的黑马过过招儿，倒也如同大餐之前的开胃菜一般，提一提兴致，所以他对这场比试颇有兴趣。

随着柳擎的上场，全场人的目光顿时都汇聚在了萧炎身上，大家心里都在暗自揣测，这位今年的新人黑马，在面对柳擎这等老牌巅峰强者时，是否还能经得起考验，百战百胜？

感受到全场人期待的目光，吴昊等人无奈地摇了摇头，旋即也转头望着身旁的萧炎。

面对众人的目光，萧炎面不改色，并未因为对手是柳擎而有丝毫的惧怕，他站起身来，缓步走向高台边缘。

“萧炎哥哥加油！”身后，传来薰儿轻柔的助威声音。

萧炎并未回头，只是对着身后挥了挥手，脚尖一点地面，淡淡的银芒在脚底浮现，旋即身形闪掠间便出现在那宽敞的场中。

脚掌轻轻落于场上，萧炎抬起头，目光刚好与对面的柳擎相撞，四目对视，皆有些莫名的意味掺杂其中。

对于萧炎来说，他一直竭力避免与柳擎、林修崖这等强者正面碰撞，因为他需要进入前十，陨落心炎对他太过重要，他必须保证万无一失。所以，一直以来他都是采取能避则避的态势。但是如今已无路可退，倒是令他心中生起一股激情。萧炎对战斗的渴望虽然不像吴昊等人那般疯狂，可遇见真正的强者，他依然会感觉到体内澎湃的战意！

"既然当下的战斗不可避免,那便彻底地放手一搏吧！"萧炎深深地吐了一口气，在心中喃喃道。

"但愿你不会令我失望。"目光对视间，柳擎忽然开口，声音略有些低沉，也如同其气势般，带着一股凌厉霸道的意味。

"我自会拼尽全力。"萧炎笑笑，手掌握住身后的重尺柄，旋即猛然一抽，重尺斜指地面，压迫劲风带着呜呜声响起。

柳擎瞥了一眼萧炎手中重尺，眼中闪过一抹惊异。从当初萧炎与白程战斗时，他便知道这柄巨大的重尺或许会有些神奇的地方，如今亲自面对，听得那股撕裂空气的压迫声响，他心中更加确定，对方手中的重尺，怕是和自己的裂山枪一样，极为沉重。

"难怪重尺离手后，攻势不减反增，原来他也是经常背着重尺修行。"心中的这个念头一闪，柳擎对萧炎不由得再次高看了一些。能够坚持不懈地采用这种方法修行，若非性子坚韧之辈，可着实难以长久。

心里琢磨着，柳擎并未立刻使用背后一直未曾动过的裂山枪，那显得有些硕大的双手缓缓探出，时而卷曲，时而舒展，形成一个个古怪而奇异的爪形。

"不要说我轻视你，裂山枪，只用于够资格的对手，我希望待会儿你能具备这个资格。"柳擎瞥了萧炎一眼，淡淡地道。旋即他用手爪猛然在面前一个劈拿，无形劲风暴射而下，在地面上留下几个细小的凹槽。

萧炎笑了笑，却并未接过话头。他明白，对柳擎这种强者来说，除非你表现出真正让对方重视的实力，不然的话，他才不会拿正眼瞧你呢。要不是自己前几场比赛表现不错，恐怕现在柳擎连这些话都懒得和自己说。

场中两人的对话，也传到了广场边缘的看台处，但众人却并不觉得柳擎嚣张狂妄，反而在心中暗自赞叹，不愧是霸枪柳擎，如此霸气，内院几人能敌？而这个，便是实力带来的差距。若是柳擎不具备这种实力而又说这等话，恐怕当场就得被人在心中骂作狂妄自大吧。

高台上，柳菲美眸含情脉脉地望着场中那道让人极有安全感的宽厚背影，那股霸道凌厉的气息，最是让她沉醉与爱慕。

“哼，好好看着，看表哥如何打败那个家伙。”柳菲突然轻哼了一声，偏头对着一旁脸色略有些苍白的姚盛道。

“以老大的实力，打败他自然易如反掌，不管他怎么蹦跶，最终也不过是一条难以掀起大浪的虫子而已。”姚盛目光阴冷地盯着场中的萧炎。这次败在萧炎手中，对他的打击可谓不小，心胸本不宽阔的他，自然是将失败所受到的侮辱都归在萧炎身上。只不过，说这话时他却忘了，被一条在他看来是虫子的人打败，那他自己又是什么？

姚盛的话，顿时令柳菲脸颊上的得意神情更加浓郁，美眸悄悄地扫向对面高台上坐着的那位少女，微微咬了咬银牙。从女人的角度看，对方的容貌连她都挑剔不出什么瑕疵，但也正是因为对方的完美，她方才始终记恨着。女人善妒，这话一点都不假。

当高台上各处都响起窃窃私语时，裁判席处，只见苏千微微挥了挥手，满场的声音顿时低了下来。

目光望着场中对峙的两人，苏千也不免生出一些期待，这两人虽然看似差距颇大，不过这比赛依然是悬念迭起。或许大多数人会认为柳擎胜算的可能性极大，但是这么多年的经验告诉他，萧炎的胜算率也不低，这场比赛，纵然是眼光老辣的他，也看不出究竟谁胜谁负。

“既然参赛者都已经上场，那么，我宣布，这场决定前十最后一个名额的比试，正式开始！”目光环视四周，苏千淡淡的声音，终于在无数人的期盼下姗姗而至。

随着苏千话音落下，整个广场顿时沸腾了，一道道火热的目光，注视着场中二人。他们清楚，这届大赛自开赛以来最精彩的一场战斗，即将火爆展开。

场中，一股极为霸道的气势，在苏千话落之后，便猛然间从柳擎体内爆发而起，这股气势之强，就算是远隔战场的看众，都有种呼吸困难的感觉。

随着一股略微偏淡的金色斗气从柳擎体内涌出，那对硕大的手掌，似乎也在此刻再度涨大了一分，指节骨微微弯曲间，迸发出犹如豆子被碾碎时的清脆声响。

弯曲成诡异弧度的手爪随意在面前撕裂而过，顿时，空气一阵波动，一道若隐若现的真空痕迹出现在手爪所过之处，旋即迅速湮灭。

虽然很多人并未正面相对，可依然能够从柳擎所释放出的那股霸道气势中感受到其中的强烈压迫，因此，有不少人对那依然能够立于场中，脸色保持不变的萧炎感到佩服。

手中印结迅速结动，瞬间，青色火焰暴涌而出，猛然高涨的温度顿时让柳擎气势的蔓延慢了下来。

“天火三玄变：青莲变！”

心中低喝落下，弥漫身体的青色火焰嗖的一声收进体内，而随着火焰入体，萧炎的气势也水涨船高，虽然仍不能与柳擎相媲美，可至少能够与之僵持一二，不会显得太过弱势。

战斗还未开始，萧炎便将天火三玄变施展了出来，足可瞧出他对柳擎是何等的重视。他心中清楚，若是不使用天火三玄变将实力提升的话，恐怕刚一对战，便会一败涂地。毕竟，半只脚已经跨进斗王阶别的柳擎，实力可远远比寻常的斗灵巅峰要强。

感受着体内如奔腾湖水般轰然流淌的雄浑斗气，萧炎长长地吐了一口气，手臂一震，袖袍此刻犹如铁块一般，发出锵锵的异样声响，重尺斜指地面，青火斗气缭绕其上，无形的炽热劲风将地面烤炙得略显干燥。

萧炎的目光缓缓抬起，望着对面同样被斗气附体的柳擎，猛然间，一道低喝声在场中响起，旋即淡淡的雷鸣声传出，一道模糊黑影拖着巨大黑尺，带着勇往直前的凶悍气势，在无数道炽热的目光中，对着那静立不动的柳擎暴射而去！

这般差距悬殊的战斗，萧炎却敢率先发动攻击，光是这份勇气就令不少人暗自赞叹。

几十米的距离，几乎是眨眼便至，场地中，两人瞬间接近，目光对视，那股压抑的战意，在此刻终于彻底爆发与沸腾！

两道人影，在无数道目光注视中，犹如陨石相撞般轰然对碰，溅射起滔天的斗气余波。

“刺！”

萧炎手中重尺划破空气，犹如一抹黑色闪电，携带着令空间都为之波动的凶悍劲风，狠狠地对着面前稳如泰山的柳擎劈砍而下。

那股劲道之强，连尺身下的空气都被尽数驱逐，低沉的音爆声，犹如在地底响起的爆炸声般，沉闷而瘆人。

强烈的劲风压迫使柳擎的衣衫紧紧地贴在皮肤上，然而其面庞，却并未因那凶狠劈砍而来的重尺而有所动容，眼睛淡淡地望着重尺，在它距脑袋只有半尺远时，柳擎脚步方才随意地朝左方轻轻移了一步。

重尺轰然落下，却极为惊险地擦着柳擎肩膀落下，并未伤及对方丝毫。而在其攻击落空的霎时，柳擎左手爪猛然微微一曲，旋即对着左方一拍。

看似随意拍动的手爪，却极为精准地在重尺落下霎时，拍在尺身之上，顿时，一股强悍劲力暴涌而出，将重尺拍得横飞了一尺远，刚好将萧炎那原本想要立刻转变攻势的打算给阻拦了下来。

重尺接下来的攻势被截断，萧炎整个人的气势也在此刻出现了一眨眼的停滞，而柳擎却抓住这丝极难发现的停滞瞬间，掌心朝地，曲成细微弧度，犹如极为锋利的兽爪一般，手臂一震，锋利手爪便带起一股冷锐劲风，对着萧炎胸膛重砸而去。

重尺被弹开，萧炎瞬间有所反应，左手闪电般避开，五指紧握，雄浑斗气在拳上急速凝聚，旋即狠狠击出，刚好与那暴射而来的手爪轰然碰撞在一起。

“嘭！”

一拳一爪狠狠碰撞，低沉的音爆声在接触点骤然响起，一道令空间泛起阵阵波动的劲气涟漪，迅速暴涌而出，向四面八方扩散。

“噔噔……”

身体一阵剧烈颤抖，萧炎脚步疾速后退，每一步落脚都使得那极为坚硬的地面上出现一丝丝裂缝，如此连续好几步，萧炎喉咙间响起一道闷哼，旋即右脚狠狠一跺，顿时，落地处的那块坚硬地面，瞬间被崩裂成极为细小的碎片。

将从手中传来的劲气彻底卸除，萧炎方才脸色凝重地抬起头来，望了望那仅后退了一小步的柳擎，正面碰撞，对方实力几乎是稳稳压过他一筹。

深吸了一口略显清凉的空气，萧炎目光紧紧地盯着对面不动声色的柳擎，他心中清楚，与这等不仅实力强横，而且战斗经验也极为丰富的对手战斗，时间拖得越久对自己越不利，所以，想要将胜算最大化，那么便需要在最短的时间里，取得最大的攻击成效。

然而，虽说心中也知道何种战法对自己最有利，可萧炎依然有些犹豫。柳擎并非寻常对手，只要自己稍稍露出破绽，恐怕就将会面对如同狂风暴雨一般的疯狂攻击，自己在等待着最好的出手机会，对方又何尝不是？最令人郁闷的还是对方有足够的时间气定神闲地静待萧炎气势衰竭，可他却必须在一定的时间内取得攻击成效，这等心态比较下，萧炎无疑便落了下风。

心中苦笑了一声，将那纷乱的念头尽数甩出脑子，萧炎紧握了一下尺柄，眼睛微眯，望着对面同样将注意力完全停留在自己身上的柳擎。片刻后，他的身体突然微微前倾，脚掌猛然一蹬地面，顿时其整个身子离地半尺远，继而转起来，而随着身形的旋转，他手中的重尺却陡然离手而出，带起一道极为尖锐的破风声响以及压迫劲风，犹如一道模糊黑影，闪电般地穿破空间的阻碍，对着柳擎暴射而去。

萧炎突如其来的甩尺攻击，令柳擎眼中闪过一抹诧异，但他脸色倒未曾有多大的波动，双掌猛然曲成爪形，旋即脚步不退反进，一步轰然落下，有些显得硕大的手爪，被一股淡金色的斗气包裹其中，微微下探，顿时，手爪间赫然出现了一截模糊黑影！

被淡金斗气包裹，柳擎手爪猛然用力一握，那犹如闪电般的模糊黑影骤然停滞半空！

虽然在手爪将重尺夹住后，柳擎也被这股凶悍劲力震得连退了好几步，方才彻底将重尺上所蕴含的劲气化解，但是这种仅仅凭借一爪之力，便轻易地将萧炎这足可震裂一块山岩的重尺接下，不得不说，这家伙的实力当真是有些恐怖。

五指弯曲成一个颇为怪异的弧度，刚好每个指头都与重尺有所接触，几个巧妙的接力点，再加上本身斗气的雄浑，方才会看似轻易地接下萧炎的攻击。

手爪夹住重尺，其上所蕴含的恐怖重量，顿时就令柳擎脸色一惊。他虽然早就预料到这柄重尺会很沉，可如今一握上手，方才惊讶地发现，这尺子可比自己的裂山枪沉多了。

心中刚刚升起一抹惊讶，一道震惊旋即涌现，因为在握住重尺之后，柳擎有些骇然地发现，体内原本流淌得极为顺畅的斗气，却忽然间变得凝滞了。

“这尺子有古怪！”心头闪电般地闪过一道念头，柳擎手爪几乎是在同一时间猛然松开，而失去了牵制的重尺则无力地滑落而下。

重尺滑落的瞬间，忽然有细微的低低雷鸣声响起，柳擎眉头一皱，瞬间抬头，一道模糊黑影鬼魅般地出现在了咫尺外。

借助着柳擎因为玄重尺而失神的一霎，模糊黑影瞬间闪至近前，五指猛然紧握，体内斗气在此刻疯狂运转了起来。

“八极崩！”

低沉喝声突兀响起，萧炎拳头狠狠对着柳擎砸去，拳至中途，劲风暴涨，不绝于耳的低沉气爆之声，犹如鞭炮一般，在众人耳边响起。

比先前任何一次都要狂猛的攻击，令柳擎的眼睛不由得也微微虚眯起来，他能够感应得出，萧炎这一凶悍无比的攻击，正是打败白程、姚盛的强悍近身攻击。

“想靠这便打败我，还差了点，不过对你这近身斗技，我倒是想看看，能否与我的大裂劈棺爪抗衡。”

脸庞上浮现出一抹笑容，柳擎手爪猛然弯曲成诡异弧度，淡金色的斗气缭绕在指尖处，微微吐缩，泛着森冷寒芒。

“大裂劈棺爪！”

爪心朝下，柳擎脸庞上的笑容瞬间收起，手臂一探，手爪便暴射而出，无形的劲风在爪前形成若隐若现的光弧，声势极为惊人，丝毫不比萧炎的八极崩逊色。

望着场中那竟然选择最直接的肉体交战的两人，看台上响起阵阵的惊呼声。众人都能够看出两人对于近身搏斗皆有着不浅的造诣，但是他们同样也都清楚，这种近身肉搏与武器交锋比起来，可是稍稍显得有些血腥与暴力了一点。当然，男人对这一交战方式，似乎没有丝毫的排斥，这从那些突然间变得满面红光的男学员身上可以看出。

吴昊等人也在此刻身体紧绷了起来，一个不慎，这种肉搏几乎可以导致重伤落败的下场。虽说他们很了解萧炎的近身搏斗，但柳擎同样也是一个此中高手啊。

“萧炎这近身斗技，恐怕等级不比大裂劈棺爪低，不过就是不知道能否敌过正面碰撞。”严皓凝重地望着萧炎所带起的劲风，忽然开口道。

林修崖目光眨也不眨地望着场中，听得严皓的话，他却缓缓摇了摇头：“怕是不能，我见萧炎施展过几次这种斗技，爆发力的确极强，但论后续爆发，却比不上大裂劈棺爪。毕竟，柳擎在这上面的锤炼，已经真正达到了炉火纯青的地步，若是柳擎将萧炎的攻击接了下来，那么他下面的反击，恐怕会令萧炎失败。”

闻言，一旁的严皓、韩月几人都微微点头，旋即目光略有些担忧地望着场中瞬间爆发的碰撞。

在无数道目光注视下，场中那各自蕴含着极强破坏力的一拳一爪，终于轰然对撞！

“嘭！”

嘹亮的劲气炸响，突兀地在场中回荡，一股堪称劲气风暴的涟漪骤然从两人接触点暴涌而出，涟漪过处，地板不断地发出不堪重负的咔嚓声，一道道裂缝，犹如蜘蛛网一般从两人身下急速蔓延。

劲气风暴所造成的破坏力，直接令看台上响起了一阵咂嘴的声音，这可是极为纯粹的肉体力量啊，破坏力竟然如此恐怖。

场中区域，一拳一爪像黏附在了一起似的，一股无形的劲气不断地从两人脚底泄出，然后众人便看见，那极为结实的地板正在迅速崩裂，随后化为极为细小的碎片，甚至最后碎片直接被震成细粉！

萧炎眼睛死死地盯着对面面无表情的柳擎，手臂在此刻哆嗦起来，两者正面相撞的那股反冲力，几乎令他整条手臂都麻木了，他心里也微微一沉。这一次，以往一直百无一失的八极崩，也未取得多少效果，萧炎能够感应到，当八极崩的暗劲刚刚侵入柳擎体内时，便被一股更加刚猛的劲气给震散了。

八极崩所产生的劲力正在急速削减，而那紧紧抓着自己拳头的硕大手爪，却没有丝毫放松的迹象。

“爆发力尚可，但后续不足！”某一刻，犹如石雕般的柳擎，却突然缓缓开口，冲着萧炎一笑，淡淡地道，“怕是得结束了！”

声音刚落，其手爪猛地诡异一按，瞬间便突破了萧炎的手臂阻拦，直射向他的胸膛，爪风凌厉无比，若是被击中，萧炎落败几乎是定局！

一直垂下的左手，却早有准备地迅速结出印结，萧炎微微一笑，炽热的青色火焰从体内暴涌而出，而随着火焰的涌现，一副坚不可摧的火焰盔甲，便突兀地套在了萧炎身上。

“那可未必！”

随着萧炎笑声落下，那青色的火焰盔甲瞬间将其身体牢牢地包裹在内，眨眼间，萧炎的身影便消失在了盔甲之下。

萧炎火焰盔甲凝聚的速度快得很，乃至于当柳擎锋利手爪骤然接触时，那火焰盔甲已经彻彻底底地完全凝形。

突兀出现的火焰盔甲令柳擎瞳孔微微一缩，这般近距离的接触，火焰盔甲上那极为炽热的温度，令其身体上隐隐传来一阵灼痛，当下心中大为感慨，这家伙的青色火焰果然有些诡异。

“我倒是要看看，你这盔甲是否真能抵挡任何攻击？”目标近在咫尺，想要收回攻击已然来不及，因此柳擎眼中也涌上一股冷然，攻势不收反进，体内斗气狂猛涌动，淡金色的斗气在体表暴射出刺眼的光芒，将那股炽热的温度隔绝了开去。

因为体内斗气的催动，柳擎爪风在一瞬间变得越加凌厉，旋即，锋利手爪终于重重撞击在那火焰盔甲之上！

两者相撞，犹如钢铁碰撞的锵锵声，极为清脆地在场中回响。

随着这道声音的落下，只见那极为坚固的盔甲表面顿时出现了一个不浅的凹痕，而隐藏在火焰盔甲下的萧炎，也如遭重击地退后了一步，虽然火焰盔甲隔绝了大部分劲气，但是依然有一些暗劲透过盔甲，将其震得身形摇晃。

“锵！锵！”

萧炎脚步一退，那柳擎却犹如鬼魅般瞬间跟上，双爪之上金光璀璨，一道道残影留在半空，而那金光锋利的双爪则源源不断地落在了那火焰盔甲之上，顿时，那令人胆寒的锵锵声响彻整个场地。

在柳擎这等疯狂攻势之下，那坚固无比的火焰盔甲上的凹痕越来越多，到最后，几乎是千疮百孔。萧炎则被那股极为强横的劲力震得退后了十几步，而这，还是有着火焰盔甲阻绝了绝大部分劲力的结果，难以想象，若是萧炎没有暗中留着这一手，一旦那足可碎金裂石的锋利手爪结结实实地击打在他身体上，至少也得当场因为重伤而失去战斗力。

广场看台上，无数人满头大汗地望着场中那舞出道道残影、进行着疯狂攻击的柳擎，心中皆暗道，不愧是霸枪柳擎，这攻击起来的确是霸道绝伦，令人胆寒。为柳擎攻势凌厉而咂舌的同时，众人也不免为场中的萧炎感到惊叹，面对着柳擎如此狂暴的攻击，他虽然落入下风，却并未落败，这等本事，足以令众人叹服："难怪柳擎、林修崖如此看重他，这匹新人黑马的确有本事。"

在短短十几步的距离中，柳擎舞出的道道残影，足足有着近百道劲气毫不留情地砸在了火焰盔甲之上，而面临着如此重击，那极为厚实的火焰盔甲也濒临崩裂的边缘，连盔甲的颜色都变淡了许多。

高台上，柳菲一脸狂喜地抓住身旁姚盛的手臂，声音因为激动变得有些尖锐，大叫道："那个家伙要败了！"

一旁，姚盛的目光紧盯着场中，却微微皱了皱眉。他实力远胜柳菲，眼力自然也要毒辣一些，虽然场中萧炎被震得连连后退，可亲自与他战斗过的姚盛却清楚地知道那该死的火焰盔甲有着多么恐怖的防御力。

"萧炎那家伙战斗意识很出色啊，竟然能在一瞬间将火焰盔甲凝聚出来，想必应该是早有准备吧。"严皓咂了咂嘴，惊叹地道，"不过幸亏这家伙留着一手，不然的话，没有火焰盔甲的防御，柳擎这猛然间爆发出来的恐怖攻势，足以把他重伤。"

"不过火焰盔甲似乎也阻挡不了柳擎的攻势啊，看样子，那盔甲也快要破裂了。"韩月皱了皱黛眉，任谁都能看出，萧炎身上的火焰盔甲恐怕已经坚持不了多久。

林修崖眼睛死死地盯着场中，片刻后，方才缓缓开口："柳擎的这次攻击对萧炎造成的伤害并不会太大，虽然现在看似萧炎被打得毫无还手之力，但其后退的步伐，却井然有序，丝毫没有慌乱，想必……咦？"话音还未落，林修崖眼中忽然闪过一抹讶异，他突然感受到场中天地能量悄然波动了起来。

"怎么了？"那丝波动极为微弱，似是被什么东西遮掩了一般，因此就连严皓都未曾发现，于是他开口疑惑地问道。

林修崖眼眸微眯着，瞬间，感应到了什么，目光猛然投向在柳擎疯狂攻势下不断后退的萧炎身上，嘴巴微微动了动，旋即眼露惊诧地喃喃道："萧炎或许要反击了。”

“反击？”闻言，严皓等人微微一怔，微皱眉头望着那在柳擎攻势下，基本上是一溃千里的萧炎，实在看不出有半点反击的迹象。在他们眼中，若是柳擎这攻势再持续一会儿，等萧炎身上火焰盔甲彻底崩溃时，怕也就是胜负分出之刻了。

林修崖轻笑了一声，却不点破，只是淡笑道：“没想到萧炎那家伙还挺狡猾的，果然是个难缠的对手啊，即使面对柳擎，也没有出现丝毫的慌乱。”

严皓等人面面相觑了一眼，皆无奈地摇摇头，刚欲再度询问，广场上却猛地响起一阵哗然声，当下目光连忙转向场中，不由得一惊。

场中，在柳擎那如暴风骤雨般的疯狂攻击下，那坚实无比的青火盔甲，终于走到末途，当柳擎一记利爪再度狠狠砸在一处凹槽之上时，整个盔甲瞬间剧烈颤抖了起来，旋即，在无数道惋惜的目光中，随着一道清脆的咔嚓声响，那接下了柳擎将近百道攻势的盔甲，终于爆裂开来，化为虚无。

随着盔甲的消失，隐藏在其中的萧炎也再度出现在了众人视线之内。

此时的萧炎，不仅衣袍被那透过盔甲的暗劲震得撕裂开来，而且还一脸苍白，嘴角残留着一丝血迹。显然，虽然有火焰盔甲的保护，可面对着柳擎那近乎蛮牛般的疯狂攻击，他也确实受了伤！

柳擎面色平静，萧炎身体上最后一层防护破碎，也只是令他眉头稍稍挑了挑，旋即淡金斗气再度笼罩手爪，锋利的爪风直射后者胸膛！

带着嘴角残留的血迹，萧炎望着那没有丝毫停顿，便再度猛攻而来的柳擎，漆黑的眸子中却泛起了一抹难以察觉的冷笑。他身形不动，右手缓缓抬起，直对着柳擎，看这架势，就如同要正面接下后者的攻击一般。

萧炎的这般举动，顿时让看台上一片哗然。经过先前的交锋，众人都明白，论正面碰撞，萧炎根本敌不过柳擎，现在他还这般举动，在众人看来，当真只能以“找死”两字来评判了。

然而不管他们如何想，场中的萧炎却依然固执地采取了这般举动，他目光泛着冷然，直视着瞬间而至的柳擎。

对于萧炎这般举动，就连柳擎都有些诧异，不过诧异之余，神经却不由得悄然紧绷了许多，萧炎不是傻瓜，根本不可能采取这种鸡蛋碰石头的办法。

就在柳擎心中疑惑急速翻转时，一道淡淡的青紫颜色突然在眼中闪过，顿时，他浑身的汗毛都在这一霎倒竖了起来，一种强烈的危机感在其心中涌出。

青紫颜色在瞬间后便再度出现，这一次，柳擎终于发现了它的传出源地，当下眼瞳骤然一缩，因为萧炎正对着传出青紫颜色的漆黑袖袍内施法。

狂猛攻势在半空中被柳擎硬生生地中止，也顾不得劲气对自己造成的胸闷，柳擎的脸色在周围看台上一道道错愕的目光中突兀大变，双脚蹬地，急速后退！

“晚了！”

望着似是发现了自己意图的柳擎，萧炎不由得咧嘴一笑，洁白牙齿间还残留着点点血迹。他屈指一弹，淡淡的声音从嘴里传出：“去！”

随着声音落下，顿时，一道青紫光芒瞬间从萧炎袖袍中闪掠而出，随着这团青紫光芒的出现，广场温度陡然上升！

到这一刻，众人方才明白，为什么柳擎会在最后时刻收手急退，原来萧炎早就挖好了坑，等着柳擎自己撞过来。

青紫光芒闪掠速度快得惊人，不过依然逃不过裁判席上众位长老的眼睛。感受着那之中所蕴含的恐怖破坏力，就连苏千大长老都忍不住一惊。

青紫光团几个闪掠，便在柳擎那急缩的眼瞳中放大了几倍，出现在了他面前。

“爆！”

简单的字缓缓从萧炎嘴中吐出。

旋即，山崩地裂般的爆炸声，在无数道骇然的目光中，响彻在宽敞的广场上空！

一股磅礴的劲风携带着炽热的温度，犹如风暴一般，从场中火莲爆炸之处，沿着四面八方席卷而去！风暴所过之处，场地崩裂，手臂粗的裂缝犹如蜘蛛网般，迅速波及整个场地。而那看似极为坚固的战场，则在转瞬间化为一片狼藉。

看台之上，惊呆了的众人傻傻地望着那被破坏得一塌糊涂的场地，脑子都略有些转不过弯来。他们没想到，先前那一团甚至看不清模样的青紫光团，居然能够制造出如此恐怖的破坏力！

许久，众人方才逐渐从呆滞中回过神来，所有目光都猛地转向那脸色苍白、胸膛不断起伏的黑袍青年。这些目光之中，无一例外地充斥着错愕与震惊。显然，萧炎施展出来的这如惊雷般可怕的攻击，实在是让他们太过震撼了点。

高台上，那柳菲面色惨白地望着烟尘弥漫的下方场地，手掌捂住嘴，眼中闪烁着惊恐，萧炎突如其来爆发的恐怖反击，几乎将她的得意从天堂打下了地狱。她没有想到，那一直令她记恨的萧炎居然拥有这等底牌。

在柳菲身旁，姚盛的嘴巴也渐渐地张大了，好一会儿，眼中才闪过一抹骇然与庆幸。还好，在昨天的战斗中，这家伙没有施展这招，否则的话，姚盛扪心自问，自己就算是拼尽全力，恐怕也会在这拥有着恐怖破坏力的一招下落个重伤的下场。

“菲儿，别担心，老大实力远超萧炎，就算他如今施展出这威力极强的斗技，可老大同样是未曾动用全力。”姚盛对着身旁被吓得花容失色的柳菲安慰道。

听得姚盛安慰，柳菲脸色这才稍稍好看了一点，不过心里依然有些惊恐与忐忑。柳菲的目光缓缓地从弥漫的灰尘中转移到场中那一脸冷峻的黑袍青年身上，不知为何，现在她的目光中却少了一分忌恨，多了一些忐忑与畏惧。她在内院最大的倚仗便是柳擎，然而如今萧炎却展现出了足以匹敌柳擎的战斗力，所以这个倚仗，对于萧炎的威慑也减至了最低。而失去了这个最大的倚仗，她还有何资格在萧炎面前表现出那等倨傲？

“我也曾经听说过萧炎掌控着一种威力极大的火莲斗技，但是照那传闻，似乎也没有现在这般强大的破坏力吧？”望着那几乎变成废墟的场地，严皓喃喃地道。

“当初的萧炎仅仅是大斗师的实力，如今实力晋入斗灵，斗技的威力自然也要随之增强。”林修崖笑了笑，不过其眼眸中也隐隐有着一丝淡淡的凝重。先前的那火莲攻击，若是防备不及，就算是以他的实力，怕也得落个重伤下场，没想到萧炎竟然还真握有这等强力底牌。

“柳擎怎么样了？难道……”韩月眸子飞快地在场中扫动着，可在浓浓的灰尘下，却瞧不见半个人影。

林修崖眼眸微眯，片刻后，摇了摇头，低声道：“虽然连我都不得不承认萧炎这火莲斗技非常恐怖，但想要凭此便将柳擎彻底击败，恐怕难度不小。因为斗气属性的因素，那个家伙的防御比我还强。”

闻言，严皓几人微微点了点头，目光也再度转向了灰尘弥漫的场中。

随着全场的目光再度转回场中，那弥漫的灰尘也终于渐渐落下，片刻之后，一阵微风突兀地刮过场中，瞬间便将灰尘席卷而去。而当灰尘尽去时，那几乎已经变为废墟的广场一处，一道笔直而立，散发着如枪般凌厉气息的高大身影，缓缓地出现在了众人视线之内。

众人望着那如枪般站立在废墟中的霸道身影，尽管这道原本极具气势的人影此刻已经浑身衣衫破烂，裸露的皮肤还有不少的焦黑痕迹，与先前那副高手风范相比，整个人几乎是彻底变了个模样，但这狼狈的身形并未阻碍看台上响起一阵欢呼声。

目光冷冽地盯着远处废墟中的那道身影，瞬间，萧炎一愣，终于发现，那柄一直被柳擎背负在身后的漆黑重枪已经被其握在手中。而手中握着长枪的柳擎，整个人的气势就如同一柄寒芒毕露的长枪一般，泛着一股比先前更为强悍的凌厉。

“难怪能在佛怒火莲的爆炸中扛下来，原来也拿出了压箱底的本事啊。”萧炎悄悄松了口气，目光上抬，刚好与柳擎视线对触在一起。四目交织，萧炎能发现后者眼中涌现的那股凝重与认真。经过先前的那一击，这个性子高傲的男人，终于彻彻底底地将萧炎视为了平等的对手。

柳擎手中重枪缓缓指向萧炎，低沉的声音，在全场回荡着：“你有资格让我动用裂山枪！”

柳擎的这话，无疑是对萧炎实力的一种认可，而经过先前萧炎所施展的那恐怖攻击，场中也是无人质疑萧炎的这种资格。因此，一时间竟然满场寂静，所有目光都停留在场中遥遥相对的两人身上。

萧炎拳头缓缓紧握，指节骨响起清脆的爆炸声响，柳擎此刻那股凌厉的气势的确极具压迫性，看得出来，现在的柳擎是真正地将自身实力施展到了极致，接下来的战斗，他的攻势怕是将会比先前更加狂猛。

“柳擎要动用裂山枪了。”高台上，望着柳擎手中那漆黑的重枪，林修崖轻叹了一口气，道，“能够将柳擎逼到这个地步，萧炎就算是败了，也是虽败犹荣啊！”

一旁的严皓微微点了点头，内院之中，除了林修崖与紫妍那个蛮力王外，恐怕再没有其他人有资格逼得柳擎动用裂山枪。这一点，就算是严皓也不得不承认，就连他都不曾具备这种资格。

“可萧炎对进前十名看得极重，我想，他恐怕不会轻易放弃的。”韩月微皱着柳眉，轻声道。

林修崖淡淡笑了笑，道：“除非萧炎还有比那火莲斗技更加强横的底牌，否则的话，想得到这前十名额，怕是极难。”声音中略有些惋惜的味道。如今见识到了萧炎的不俗实力，林修崖心中也颇有些与之较量的战意，但若是萧炎败于柳擎手中，怕也不会有这机会了。

目光投向场中那眼神冷冽的黑袍青年，林修崖眼芒闪烁，倒颇希望这个经常出人意料的家伙，能够再次展现奇迹。

“一招！”

场中，柳擎手中漆黑的裂山枪重重地磕在一处碎石上，突然对着萧炎开口道。

微微皱了皱眉头，萧炎目光直视着对面气势突然愈加凌厉起来的柳擎。

“最后一招定胜负。”柳擎一直平静的脸庞现出一抹略有些僵硬的笑容，裂山枪斜划过半空，淡金色斗气在虚无的空间中遗留下一道淡淡的金色痕迹。

“这是我用来对付林修崖的底牌，不过看现在这情况，得先在你身上施展了。”

听得柳擎这话，看台上众人顿时伸长了脖子，目光不断地在两道身影上交互移动。

望着柳擎脸庞上那极度自信的笑容，萧炎知道，接下来对方的攻击恐怕真的会如他所说，将决定出这局比赛的胜负。萧炎紧抿嘴唇，半晌，深吸了一口略带温热的空气，缓缓抱拳："萧炎领教！"

前十名额，是萧炎绝不会放弃的目标，不管挡在面前的这人是谁，他都必须全力将之击倒！

"好，有魄力！"柳擎眼中突然精芒暴涨，沉声喝道，同时双脚微微叉开，双手紧握裂山枪，身体略微下倾，泛着寒芒的枪尖直指远处萧炎！

随着柳擎这般姿势摆开，远处的萧炎顿时浑身一颤，他能感应到，柳擎已经将自己锁定在了攻势之中。

一股异样的压迫感包裹着萧炎，然而，在这种压迫下，一股滚烫的战意也犹如沸水般，在萧炎胸膛澎湃。他身体猛然一挺，笑声清朗，一扫先前的压抑："柳擎学长尽管放马过来便是，今日这前十名额，我萧炎要定了！"

笑声如雷，在场中回荡，那股冲天豪气，让看台上的众人也都感觉到了一种热血沸腾的激情。

笑声落下，萧炎缓缓前踏一步，手掌猛地对着一处废墟一伸，一股吸力暴涌而出，旋即漆黑的玄重尺便倒射而回，被萧炎牢牢地握在了手中。

"柳擎学长，我们便来看看，这场落败的，究竟是谁！"

重尺猛然指向对面气势凌厉如刀锋的柳擎，随着萧炎朗声响起，顿时，场地间的天地能量，骤然间变得极其狂暴了起来。这一刻，就连裁判席上的各位长老，脸色也都骤然大变！

诸位长老的目光几乎是在同一时刻，霍然转向场中那手持重尺、昂然而立的黑袍青年身上。那股狂暴的能量波动源头，正是此处！

诸位长老面面相觑，旋即喉头轻轻滚动了一下，这股能量波动几乎比先前那道破坏力极其恐怖的火莲，都要强上几倍不止！

“这个家伙……究竟有多少底牌？”这一刻，就算是以诸位长老的实力，都不免感到棘手。虽说如今萧炎实力仅仅是斗灵，但是在场的长老，除了极少数之外，扪心自问，在面对萧炎那层出不穷的强横斗技时，恐怕没有一个不头疼的。

场中，随着那能量波动越加狂暴，一丝丝犹如实质的淡红色炽热能量，突然从虚无的空间中渗透而出，最后缠绕在萧炎周身，疯狂旋转。随着这些淡红色能量的旋转，一股狂风突兀地涌现，旋即向四面八方席卷而去。那股狂风之猛烈，甚至让一些块头颇大的石头都在地面上连翻了好几个滚。

到得此刻，几乎所有人都注意到了萧炎这边的异变，当下一道道惊愕的目光瞬间投了过来。一些普通学员眼力平凡，一开始倒瞧不出什么，但是高台上那些实力在内院出类拔萃的佼佼者们，在瞧见那缭绕在萧炎周身犹如蚕茧一般的火红能量时，先是一怔，旋即脸色骤然大变，随着一阵唰唰的声响，几乎所有人都从椅子上站了起来，满脸的惊骇！

“哇！”严皓眼睛眨也不眨地盯着场中那被一股极其狂暴的红色能量包裹在内的黑袍青年，喉头滚动了一下，好一阵后，方才传出来一个透着冷风的嘶哑声音：“他……他这是……什么斗技？”

从这般异状中，任谁都能够看出来，萧炎此刻明显是在施展一种比先前那火莲更加恐怖的斗技！

一旁，脸上一直挂着淡淡笑容的林修崖，笑容也彻底消失不见，他脸色极为凝重地紧盯着场中，那股恐怖的能量波动，即使是他也感到一阵心惊！

“能够引起天地能量波动的斗技，可是至少需要地阶方才有可能。”深吸了一口气，林修崖努力地压抑着内心的翻腾，声音略有些艰涩地道。

地阶？！

简单两字一出口，就连韩月也忍不住用纤手掩住了红唇，冷艳的俏脸上布满了震撼与难以置信。玄阶高级与地阶，虽然仅有一阶之差，然而其中的差距，却有天壤之别。玄阶斗技，大多都是借助施展者本人实力而发挥威力，然而地阶斗技，却已经能够借助天地能量达到毁灭般的破坏力。一个是人，一个是天与地，这两者，几乎毫无可比性！

毫不客气地说，玄阶斗技虽然颇为珍稀，可能够进入强榜的人，哪个不是掌握着一两种玄阶斗技？然而却还未真正见谁施展过地阶！

这种阶别的斗技，不仅罕见，并且修习起来也极为困难。当年萧炎修炼焰分噬浪尺时，即便有药老在一旁手把手地教导，那也是吃足了苦头，方才勉强达到小成。前段时间修炼三千雷动，也同样是需要经历风雷之力、锻体之险，若非萧炎有着青莲地心火护体，别说将三千雷动炼至小成，就算是连那最初的入门都进不了。从这之中，便足以瞧出玄阶与地阶斗技之间那种无可弥补的恐怖差距。

“姚盛，你……你们怎么了？”在高台对面，柳菲也被周围突然站起身来的姚盛等人吓了一跳，美眸顺着转向场中，不过以其实力，却还并不能察觉出萧炎周身缭绕的那种实质般的狂暴红色能量，究竟有何等的恐怖。

“萧炎……萧炎好像……在施展一种……地阶斗技！”姚盛突然感觉到自己喉咙变得极为干涩，连带着声音都变得极为生涩。

“地阶斗技”四字入耳，柳菲那刚欲微张的小嘴，顿时与脸颊上的表情同时凝固了下来，许久，方才颤颤巍巍地将目光投向场中那脸色冷冽的黑袍青年。她虽然实力比不上姚盛等人，但是也极为清楚地阶斗技是如何的可怕。

“表……表哥会赢的吧？”微微挺起身子，柳菲笑道，只不过，连她自己都觉得笑容很勉强。

一直对柳擎表现出极强信心的姚盛，却在此刻沉默了下来。“地阶斗技”四个大字所蕴含的意味，犹如重石一般压在心口，令他连喘气都显得有些粗重。

感受着姚盛的沉默，柳菲的俏脸顿时变得煞白，她紧咬着嘴唇，那盯着场中黑袍青年的目光中，竟然有着一丝悔意。当初与萧炎起冲突时，他不过是一个初入斗灵，连上强榜资格都没有的新人，然而如今，这个令她极为不屑与忌恨的新人，却一路踩着众多强者登上强榜之位，先前更是直接逼得一向傲气十足的表哥将压箱底的裂山枪都使了出来。现在，再度施展的地阶斗技，终于彻彻底底地将柳菲的所有倚仗，践踏得一文不值！

面对着这么一位随时有可能将自己心中的不败神话打败的人，饶是柳菲再骄慢，也不由得生出一丝悔意，后悔为什么偏偏要与这个可怕的家伙产生过节。

当然，事情已到这种地步，任何后悔都已无用，场中那箭在弦上的战斗，已经没有丝毫回旋的余地。

萧炎并不知道，他仅仅是刚开始施展斗技，便引得台上众人心潮起伏。此刻，他的目光，依然眨也不眨地盯着远处那手持裂山枪直指自己的柳擎！

萧炎身体上所缭绕的那股狂暴的火热能量，在出现的一霎，便令柳擎眼瞳瞬间缩至针孔大小。以他的经验，自然能够分辨出那种能量代表着什么。不过战斗已至此，就算萧炎突然间实力暴涨至斗王阶别，他也只能挥枪而上。他的性子，从不容许他退缩，特别对手还是一位真正的新人！

一股压抑在胸口的浊气被长长地吐出，强烈的淡金光芒，缓缓自柳擎体内暴涌而出。那璀璨刺眼的强光，犹如一轮耀日般，令人不敢直视。并且，在那强光中，一股极其锋锐的枪芒劲风，凌厉无比地涌升而出。

面对着萧炎那突如其来的恐怖斗技，柳擎依然用行动表明了立场，而且，他也明白，就算萧炎真的掌控着地阶斗技，也绝对不可能发挥其百分之百的威力。而他的这最后底牌，却是磨合了多年，配合着同源斗气施展，柳擎自信，威力绝对能够达到玄阶斗技的真正巅峰，就算要与地阶斗技碰撞，他也丝毫不怯，反而这还激起了他一股血性。今日，他偏要让众人知道，玄阶斗技面对着地阶斗技，也是有着一拼之力！

眼中精芒暴射，真正的大战临近，柳擎感觉到自己浑身血液都在此刻沸腾了起来，这种久违的感觉，也就是当年在与林修崖争战时方才出现过！

“哈哈，萧炎，来，让我瞧瞧，我们今日究竟谁胜谁负！”

爽朗的大笑声，带着无比霸气充斥广场，将场中的气氛猛然推至沸腾的高潮，看台上的众人激动得脸色涨红，有些好冲动的人更是忍不住站起身来，声嘶力竭地对着场中大声呐喊。

“柳擎学长，前十名额，萧炎要定了！”

黑袍青年昂然抬头，在柳擎这等霸气之下，未曾有丝毫胆怯，身躯如枪般挺拔，显得极为气宇轩昂。一时间，倒也令得看台上不少的美貌学姐眼眸里泛上异彩。

“好，那就看你有没有这实力与资格了！”璀璨金光越来越盛，到最后，几乎将柳擎整个身体都包裹进去，唯有那如雷声般的笑声，浩荡传出。

望着那几乎囊括了半壁场地的璀璨淡金光芒，萧炎手中重尺缓缓探出，顿时，那缭绕在其周身的狂暴火红能量变得更加雄浑起来，甚至其周身处的空间，都在此刻微微扭曲。

一股股近乎实质般的狂暴红色能量，突然在萧炎一道轻喝声中，猛地往玄重尺源源不断地灌注。

随着如此恐怖的能量灌注，只见那原本浑身漆黑的重尺，微微泛起一种诡异的暗红，看上去，犹如缭绕着暗红色火焰一般。

“咚！”

突然间，一道地动山摇的震响忽然响起，众人目光急忙望去，原来远处的那团璀璨金光，此刻已经缓缓直立起了身体，脚掌落在一块巨石之上，顿时，巨石便被泄露而出的隐晦能量震碎成一堆粉团。

“萧炎，你能接我这招，强榜第三，双手奉送！”一道被包裹在金光之中的枪影探出，遥指萧炎，柳擎那极具自信的傲然声音传出。

“你能接我这招，前十，萧炎自动放弃！”几乎已经彻底转化成暗红颜色的玄重尺，缓缓指向柳擎，重尺移过处，空间都泛起了一阵波动，萧炎面色潮红，桀骜地放声大笑。

“哈哈，好，好，好！”

狂笑响起，璀璨金光突然开始变得内敛，瞬间，原本极为刺眼的金光便闪电般地回缩到裂山枪之中，而随着如此庞大的能量灌注，那裂山枪枪尖处，一股宛如液体般的金色能量犹如精灵一般自动流淌。

“一招定胜负吧！”

手臂猛地一震，长枪斜指天空，旋即重枪带着呜呜的破风声，猛然砸落，重枪落地，一股极为可怕的暗劲顺着地面蔓延而出，周围废墟巨石顷刻间在一道道惊骇的目光中，化为粉末。

“大裂岩！”

如惊雷般的暴喝陡然响起，裂山枪枪尖处，金光犹如山洪般猛然暴发！

铺天盖地的金色璀璨光芒，带着尖锐无比的刺耳音爆声，闪电般地划破空间，直射远处萧炎。金光所过之处，整个场地中的巨石猛然崩裂！

柳擎全力一击，竟然如此恐怖！

面对这种磅礴攻势，满场观众都惊呆了。即使是裁判席上的诸位长老，也都是脸色一片凝重。这等斗技，几乎已经是达到了地阶斗技的巅峰，这个柳擎的确恐怖。

漆黑的眼瞳之中，几乎被铺天盖地的金色璀璨枪芒笼罩，作为首要目标，萧炎能够感受到，那金色光芒之中蕴含着何等恐怖凌厉的攻势！

不过，萧炎同样有着绝对的信心，任何攻势，在玄重尺下也得消散！

一口略微炽热的空气被深深吸进肺中，萧炎在众目睽睽之下，缓缓跨前一步，手中玄重尺高举过头，手臂之上青筋暴露，宛如一条条蠕动的小蛇！

望着萧炎高举的重尺，满场的观看者都在此刻屏住了呼吸，激动得涨红了脸。

在那无数道目光的注视下，下一刻，萧炎手臂一颤，手中玄重尺轰然落下！

“焰分噬浪尺！”

“给我破！”

两道狂喝骤然响起，顿时，重尺之上，一道足足有几丈高的暗红色尺芒，以一种势如破竹的恐怖之势暴射而出！

尺芒射出的一霎，空间如被投入巨石的湖水般，轰然间波动。本来就已经如同废墟般的场地，一道半米宽的裂缝，沿着尺芒射出的轨迹，在一道道骇然目光中急速蔓延！

庞大的暗红色尺芒闪电般地破空而去，沿途所过处，微微溢出来的丝丝能量，直接将地面上的巨石崩碎成粉末，同时，那地面上急速蔓延的一道将近半米宽的裂缝，也彻彻底底地将这个广场毁了。

广场上，金色璀璨强光占据半壁天空，暗红色尺芒犹如一道弯月，直射而出，两者皆是蕴含着极为凌厉的锋芒，沿途空间波荡，裂缝蔓延，可怕的破坏力令看台上众人的脸上充斥着震撼与畏惧。他们实在难以想象，如此可怕的攻击，若是换作他们的话，恐怕仅是那泄溢而出的丝毫能量，便能将他们当场震死吧。这种级别的战斗，当真是恐怖。

在无数道眼瞳中反射出的金色与暗红色光芒间，两道极为恐怖的攻击，即将展开那宛如陨石对撞般的轰然碰撞！

在两者愈加接近的那一刻，所有人的心都不由自主地提了起来，这种恐怖的交锋，究竟谁能胜？

在众人心中那份期待与忐忑间，半空中，暗红与金色光芒，终于在下个瞬间，狠狠地对撞在了一起。然而，就在众人捂着耳朵等待着那即将响彻天地的惊天大爆炸声时，天空中的碰撞，却诡异地没有传来半点声响。

一道道错愕的目光缓缓抬起，然后望见了天空上犹如两团颜色不同的水液来回侵蚀的暗红与金黄。虽然这种交锋安静无声，不过眼尖之人依然发现，在两股恐怖能量接触处，空间都变得极为扭曲，看上去，给人一种虚幻的诡谲感觉。

在满场寂静中，隐约间，有着细微的嘶嘶声响从半空中来回侵蚀的能量中传出，暗红与金黄，如同两团庞大的云彩，遮掩住广场上方的天空，看似和平的交锋，却都抱着将对方吞噬的念头。

萧炎目光紧紧地盯着半空上的两团庞大能量，在尺芒离尺之后，其整个人都犹如虚脱了一般，脸色苍白如纸，身形摇摇晃晃的，若不是有手中的重尺支撑在地上，怕是连身形都稳不住。显然，这一次的焰分噬浪尺，彻彻底底地榨干了萧炎体内最后一丝斗气。

与萧炎相比，那柳擎倒要稍稍显得好一点，不过脸色也同样苍白如纸，目光紧张地望着半空中的两团不断互相侵蚀、吞噬的能量。

无数道目光，都停留在半空中，一时间，整个场地都在等待着两团蕴含着极其恐怖破坏力的能量团的交锋结果。

在众人瞩目下，天空上两道不断吞噬与纠缠的暗红与金黄能量，却突兀地犹如沸腾的开水一般，剧烈地波动了起来，旋即两团能量在众人疑惑的目光中，猛然膨胀起来！

一道道目光呆呆地望着那突然诡异膨胀起来的两团庞大能量，不知为何，都感受到有一丝不安。

当膨胀达到某个临界点时，两团庞大能量骤然停止了所有动作，异样的深沉光泽，犹如一个细小的光点，突兀涌现。随着那异样的光点出现，空间骤然间波动了起来，萧炎与柳擎各自的最强一击，似乎在互相吞噬间隐隐出现了一点变异。而这种状况，就连他们本人都感到极为茫然与诧异。

光点在两团能量中急速扩张，到了最后，光点越来越刺眼，而那空间的波荡，也在此刻变得越加剧烈。

裁判席上，诸位长老紧皱着眉头望着那出现了一些变故的能量接触，地阶之上的斗技固然能够借助天地能量增强威力，不过在与同样强大的斗技相碰撞时，却极容易出现各种各样的变故，这些变故，就算是施展者本人都预料不到。而照现在看，萧炎与柳擎的攻击，在吞噬拼斗间显然出现了一些异样变故。

苏千大长老微皱着眉望着能量团中越加刺眼与庞大的光点，片刻后，似是感应到了什么，他脸色骤然一变，猛地站起身来，身形一晃，便消失在了裁判席上。

就在苏千消失的那一霎，天空上，两个光点犹如被刺破了的气球一般，一股异常狂暴的天地能量顿时弥漫在了天空上。

“轰！”

刺眼的强光从天际洒下，在天地能量狂暴时，暗红与金黄色的能量团，终于承受不住能量的异动，顿时一道惊雷般的炸响，携带着极为恐怖的风暴，从半空中席卷而下，风暴过处，空间震荡！

看台上，无数人脸色骇然地望着那急速扩散的能量风暴，即使是相隔甚远，他们依然能够感受到其中的恐怖。这风暴若是波及过来，他们这里恐怕没几个人能活下来。

“空间封锁！”

千钧一发间，一道苍老的身影突然闪掠半空，冷喝响起，一股异常庞大的能量从其体内暴涌而出，而那虚无的空间也在此刻犹如水波般地波动了起来，之后闪电般地蠕动，最后彻底凝住。

能量风暴虽然被苏千制止，但是依然有两股能量溢逃而出，而这两股能量冲击，则顺着与发出两道斗技的人残存的一丝联系，在一道道惊骇的目光中，闪电般地撞击在措手不及的萧炎与柳擎身体之上。

狂暴能量这般狠狠一撞，鲜血顿时从两人嘴中喷出，旋即他们的身体都擦在地面上，狠狠地倒射而出，最后犹如两道黑线，射进了两方看台上，引起一阵骚动。

萧炎与柳擎被溢散的能量震飞，苏千脸色也微微变了变，两股斗技所产生的能量在经过彼此的吞噬与侵蚀后，狂暴力可比先前那纯粹的斗技能量要强上许多，此时的萧炎与柳擎都已是强弩之末，被这般狠狠一撞，那后果……

脸色阴沉，苏千手中印结猛地一动，嘴中冷喝道：“破！”

喝声落下，那被凝住的能量风暴，便在众人惊诧的注视中缓缓湮灭消散。

将那能量风暴破去，苏千手一挥，便有两位长老从裁判席上闪掠而出，掠向两人倒射的方向。片刻后，各自抱着一位衣衫破烂、一身血迹的人出现在了已经被破坏得一塌糊涂的场地中。

广场周围，所有人都急忙直起身来，望着广场中已经陷入昏迷的萧炎与柳擎，皆暗自咽了一口唾沫,旋即苦笑。这两个疯狂的家伙,争个前十而已,竟然搞成这样。

“不过先前的那战斗……”咂了咂嘴，众人回味着先前那股能量风暴席卷的惊险，皆后知后觉地感觉到心跳加快了许多。

苏千身形一动，便出现在了场中。望着那被破坏得一塌糊涂的场地，无奈地摇了摇头，这么多年的强榜大赛，好像就这次破坏得最厉害吧?

苏千蹲下身来，将两股斗气输入昏迷的萧炎与柳擎体内，片刻后，他方才松了一口气，还好，两人虽然伤势颇重，可至少没有性命之虞。

高台上，大批的身影也闪掠而下，旋即簇拥着落在苏千大长老等人身旁。

严皓悄悄地瞥了一眼满身鲜血的柳擎，脸上不由得浮现出一抹异样的神情，喃喃道：“真是想不到啊，以柳擎的实力，竟然被萧炎搞得这么狼狈。”

一旁，林修崖面色平静地微微点头，只不过，那袖袍之中的手掌，却是在轻微地颤抖着。先前两人所弄出来的两团能量，蕴含的破坏力实在是太过恐怖了，他清楚，两种攻击中的任何一种落在身上，恐怕就得在瞬间落个重伤，甚至死亡!

一道倩影突然诡异地出现在萧炎身旁，纤手握着后者手臂，片刻后，才轻轻松了一口气，回头冲着吴昊、琥嘉等人嫣然笑道：“放心吧，没事。”

望着闪掠而下的薰儿，苏千微微一怔，旋即和善地笑道：“放心吧，他没事。”

一旁众人听得苏千那和善的笑声，皆有些错愕。苏千在内院地位极高，再加上其恐怖的实力，很少有人够资格令他如此对待。

薰儿冲着苏千甜甜一笑，却并未回答，只是略有些心疼地替萧炎擦拭着脸庞上的血迹。那副微蹙柳眉的俏模样，引得周围一些男子心头一阵乱跳。

“大长老，现在两人都昏迷了，那这场比试，算谁赢?”望着昏迷中的两人，一名长老突然有些迟疑地问道。

听得这话，周围簇拥的众人顿时耳朵竖了起来，这才是最重要的事情。

苏千眉头微微皱了皱，也是有些难以决定：“按照规矩，两人都算是出了场，而且现在也都昏迷了，说不清楚谁……”

在苏千声音刚刚落下时，一只被鲜血沾染的手臂却艰难地在周围一道道惊骇的目光中缓缓举起。

“我……我可还有口气呢。”

第二章
大赛落幕

望着那艰难地举起手，脸庞布满血迹，努力睁着眼睛不使它闭上的黑袍青年，众人皆讷讷无语，这个家伙还真是打不死的小强啊！遭受了如此恐怖的斗技余波反弹，居然还能保持一丝清醒。

苏千脸庞上也闪过一抹错愕，此刻的萧炎，明显已经油尽灯枯，支撑着他睁开眼的，或许就是那一定要进入前十的执念吧。

苦笑着摇了摇头，苏千沉吟了好一刻，方才缓缓地道："这局比试，以平局结束，也就是说，你们两人并列进入了前十，所以你不必担心。"

迷迷糊糊中听得苏千这话，萧炎紧绷的心这才放下，眼皮迅速耷拉了下来，意识也逐渐陷入黑暗之中。

望着此时真正进入了昏迷状态的萧炎，苏千叹了一口气，以萧炎和柳擎现在的伤势，接下来的几场战斗怕是都得缺席了。目光看了一眼昏迷的萧炎，苏千忍不住再度摇头，这个小家伙实在是太出人意料了点，以柳擎的实力，竟然也被他搞成现在这副模样，这一幕，恐怕在场的大多数人都没想到过吧。

"大长老，若是他们两人以平局结束的话，那岂不是说这届强榜前十有十一人了？那进入塔中接受心火本源锻体的，也将有十一份名额？"一位长老迟疑了一会儿，开口询问道。

苏千微微点头，淡淡地道："十一份就十一份吧，虽说那心火本源很珍贵，但这么多年内院也多储存了几份，如今拨一份出来，应该没问题，不然的话，如何对这两人交代？毕竟真要说起来，两人其实都出了战场界限，胜负很难定夺。"

听得大长老如此说，那位长老也不再说话，点了点头，便退后了去。

"接下来的战斗，启用备用场地吧，不过萧炎与柳擎因为伤势，不能再继续参战。但如今前十名额已经决出，基本已成定局，后面的强榜名次顺序的战斗，没有他们两人参与，也无所谓了。毕竟真正的榜单，各人心中都有一份。"苏千目光环顾四周，淡淡地笑道。

苏千话音落下，一旁众人倒是有些松了一口气地点了点头，这两个家伙先前所展示出来的恐怖实力已经令他们心寒，少了他们争夺名次顺序，那可将会轻松不少。

当然，有这种心态的也并非所有人，至少林修崖便有些惋惜地叹了一口气，失去了柳擎与萧炎这等对手，接下来的比赛，还有何期待之处？

……

在满场一道道敬畏与崇拜的目光注视中，昏迷中的萧炎与柳擎皆被人背着率先出了广场，送回了歇息之所。

萧炎与柳擎两人退场后，比赛照常进行。不过有了先前两人那种惊天动地的战斗在前，后面的战斗虽然依然极为激烈，但是已经难令众人产生太过震撼的情绪。而对于这点，那几位参加名次争夺的人也极为无奈，毕竟萧炎与柳擎的那番战斗，几乎已经脱离了普通斗灵的界限，他们如何能够将之超越？

名次的争夺战，一直持续到下午时分，方才逐渐地落下帷幕，经过一番激烈火爆的战斗，新的强榜排名，已然出炉。

第一名，自然是紫妍那个小怪物，以她那恐怖的怪力，别说学员，就算是一些长老都避之不及，这第一名，就算是林修崖也生不出抢夺之心。

第二名，也并未有多少意外，失去了柳擎，当然，现在还得加上萧炎这匹黑马，其他人对于这个位置撼之不动，因此，林修崖再次坐稳了这强榜第二的名次。

第三名，原本是柳擎，但如今他已退场，所以名次便被严皓取代。

第四名的争夺，倒是比前面的名次要激烈许多。不过在经过重重围杀后，最后还是林焱出人意料地走到了最后，一举从以前的第九名，上升到第四名。

接下来的六个名次争夺同样激烈，当比赛落幕时，最后六名，除了只有两人是之前的前十之外，其余几人都是突然冒出来的后来者。因为是抽签，他们固然有一点运气的成分，但是那实力也是没的说。毕竟这强榜可不是寻常榜单，就算是有足够的运气，想要走到最后，也需要有着相应的实力衬托。

强榜排名落定，但是也正如苏千所说，每个人心中都有一个衡量的天平。因此，虽然在最后的榜单上，萧炎与柳擎同列第十，不过在众人心中，连同那拿取了第三名次的严皓心中也清楚，这个名次，依然还是属于那个一身霸气的男子……错了，还有一个与他并列的萧炎。

在那番惊天动地的战斗中，萧炎用自己超凡的战斗力，征服了每一个人。从此以后，内院之中不会再有谁敢小觑这方才进入内院不到一年时间的新人，同时，磐门声望自然也是水涨船高。林修崖与柳擎的势力能够成为内院两个超然的存在，最重要的原因，便是他们两人那远超其余强榜强者的实力。如今磐门这个新生势力，也同样拥有了这么一名有着超然实力的强者，日后磐门的影响力自然会如日中天。

当最后一场战斗落幕时，就在众人带着意犹未尽的神情起身想要离场时，一场额外的战斗，却令他们瞬间惊愕。

按照历届规矩，在强榜大赛完毕后，将会有几场类似切磋的比试。在这比试中，参加者能够任意选取新的强榜前十进行挑战。当然，这里的挑战，自然是没有真正大赛那般正规，说起来，也就是一些大赛落幕的助兴节目罢了。而且虽然只是切磋，但也很少有人会真正地出场。毕竟这些经过重重选拔出来的强者，自然是内院中的佼佼者，既然明知不敌还要上，那岂不是有些自讨苦吃了？

然而，今年这届的最后助兴节目，却令所有人陷入了一阵呆滞。原因无他，只是那挑战者是一名美得令人窒息的少女，再者，便是因为这位青衣少女所挑战的对象，竟然是林修崖！当然，仅凭这点，还并不足以令全场陷入呆滞，关键是那接下来的切磋比试。

比试仅仅持续了不到十分钟的时间，然而，就是在这短短十分钟之内，那一直苦于大赛已无对手可寻的林修崖便已溃败下场。

当一对玉葱指停留在林修崖额头前方半寸地方时，一股冷汗瞬间从他额头上冒了出来，他愣愣地望着面前那一脸平淡笑容的青衣少女，突然感觉到嘴中有些干涩。他心中并没有任何一点懊恼，因为在先前的那番切磋中，他几乎是步步败退，看似极短的时间，他却拿出了最强的底牌。但是，在他刚刚施展最强斗技的一霎，那青衣少女纤指轻轻一弹，一道泛着火热的金色光芒，便将自己的攻势震得烟消云散。

在自己那最强斗技被震散的一霎，林修崖便明白这场战斗几乎是毫无意义，两者之间完全不是一个等级，而接下来对方的攻击，也许会让他没有丝毫取胜的希望。

"我输了。"在一道道惊骇的目光中，场中林修崖耸了耸肩，旋即苦笑道，"一直以为萧炎才是这届最黑的黑马，没想到，他的小女友比他还要黑，你这实力，直接去找紫妍学姐切磋吧。"

看台上，一双双眼睛瞪得滚圆，皆有些搞不清楚现在是什么状况。

特别是高台上的柳菲，那张脸上的表情真是精彩绝伦。当然，亲眼见到那连自己表哥都极为看重的对手却被自己经常暗中嘲骂的人轻易击败，那种巨大的落差感，也的确难以让她接受。

"挑战紫妍，那小丫头怕是要去找萧炎哥哥哭闹，到头来受责骂的怕还是我。"夕阳的余晖洒落而下，在青衣少女纤细的娇躯上笼罩上朦胧的光芒。望着那张清雅中带着一丝恬静笑容的无瑕脸颊，林修崖心中突然如同被重锤砸了一下般，那种感觉……似乎叫作……一见倾心？

这令林修崖有些哑然失笑，一直对女人唾手可得的他，却会有这种……

“挑战你，只是他说想看见我耀眼的一面，不过可惜，他终归还是没能看见。”青衣少女缓缓收回伸在林修崖额前的纤细玉指，幽幽地道。

林修崖张了张嘴，原本内院中最为洒脱的他，如今在这少女面前，却有种口拙的尴尬。

“放心吧，我对那强榜第二可没什么兴趣，切磋完了，我还得回去照顾萧炎哥哥。”学着萧炎的模样，薰儿冲着林修崖耸了耸香肩，旋即便转身，迈着细碎的步子，在那青裙的摇摆间，踏着洒满地面的夕阳，缓缓地消失在安静得可怕的广场中。

“如此优秀的女孩，为什么以前都没发现呢？”

目光迷离地望着那逐渐消失在视野中的窈窕倩影，林修崖脑袋顿时耷拉下来，心中对萧炎升起一股复杂的情绪，有嫉妒，有羡慕……

强榜大赛落幕已经两三天了，整个内院依然沉浸在那种惊天战斗所带来的震撼之中，到处都在谈论着大赛中的那一场场战斗，而这之中，自然又是以萧炎与柳擎、薰儿与林修崖的那两场战斗最令人津津乐道。特别是后者，每个人在说起此事时，脸上依然带着一种震撼的神色，谁也想不到，这个有着绝美容貌，显得颇为恬静的少女，竟然隐藏着如此恐怖的实力。

以前，内院之中不乏有人因为薰儿的容貌而暗中讽刺其为花瓶，现在经过这件事，众人方才明白，原来这磐门中最恐怖的并非是萧炎，而是那个一直对萧炎百依百顺的美丽少女。

而借助着薰儿与萧炎所造的声势，在短短两三天的时间里，磐门的声望与地位几乎呈直线上升，每一位磐门成员行走在内院之中，无不是昂首气壮，再无以前那段时间的小心翼翼。而旁人瞧得这些磐门成员，也同样是面带艳羡之色。有了萧炎与薰儿这两位实力超然的强者做后盾，磐门势力超过林修崖与柳擎等势力，几乎是指日可待。

不过，正当内院之中各种各样的风言风语传得沸沸扬扬时，作为当事人的萧炎与薰儿却突然销声匿迹了。

磐门小楼阁中的一处密室内，几道人影立在其中，目光望着密室床榻上闭目盘腿而坐的萧炎。此时的萧炎，脸色已经没有了当日的那种苍白，而带有淡淡的红润，看上去其体内的伤势已经痊愈，而且其气息也恢复了以往的雄浑，若仔细感应的话，还能察觉到这股气息隐隐间似有些不太稳定的迹象。这种上下起伏不定的气息，对于一旁的薰儿几人来说并不陌生，因为每当晋级时，他们也都会出现这般状况。

“萧炎这家伙都修炼三天时间了，怎么还没好啊？就算是晋级，似乎也要不了这么久的时间吧？”皱眉望着紧闭眼眸的萧炎，吴昊开口道。

“寻常晋级自然要不了多长时间，所以他这明显是不寻常的晋级嘛，笨蛋。”清脆的嘟囔声响起，扎着淡紫色马尾辫的紫妍冲着吴昊翻了翻白眼，故作老成地道。只不过她的这番解释，却让薰儿等人哑然失笑。

“有什么好笑的？这家伙再不醒过来，我就又要去啃那些难吃的东西了。”紫妍皱着眉头，很是苦恼地道。

薰儿揉了揉紫妍的小脑袋，笑着将目光投向紧闭眼眸的萧炎，道：“萧炎哥哥这次受伤极重，体内斗气在与柳擎的战斗中几乎消耗殆尽。不过也正是如此高强度的战斗，方才令他因祸得福，得到晋级的机会，也正如紫妍所说，萧炎哥哥的这次晋级并不似寻常晋级，若是我所料不差的话，萧炎哥哥若是晋级成功，怕不止提升一星的实力。”

“你是说……连升两星？可这种情况很罕见的啊，一般除非是服用了什么天材地宝的灵药，否则光凭正常晋级，很难有这种效果的。”琥嘉一怔，有些错愕地道，“而且就算是服用灵药而导致的等级连升，那也是有着不少水分，日后定然需要极大的努力，方才能够将根基打实。”

薰儿摇了摇头，轻笑道：“这次的战斗，对萧炎哥哥来说的确有极大的好处，至于为何会出现这般状况以及究竟会提升多少，我也不太清楚。不过唯一可以肯定的一点便是，这次之后，萧炎哥哥实力将会大为精进，这对他没半点坏处，你们也就不用担心了。”

“好了，你们可还有其他事要干呢，这里有我就行了。”美眸盯着萧炎面庞，薰儿对着吴昊等人挥了挥手。

闻言，吴昊几人也只得耸了耸肩，便欲离开。

“哦，对了，薰儿，林修崖又来磐门了，说是要探望萧炎的伤势呢。”琥嘉脚步忽然一顿，目光转向薰儿，皱了皱黛眉，“这家伙这几天吃了什么药，没事就往我们这里跑，以前可从不见他有这么热情。难道你把他打败了，还让他赖上了不成？”

微微一怔，薰儿随意地点了点头，旋即淡淡地道：“就说我没空吧，你们打发了就好，萧炎哥哥处在晋级的关键时刻，不方便见客。”

琥嘉眼珠转了转，忽然凑近薰儿耳边低声道：“我觉得那家伙好像对你的态度有些古怪啊，貌似，和当初白山，甚至吴昊那时一样呢。”

明眸斜瞥了一脸古怪的琥嘉，薰儿若无其事地道：“以后这话可别在萧炎哥哥面前说，还有，告诉他，最近几天萧炎哥哥都没空，让他不必再来了，不然来了也没人接待。”

“可怜的家伙。”琥嘉摊了摊手，沉吟了一会儿，道，“不过你不露一下面似乎有点不太好吧？他来了几次，你都避而不见，不管怎样，他与萧炎也是有一点交情。”

薰儿柳眉微蹙，旋即无奈地点了点头，转身朝着外面走去：“走吧，我去打发他。”

望着转身就走的薰儿，琥嘉吐了吐舌头，同时嘴里嘟囔道：“看上谁不好，看上这个把所有心思都挂在那小子身上的妮子，活该啊活该。”

客厅之中，林修崖静坐在椅上，手指缓缓地敲打着桌面，目光环视着周围，不知为何，心情却是稍稍有些焦急。

目光环视间，见一群人忽然从楼上下来，林修崖急忙站起身来，当其目光扫到那缓缓走下楼的青衣少女时，一抹淡淡的兴奋不着痕迹地从他脸上闪过。

“林学长，萧炎哥哥正在疗伤，不能出面见客，抱歉了。”薰儿缓步走下，来至大厅中，冲着林修崖及身旁的严皓淡淡地微笑道。

“呵呵，不碍事。”林修崖笑了笑。不得不说他的确很俊逸，一身青衫更是衬托出几分潇洒的气势，声音温和，难怪被众多女学员称为内院最具魅力的男人。

不过林修崖这份儒雅的笑容，似乎对于面前的少女没有多大的杀伤力，薰儿优雅地坐于椅上，微敛着睫毛，目光始终未在他身上停留过。

见到薰儿这般姿态，林修崖心中也是一声苦笑，在几次扯起话头都被对方不着痕迹地淡淡回绝了后，他终于沮丧地叹了一口气，站起身来，从纳戒中取出一个玉盒轻轻放在桌面上，笑道：“这是一种疗伤效果极其不错的灵药，想必对萧炎兄弟有一些作用，薰儿学妹可不要拒绝。”

略微迟疑了一下，薰儿微微点头，明眸首次停在了林修崖脸庞上，轻声道：“那薰儿便代萧炎哥哥谢谢林学长了。”

“呵呵，不用谢。”林修崖连忙摆了摆手，被对方那对眸子扫中脸庞，他只觉得自己以往那如云淡风轻的淡然已经快要把持不住，当下一拱手，便有些狼狈地带着严皓离开了大厅。

薰儿对于他的离开倒未曾表现出半点挽留之意，若无其事地收起桌上的玉盒，便缓步走上二楼。

“可怜的家伙。”望着淡然风范不再的林修崖的背影，再瞧得根本没半点波动的薰儿，琥嘉咂了咂嘴，旋即满脸同情。

“喂，你这家伙……人家不过打败了你一次，你就动心了？”磐门之外，严皓望着一扫以前气势的林修崖，不由得一拍额头，苦笑道。

林修崖尴尬地一笑，也是极为无奈。他也没办法啊，那种感觉，说来就来，连挡都挡不住。

“唉，看来你是要注定凄惨了，看她的态度，明显对你没半点感觉，整天萧炎哥哥前萧炎哥哥后的，我可不认为你有什么机会。”严皓叹了一口气，道。

林修崖沉默了，他也清楚严皓所说的，看先前薰儿对他的态度便知，他在其他女人面前无往不胜的风度与容貌，几乎对其没有半点杀伤力。而修炼天赋、成就等等，萧炎似乎并不比他弱。当日的那场惊天战斗，他自忖若是换上自己，多半下场比柳擎好不到哪里去。

况且薰儿所表现出来的那股清雅淡然，几乎没有任何空子可钻，这一切的一切都说明着，他林修崖几乎没有一点点的机会。

“唉。”仰天长叹了一声，林修崖使劲地摇了摇头，在严皓那错愕的目光中说了一句，“我好嫉妒萧炎啊，那小子怎么就这么好运呢？”

第三章

实力晋升

寂静的密室中，薰儿默默地坐在一旁，纤手托着香腮，青色袖摆下露出一截皓腕，一对犹如宝石般的明眸映射出点点柔和的光芒，盯着那盘腿而坐、紧闭着眼眸的萧炎。

如今距离强榜大赛已经过去将近五天时间了，萧炎却依然没有从修炼中苏醒的迹象，这令吴昊等人颇为担心，几次提议要强行将萧炎从修炼状态中惊醒，但都被薰儿拦住了。以她的眼力，自然是能够隐隐感应到，萧炎体内的斗气正在日益澎湃，等到真正苏醒时，实力定会在这重伤之后大有精进，此时将其惊醒，无疑将会丧失这个绝佳的晋级良机。

"看来今天怕依然没有结果了。"在密室中等待了许久，瞧得萧炎依然没有任何苏醒的迹象，薰儿也轻叹了一口气，喃喃地说着，就欲起身离开。

然而就在薰儿刚刚起身的一霎，一股异样的能量波动突然在密室之中荡漾开来，顿时她俏脸一喜，目光霍然转向了萧炎。

随着那股波动传出后不久，一股强横的气息，猛然自紧闭眼眸的萧炎体内涌出。这股气息不断地攀升，在一个极短的时间里，便超越了以往萧炎巅峰时刻的气息，并且还在继续向上攀升着。

感受着萧炎那急速攀升的气息，薰儿脸颊上也浮现出一抹喜色。果然与她猜测相同，前几日萧炎片刻不停地吸纳了极为庞大的能量在体内，而如今，在那股庞大能量的冲击下，级别间的障壁几乎被其摧枯拉朽般地摧毁。

气息的猛然攀升足足持续了五分钟左右，方才逐渐地减缓，再过得片刻，一道能量涟漪突兀地从萧炎体内扩散出来，最后撞击在坚硬的墙壁之上，将密室震得簌簌抖动。

在这股能量涟漪涌出后，萧炎脸庞上的异样红润也逐渐退去，直至恢复到以往的正常之色，紧闭的眼睛微微颤了颤，最后在薰儿欣喜的目光中，缓缓地睁了开来。

双眼缓缓睁开，一股青色火焰猛地自眼中喷射而出，最后又闪电般地回缩消失。

“呼……”

一口略带着些许黑色的浊气被萧炎吐出。黑气缓缓上升，最后与坚硬的天花板相触，顿时在极为细小的撞击声中，将之腐蚀出一个小小坑洞。而亲眼瞧得这一幕的薰儿，黛眉却微微皱了起来。

吐出那口浊气，萧炎的面孔上也涌出一层淡淡的光泽，感受着体内那比以往雄浑好几倍的斗气，惊喜之色难以掩饰地浮现在脸庞之上。

“萧炎哥哥，恭喜你了，这次重伤不仅未留下祸根，反而因祸得福。看你如今的气息，想必实力应该在五星斗灵左右了吧？”望着脸上布满惊喜的萧炎，薰儿抿嘴笑道。

萧炎略微感应了一下，微微点头，笑着道：“应该是在五星斗灵左右了。”

一次性提升了两星实力，萧炎虽然惊喜，但似乎并没有感到太大的意外。别人对于他为什么能突然猛飙两星实力感到难以置信，不过他却是知道一点端倪。虽说这其中有这次大战的缘故，不过更重要的原因，还是他这具身体吞服了不少各种丹药以及天地奇宝。就比如前段时间服用的地心淬体乳，虽然大部分都用来炼化萧炎的躯体了，不过依然有一些残余药力渗透在体内各个角落，而如今因为萧炎陷入油尽灯枯的状态，那些潜藏的药力便主动地渗透而出，在替他疗伤的同时，也为其提升实力提供了巨大的能量。

“不过萧炎哥哥体内似乎有些问题。”薰儿莲步轻移，走到萧炎身旁，明眸望着他，郑重地道。

萧炎一怔，旋即恍然，想必是刚才她看见那缕黑气的缘故吧。随即，他挠了挠头，无奈地道：“当初为了得到一株药材，给纳兰桀驱毒，结果却把毒搞到自己体内去了。不过好在有异火护体，那毒素对我倒是没有什么伤害，所以一直都潜藏在体内，只有在晋级时，方才能够排出一点。”

“以萧炎哥哥的炼药术，都不能解决吗？”薰儿略有些惊讶地道。

“这毒素有些不同寻常，当初连实力在斗王阶别的纳兰桀都被其搞得差点挂掉，想要将之彻底除掉，哪有那么简单！”萧炎耸耸肩，说道。

“放心吧，没事的，只要有异火在体，这东西就一直无害。”萧炎安慰薰儿，旋即从床榻上翻身下来，扭动着坐了好几天的身体，顿时一阵噼里啪啦的骨头脆响，如同豆子被碾碎般在密室中悦耳地响了起来。

“对了，那强榜大赛最后怎么样了？我应该进入前十了吧？”突然想起最重要的事，萧炎连忙问道。

“呵呵，放心，你已经进入了前十，虽然只是最后一名。”薰儿掩嘴轻笑道，望着萧炎那如释重负的脸庞，旋即添了一句，“柳擎也进了前十。”

萧炎怔了怔，愕然地道：“那究竟谁赢了？”

“大长老说算平局，所以让你们两人并列第十。”薰儿嫣然笑道。

“这样啊……随便吧，反正只要让我进入天焚炼气塔，管他几人并列第十。”无所谓地点了点头，萧炎伸了一个懒腰，快步向着密室外面行去，嘀咕道，“在这里待了这么久，骨头都快生锈了。走吧，丫头，出去透透气。”

闻言，薰儿莞尔一笑，旋即点了点头，转身跟了上去。

当萧炎与薰儿出现在磐门中时，顿时引起了不小的轰动。这段时间外界一直传说萧炎被重伤难以治愈，虽然其间薰儿等人几次辟谣，但萧炎几日不现身，磐门众人仍不免有些心情忐忑。如今瞧得萧炎安然无恙且气色比往日还好，自然是满心欢喜。

行走在磐门中，萧炎不由得略有些讶异，他发现磐门成员似乎比往日多了许多，并且整体的气势也极为高涨。一路走来，那一道道从各处投射而来的目光中，充斥着尊崇与敬畏。

“嘿，萧炎，你这家伙终于疗完伤了？”就在萧炎巡视间，林焱那熟悉的声音忽然响起，旋即一道身影快速地闪掠在萧炎身旁，脸庞充满惊喜地拍着前者肩膀。

冲着林焱笑了笑，萧炎目光忽然停在他胸口处的位置，那里，一枚熟悉的徽章映入眼帘，当下满脸愕然。

“你……你怎么佩戴着我们磐门的徽章？”萧炎一脸错愕。

“林焱大哥如今也加入了我们磐门，佩戴徽章有什么问题吗？”一旁，薰儿忍俊不禁。

萧炎瞠目结舌，半晌，方才一脸古怪地道：“你一个强榜前十的大家伙，竟然肯屈尊来我们磐门？”

“屈尊？这磐门如今在内院之中的声势就算是林修崖的‘狼牙’、柳擎的‘裂山’都赶之不及，他们有强者坐镇，可磐门比他们的强者更多。不说那几乎每天赖在这里的蛮力王，就算是你，也是能够匹敌柳擎的强者啊。更何况，还有薰儿，嘿嘿，连排名第二的林修崖都被她轻易打败了。这内院，还有谁敢说磐门势小好惹？”林焱嘿嘿笑道。

“薰儿什么时候把林修崖给打败了？”萧炎再度一怔，惊讶地望着一旁抿嘴微笑的薰儿。

“就是在强榜大赛落幕后的切磋赛上。啧啧，你没看见那场面，不到十分钟时间，那林修崖便败在薰儿手上，当时全场的人，都如同傻了似的。”林焱摊了摊手，幸灾乐祸地笑道。

听了林焱的话，萧炎眼中的惊讶一波胜似一波，他的确知道薰儿平日定然隐藏了真实实力，却依然未曾料到她真正爆发时会如此强悍。那林修崖可是能够匹敌柳擎的强者，而他为了打败柳擎，可是拼尽了全力，也才搞了个两败俱伤。没想到这妮子竟然在短短十分钟内便将林修崖给打败了，那她的实力怕应该达到了斗王层次吧？

想到这里，萧炎便不由得轻吸了一口凉气，这个妮子，也实在太恐怖了点吧。她的年龄似乎比自己还小上许多。一个十七八岁的斗王？这种成就，简直能够让内院的那些长老自卑得掩面而泣吧。

心中思绪万千，不过当萧炎想到薰儿背后的古老势力时，倒也淡然了一些，她怕是不能用寻常眼光看待。

像是知道萧炎心中在想什么，薰儿却只是温柔地一笑，纤手挽起萧炎的手臂，那副百依百顺的乖巧模样，哪还有当日挑战林修崖时的半点冷漠与淡然？

望着薰儿那副对萧炎言听计从的模样，林焱咂了咂嘴。即使是他这个嗜战的狂人，也不由得在心中生出对萧炎的一分艳羡。这般艳福，内院几人能享？

第四章
分离

萧炎苏醒之后，日子再度变得如同以往那般平静。虽然每次在内院露面都会引来不少的惊呼以及各种各样的目光，但所谓习惯成自然，久而久之，萧炎倒是能够做到无视。

虽然大赛已经结束多日，但或许是因为要留给参赛者足够的休养时间，那进入天焚炼气塔底层之事，一直没有结果。如此，倒是令满心期盼的萧炎感觉到时间难熬了起来。

因为刚刚一举晋升了两星级别，所以萧炎这段时间并未进入塔中修炼，而是选择安安静静地锤炼着体内那突然暴涨的斗气。这种实力突飞猛进固然令人满心欢喜，不过这种猛飙跳级的方式，却不及一步步升级那般坚实。虚浮是晋阶的大忌，因此，为了日后着想，萧炎必须时刻令体内保持着真正的充盈状态，而不是那种缥缈的虚浮实力。

当初在黑角域所杀的那位血宗少宗主，便是最好的例子。虽然他年纪轻轻便晋入斗灵阶别，不过真要战斗起来，实力却比寻常斗灵要弱上许多，这便是因为其体内斗气虚浮不定，所发挥出来的战斗力自然也有限。

在每日悠闲的安静修炼中，萧炎体内那本来有些虚浮的斗气，也正在逐渐变得凝实。有着青莲地心火这等提炼斗气的好助手,萧炎锤炼斗气所消耗的精力与时间,都比常人要少许多。

在这再次变得悠闲的生活中，薰儿却不知为何喜欢拉着萧炎两人单独进入深山，然后躺在葱郁的草地上，互相依偎着晒着那暖洋洋的日光，日子充实而幸福。只不过，在这安静而充实的山林享受中，萧炎却感觉到似乎有什么事情要发生。

这里是一处略显倾斜的草地，葱郁的绿草犹如绿色毯子一般，蔓延到视线的尽头。在草地下方不远处，有一泓湖水，水极深，淡淡的云雾缭绕在其中，看上去恍若仙境。

萧炎与薰儿静静地斜躺在草地上，暖暖的阳光覆盖在身体上，有种令人昏昏欲睡的感觉。

微微偏头，薰儿那对犹如宝石般的明眸望着身旁闭着眼睛、一脸悠闲的黑袍青年，小嘴缓缓扬起一抹微笑，片刻后，似是想到了什么，眼神微微一黯，低声道："萧炎哥哥，薰儿给你的那卷轴，等你日后到达斗王阶别时，可一定要好好修习哦。"

听着耳畔的低低柔声，萧炎睁开眼睛，笑着摸了摸薰儿的脑袋，道："那是自然，薰儿给的东西，哪能不全心修炼？"

闻言，薰儿这才嫣然轻笑，笑声如山泉撞击山石般清脆悦耳。

"不过丫头，这几日，你似乎有些奇怪啊？"萧炎直视着薰儿那张动人的笑脸，忽然道。

薰儿微微一怔，目光闪烁着避开了萧炎的视线，轻声道："没有啊，我觉得和以前没什么不同啊。"

"是吗？"萧炎笑了笑，刚欲说话，药老凝重的声音突然在耳边响起，"有大批的气息朝你这边飞掠而来，这些气息极强，好像目标就是你们两人！"

听得药老的话，萧炎先是一怔，旋即脸色微变，来不及琢磨在这内院的深山中为什么会出现一批陌生的强大气息，起身拉着薰儿就欲离开此处。

薰儿似乎也隐隐间感应到了什么，俏脸顿时一变，急忙推着萧炎进入森林，嘴中焦急地道："萧炎哥哥，你快躲进去，千万别出来！"

"怎么回事？那些人是冲着你来的？"一把抓住薰儿的纤手，萧炎脸色一沉，道。

薰儿目光扫向遥远的北方天际，感应着那飞速赶来的气息，纤手连忙按在萧炎身上，劲气一吐，一股柔和劲风便将萧炎推进了树林中，同时嘱咐他说："萧炎哥哥，压抑住气息，不要让他们发现了！"

被薰儿推进森林中，萧炎脸色变幻不定，他不明白为什么突然间薰儿会变得如此焦急。

"究竟是什么人？"目光顺着薰儿的视线转移向北方天际，萧炎的拳头缓缓握紧，一股异样的怒火，在心中悄悄地升腾着。

就在萧炎被推进森林后不久，突然有破风声从天际传来，十几个细小的黑点出现在了北方天际，这些黑点的路线极为明确，直接奔向了薰儿所在的位置。

随着尖锐的破风声越来越响，片刻后，黑点迅速变大，最后，终于出现在了视线可见的范围内。

萧炎透过树叶缝隙望着那视线之内的十来个黑点，脸庞上顿时现出震惊。那些黑点并非人影，而是十来头浑身漆黑、脑袋上长着一根尺许长银色独角的魔兽。独角之上布满着奇异的纹路，甚至隐隐间有风雷声从中传出。魔兽的后背，还长着极为宽大的四翼，翼翅振动，狂风从天际呼啸而来，将树木都压得微微弯了一些。

这些陌生的魔兽，萧炎从未见过也没听说过，不过这并不妨碍其心中的一抹惊愕，因为他从这些魔兽身上感受到了一股极为凶悍的气息。显然，这些魔兽，并非只是普通用于运输的魔兽，而是用于战斗的飞行兽。

飞行兽本就稀少，战斗所用的飞行兽更是极为罕见，只有那等实力极为庞大的势力，方才有本钱豢养与驯服。

萧炎将目光从这些四翼独角兽身上移开，最后停留在了它们宽大的背上，这下他再度一怔，只见每一头四翼独角兽背上都站立着一个人。

这些人皆身着紫黑色的袍服，面无表情，目光微微闪移间，犹如凌厉的刀芒一般，令人浑身上下都生出寒意。萧炎有些骇然地发现，这十道人影，几乎每个人的气息都犹如一潭深水般探不到底。这种气息，萧炎只在内院的那些长老身上方才能够感应到。

十头巨大的四翼独角兽振动着翅翼，最后停留在湖面之上，一道道目光，扫向了草地上站立的青衣少女。

“呵呵，薰儿小姐，总算是找到你了。”领头的四翼独角兽缓缓降了下来，其上，一位男子冲着薰儿笑道。

这位男子年龄并不算很大，看模样也就是二十四五，模样极为俊逸，简直能与林修崖相媲美，一身紫黑色的袍服，令其气质比林修崖多了一分稳重。而且最重要的是，似乎这位男子还是这群人的领头者，因为其他九人的站位，明显在其身后。这种细微的地方，最能体现出等级间的差距。

“我是黑湮军新晋的副统领翎泉，奉族宗大人之命，将小姐接回去！”自称翎泉的男子站在四翼独角兽之上，对着薰儿抱拳，恭声道。

“我说过自己会回去，你们又何必万里迢迢赶来。”翎泉等人的突然来到，令薰儿很不高兴，她冷冰冰地回道。

“族宗大人吩咐，我们也只能领命。”翎泉微微笑了笑，刚欲说话，目光忽然一凝，视线瞬间投向森林之中，沉声道，“何人偷听？”

翎泉喝声刚刚落下，那静立在四翼独角兽背上，犹如雕塑的九道人影脸色瞬间变得冷漠，身形一颤间，九道身影几乎同时闪进森林之中，旋即一阵低沉碰撞声响起。

“住手！”薰儿俏脸一变，厉声喝道。

随着薰儿的厉喝落下，一道身影突然破林而出，然后振动着双翼停留在半空中，最后缓缓地降落在薰儿身旁。此人正是衣衫略有些凌乱的萧炎。

“萧……你没事吧？”瞧得萧炎呼吸略有些急促，薰儿一急，习惯的称呼刚欲喊出，突然觉得失口，当下故作平淡地问道。

薰儿的这般变化令萧炎眉头微微皱了皱，他问："怎么回事？"

在萧炎闪出树林后，那九道人影也再度如同一体般，同时蹿出，最后落在翎泉身后，目光如凌厉尖刀般，牢牢锁定萧炎。

"你……"薰儿脸颊上神情的变化，并未瞒过翎泉。他眼眸微微眯了眯，旋即转身望着那现出身来的萧炎，当其看见那张面孔时，略微一怔，手指轻轻地敲打着额头，忽然似笑非笑地道，"如果我所料不差的话，这位应该便是萧家那位曾经是废物的萧炎少爷吧？我看过你的画像。"

"你是谁？"面沉如水，萧炎沉声问道。

"黑湮军副统领翎泉，不过说了也没用，你以及萧家，根本没有接触这个层面的资格。"翎泉笑道，声音中带着毫不掩饰的轻蔑。萧家差点被灭门的消息，他也早就听说过，如今的这个萧家已经彻底没落，哪还有当年的那种风光？

听得翎泉话中对萧家的不屑，萧炎面色逐渐阴冷，手掌更是缓缓地握上了玄重尺柄。

"翎泉，闭嘴！萧家与我族有盟约，岂容你出口侮辱？"察觉到萧炎那越加阴冷的脸色，薰儿心头一急，冲着翎泉厉声叱道。

"呵呵，小姐勿恼，我心直口快了些。"翎泉笑了笑，话音一转，却突然道，"不过此行前来，族宗大人吩咐过，若是遇见萧炎少爷的话，可以向他问询一下萧家的那部分钥匙所在。"

说到这里，翎泉微笑着将目光转向萧炎："不知道萧炎少爷能否告知？"

闻言，薰儿心头微震，生怕萧炎露出什么破绽来，当下刚欲插口，一旁的萧炎却微微皱了皱眉，疑惑地道："钥匙？"

皱着眉头望着萧炎那疑惑的脸色，翎泉心中暗自道："难道他真不知道？如今萧家四分五裂，也不知道那魂殿究竟是否真的将钥匙抢到了手，如果到手，怕又是一番麻烦。"

"我在萧家这么多年，都未曾有那钥匙的消息，你这般容易便想弄到，岂非做梦？”心中松了一口气，薰儿淡淡地道。

“呵呵，我也只是随意一问而已，我此行的最主要目的是带小姐回去，其他的倒只是旁枝末节。”翎泉一笑，旋即对着薰儿躬身道，“小姐，请！族宗大人可是非常想您。”

柳眉一皱，薰儿微微摇了摇银牙，脚步刚刚一挪，萧炎便抓住了她的手臂，声音低沉地道：“你要走？”

“萧炎哥哥，我离族多年，已经延缓了好几次回去的时间，这次，看来是真的推不掉了。萧炎哥哥，记住我以前和你说的话，千万不要泄露陀舍古帝玉在你手中的消息，日后，你会知道薰儿背后势力确切为何物。不过，萧炎哥哥在没有能力保护好古玉之前，千万不要来找薰儿，否则族中一些人，定然会留住你，因为你手中的古玉牵扯了太多的事。”薰儿微微低下头，一丝微弱中带着些许哀求的声音，传进了萧炎耳中。

萧炎脸色阴晴不定，握着薰儿手臂的手掌微微颤抖着。

“萧炎哥哥，薰儿等着你，等着你真正地成为傲视群雄的强者。薰儿一直相信，你会站在大陆的巅峰，到时，没落的萧家，会因为你而再次屹立大陆！”

听了薰儿的话，萧炎的手掌不停地颤抖着，他心乱如麻。虽然经过这些年的历练，他早已经不是当年那只会意气用事的少年，但在经历了家族剧变之后，再次经历这种离别，实在令他难以接受。到了分离的时候，他方才醒悟，面前的少女在他心中占据了何等的分量。

“萧炎少爷，这是我们的任务，所以，还请放开小姐吧。”望着那握着薰儿手臂的萧炎，翎泉眼神缓缓冷了下来，然而脸上依然带着令人如沐春风的笑容。

丝毫没有理会翎泉的话语，萧炎目光紧紧地盯着薰儿，片刻后，终于在翎泉不怀好意的目光中缓缓松开了手。然而，就在手掌即将离开薰儿手臂时，萧炎猛地伸出手，环上那纤细柔软的腰肢，将之狠狠地搂进怀中，脑袋深深地埋进薰儿散发着淡淡清香的青丝中，喃喃地道：“薰儿，等着我，我会去找你的！我不管你背后势力是如何庞大与恐怖，你是我的！若是要让那势力正眼相对需要达到斗尊，那我就向斗尊奋斗，斗尊不行，那就斗圣，斗圣不行，那就斗帝！昔日萧家先辈能达到那个高度，我萧炎，定然也能！”

贝齿紧紧咬着嘴唇，薰儿宝石般的眸子间闪烁着点点光泽："傻瓜，真要达到斗帝，这大陆任何女子都能任你挑了。"

见萧炎竟敢将薰儿拥进怀中，翎泉脸庞上的笑意终于一点点地收起，眼神阴冷如刀锋般停留在萧炎身上，手掌缓缓紧握，淡淡的实质火焰在拳头处蓄势欲发。

似是感受到一点天地间能量的波动，薰儿强行挣脱了萧炎的怀抱，飞快地在其耳边低声道："记住我说的话，至少，在未能达到斗宗时，不要与我族接触。"说完，薰儿便转身，脚尖轻点地面，身形掠上半空，香肩微微一振，一对璀璨金色的斗气双翼便从其背后涌现，双翼微微一振，便落在了一头四翼独角兽之上，最后在狂风大振中被后者载着，向着远处天际飞掠而去。

随着薰儿的离开，翎泉身后的九道人影也飞快地掠上四翼独角兽，最后风驰电掣般追赶而上，将前者牢牢地保护在中间。

望着逐渐远去的四翼独角兽，萧炎心中隐隐有种落寞，目光转回，最后停留在了那依然站在此处的翎泉身上，淡淡地道："翎泉副统领还不走？"

"我倒是不急。"翎泉笑了笑，旋即笑容逐渐变冷，目光阴冷地盯着萧炎，冷笑道，"只是想叮嘱你一件事，凭你的成就以及那已经成为丧家之犬的萧家背景，根本配不上小姐。实话与你说，族宗大人倒也是猜测到了小姐或许对你有些情意，因此也托付我传句话给你——忘了小姐，以前的那些事，最好当作没有发生过。小姐在我族有着极为重要的地位，与她相配的人，只能是大陆上真正的强者，你——还不配！"

说最后三个字时，翎泉的脸上带着一种极为刻薄的不屑。薰儿是全族天才追求的目标，这其中自然也包括他。先前看着萧炎竟然敢将薰儿揽进怀中，若非是顾及薰儿，他早就忍不住当场击毙萧炎，如今传话，自然是要尽显其挖苦讽刺之能。按照他的料想，若是能用言语将萧炎打击得一蹶不振的话，那自然是最令人满意的结果。

然而，话落之后，面前的萧炎却是意料之外的平静，那对漠然的漆黑眸子盯着翎泉，片刻后，方才轻笑了一声，摇着头道："配与不配，还轮不到你来指手画脚，而且……你应该是在嫉妒我吧？"

脸庞上的刻薄缓缓收敛，翎泉阴森森地望着萧炎："你找死？不要以为有小姐护着你便能嚣张，真要杀你，犹如捻死一只蚂蚁。"

萧炎淡淡地望着面藏杀气的翎泉，那副未有丝毫畏惧的表情，令翎泉的心头不断生出杀意，他讨厌这个犹如蝼蚁般的家伙却偏偏要做出这般淡然姿态。

就在翎泉杀意缓缓蔓延时，淡淡的苍老声音，忽然在这片草地上响起："翎泉副统领，让你们进入内院寻人，便已经是最大的宽容，现在还想在我内院动我们的学生？"

随着苍老声音的落下，一道黑影诡异地出现在半空中，赫然是大长老苏千。

望着苏千出现，翎泉身上的那股杀意瞬间收敛，冲着前者拱了拱手，笑道："大长老哪里的话，我只是与萧炎少爷谈谈心而已。"

"行了，别和我绕弯子了，能让你们进来寻人，已经是给你们族最大的面子，现在人已经找到，立刻离开吧。"苏千皱了皱眉，沉声道。

听得苏千下了逐客令，翎泉笑了笑，也不反驳，对着前者略微躬身，旋即目光再度转向萧炎，皮笑肉不笑地道："看来你并不死心，也行，等你日后真有本事了，尽管来我族寻小姐便是。到时候，本副统领会让你见识到真正的差距。"

说完，翎泉肩膀一颤，一对深红色的斗气之翼弹射而出，双翼微微振动，身形迅速升空，最后朝北方天际闪电般飞掠而去，眨眼工夫，便消失在了萧炎视野中。

望着翎泉离开，苏千缓缓降落在萧炎身旁，轻轻拍了拍他的肩膀，叹道："小家伙，别被那个家伙打击到，不然可就真称了他的心。他们族与寻常人有些不同，修炼起来有些得天独厚的条件，但真要论起修炼天赋，他并比不上你。"

萧炎微微一笑，默默地点了点头，轻声道："他刚才若真动手，拼着再次重伤，我也会让他留下一点纪念。”

望着那轻声细语的萧炎，苏千微微一怔。他清楚，萧炎并非是在逞强，于是点了点头，笑道：“我相信，一个能凭一己之力将云岚宗闹得天翻地覆的人，有这个本事，并不让人意外。呵呵，好了，小家伙，明天便要进入天焚炼气塔接受心火锻体了，若是你能够撑过去，便为晋升斗王铺平了道路。现在说什么都没用，只有成为真正的强者，你才能去那一族中寻找你的小女友。”苏千拍着萧炎的肩膀，安慰道，旋即转身对着森林中缓步行去。

萧炎微笑着点了点头，望着苏千的背影消失在林间，这才转过身，将目光投向遥远的北方天际，喃喃道：“薰儿……等着我，还有……”拳头缓缓从袖袍中伸出，滴滴鲜血从指缝中溢流而出。先前翎泉的那种刻薄不屑，并非对萧炎没有丝毫影响。

“翎泉，这债与辱，我记着呢！”

第五章

心炎锻体

当萧炎回到磐门时，正巧遇见吴昊和琥嘉二人。两人瞧见萧炎那阴沉的脸色，互相看了一眼，不明白是谁将这位向来温和可亲的家伙给激怒了。

目光向萧炎身后瞟了瞟，像是发现了什么的琥嘉忍不住地低声问道："薰儿呢？"

脚步一顿，萧炎缓缓吐了一口气，道："走了。"

"走了？"闻言，吴昊与琥嘉顿时一怔，旋即满脸惊愕道，"去哪儿了？什么时候回来？"

"她回族了，以后，怕是不会再回来了。"萧炎脚步顿在大门处，淡淡地说了一声，旋即便推门而入，然后房门嘭的一声，被重重地关上。

吴昊与琥嘉愣愣地望着那紧闭的大门，好半晌方才有些落寞地叹了一口气。经过这么久的相处，对于那个总是带着柔和微笑的少女，几乎磐门所有人都非常爱戴和尊崇她，乍一听说她走了，自然感到心中像少了什么。

"唉，这消息若是传出去，怕不少磐门成员都会情绪低落了。"良久，琥嘉叹了一口气，道。

吴昊苦笑着点点头，低声道："难怪总是觉得薰儿最近有点奇怪，原来是要走了啊。”

“萧炎心里怕也不好受吧。”琥嘉无奈地摊了摊手，旋即转身朝外面行去，道，“算了，还是不打扰他了，让他一个人静静吧。”

吴昊点了点头，垂头丧气地跟了上去。

泛着淡淡幽香的小房间中，依稀有着少女残留的香味。萧炎躺在柔软的床榻上，缓缓闭上眼，脑海中，少女那动人的一颦一笑，犹如刀刻般深深地印在记忆深处。

伊人在身边时，他倒是未曾有过这般感觉，如今香影远去，那种感觉方才一丝丝地从记忆深处爬出来，犹如乱麻一般，缠绕在心头。深吸了一口气，萧炎知道，那个身影怕是得伴随他一辈子了。

“我会去找你的。”握着被子的手掌缓缓收紧，萧炎的呢喃声在房间中低低地响起。

翌日，平静了一段时间的内院再次变得热闹起来，因为今日那强榜前十的强者，要进入天焚炼气塔中接受本源心火的锻体。内院中人都清楚，只要熬过这种锻体，那么几乎便能够为以后晋阶斗王铺平道路。这种可遇而不可求的机缘，足以令任何人眼红与垂涎。

磐门之中，一大群磐门成员簇拥在小楼阁前，望着紧闭的房门，低声议论着。

“嘎吱！”

正当众人互相交谈间，紧闭的房门忽然响起细微的声音，顿时，所有人都闭上了嘴巴，盯着房门的一道道目光泛着火热与尊崇。

此时，一身黑袍的青年缓步走出，那张一如既往温和的脸庞，令所有磐门成员有种振奋的感觉。作为如今磐门的真正领袖，萧炎的一举一动，都牵动着整个磐门的心绪。不管遇见什么样的对手，只要他不曾言败，那么磐门众人便会有无穷的斗志与信心。

望着萧炎那张恢复了以往神色的脸庞，吴昊与琥嘉悄悄松了一口气。若是在这种场合，萧炎依然如同昨天那般阴沉落寞，怕在场所有人的情绪都会变得极其低落吧。

目光环视全场，萧炎视线射向之处，那些磐门成员便会不由自主地昂首挺胸，目光炽热而激动。

微微一笑，萧炎缓缓举起手来，旋即落下，话语简洁明了：“走！”

语罢，萧炎率先向着磐门之外行去，其后，大批磐门成员浩浩荡荡地紧跟而上。

如此大队人马行走在内院，所引起的骚动自然不小，一道道目光从四周投射而来，当他们瞧得那领头的黑袍青年后，顿时恍然，旋即一脸艳羡地望着那跟在其后气势高涨的磐门众人。

如今的磐门，因为丹药又多又好，已然真正地垄断了内院的丹药市场，并且随着磐门实力的增强，就连那药帮也越来越难以与磐门抗衡。火能的充裕，也使得磐门那种特殊的火能赏罚制度越加完善，因此内院之中，就算是一些早已经加入别的势力的学员，也对磐门成员的待遇羡慕不已。

一大批人，浩浩荡荡地直奔天焚炼气塔，沿途也遇见其他几拨势力，不过那股声势与磐门比起来，无疑要弱上许多。虽然其他势力的首领大多也是强榜前十的强者，但在能将柳擎打成重伤的萧炎面前，却不敢有丝毫傲意。他们都清楚，若不是萧炎与柳擎因为两败俱伤而未参加最后的名次决斗，恐怕两人都是争夺前三的最有力者。

在即将抵达天焚炼气塔时，萧炎却与同时赶来的林修崖一群人碰在了一起，双方见面，皆是一怔，旋即笑着打招呼。

在打招呼的同时，萧炎目光扫过林修崖身后那只有二十来人的队伍，心中不禁暗赞了一声。这群人虽然人数比不上磐门多，不过个个气息暗蕴，眼中精光偶闪，浑身气势凝聚的模样，实力大多都是在一星斗灵左右。

“想必这便是闻名内院的‘狼牙’了吧？人不多，但个个能以一当十，这才是真正的精锐啊。”

在萧炎打量林修崖身后的队伍时，后者也将目光若有若无地瞟向萧炎身旁，却并未看见那个深刻在自己脑海中的身影，当下眼中闪过一抹失望，旋即与萧炎互相笑谈着，快步向着已经出现在视线尽头的那截塔尖行去。

当萧炎等人来到天焚炼气塔之外时，此处早已是人山人海。今日因为强榜前十要进入塔中底部，所以内院已经禁止了其他学员进入塔中。此举虽然令众人有些微词，却也明白这是历代的规矩，倒也无话可说。

萧炎一大群人的出现，顿时引来了各方的注意。作为如今知名度与声望都不比林修崖低的萧炎，在瞬间便被所有人认出，当下便有各种声音在人群中响起。

没有理会那些嘈杂的声音，萧炎一大群人仗着人多，直接犹如一把尖刀般插进人群中，旋即将之分割开，最后大摇大摆地来到了天焚炼气塔大门外的空地上。

大门外的这片空地，是留给那些实力不错的势力所用。以如今磐门的实力，自然是具备了这个资格，因此一行人也不客气，直接找了个不错的位置，盘腿坐了下去。

坐在空旷地带上，萧炎望着后方那些拥挤的人群，不由得有些感慨。大半年前，他也只有资格站在外面，然后羡慕地望着其中那些霸占着最好位置的势力，没想到，如今这位置便调换了过来。

“嘿，柳擎那家伙也来了。”林焱的身影忽然闪掠在萧炎身旁，一屁股坐下，对着一个方向撇了撇嘴，道。

闻言，萧炎一怔，目光顺着其视线望过去，果然见到那里的人群突然骚动起来，然后便有一群人气势汹汹地闯进来，直奔大门，而那群人的领头者，正是背负着裂山枪的柳擎。其身后，则是柳菲、姚盛以及一群身材颇为壮硕，气势丝毫不比林修崖的狼牙成员弱的男子。

在萧炎注视着柳擎时，后者似是有所感应，微微偏头，目光与那盘坐在地上的黑袍青年对碰在了一起。

四目对峙，柳擎脚步逐渐变缓了下来，而作为全场瞩目的人，他的举动自然引起了众人关注，于是，一道道目光又再度转移到了萧炎身上。

瞧得这两位堪称冤家路窄的对手相视，周围的窃窃私语声顿时消散。

在周围目光的注视下，柳擎略微迟疑了一下，却带着人缓步朝萧炎这边走来。

萧炎身后，磐门众人瞧见大批拥来的柳擎等人，顿时紧张起来，一个个目光中流露出敌意，更有甚者直接抽出了武器。

双方的这般举动，更是立刻让气氛变得剑拔弩张，所有的目光都望着这似乎即将展开大规模火拼的两方势力。

在距离磐门众人还有十来米远时，柳擎停下了脚步，一挥手，那群气势汹汹的大汉便同时停住了脚，整齐的落脚声极具气势。

带着柳菲、姚盛，柳擎缓缓停在了萧炎面前，目光紧紧地盯着那一脸微笑的青年，片刻后声音低沉地道："你很强，我小看了你。"

萧炎笑了笑，冲着柳擎拱了拱手，道："侥幸而已。"

"战斗中，不存在侥幸。"柳擎淡淡地道，旋即目光变得滚烫，"不过从现在开始，我的对手倒又多了一个，这对我来说，可是大大的好事。以后有时间，我会再来找你比试。"

说完，柳擎也不待萧炎回话，转身便带着众人在不远处的地方盘腿而坐，安静地等待着塔门开启。

望着转身而去的柳擎等人，萧炎无奈地摇了摇头。这家伙，原来也挺麻烦的。

在柳擎这班人马到齐之后不久，又有一些人赶来，之后半个小时左右，突然有破风声从天空传来，几道苍老的身影闪现在了塔门之外。领先一人，赫然便是大长老苏千。

"呵呵，看来诸位也到齐了啊，那么我也就不废话了。"苏千目光环视了一圈，也不多费唇舌，手一挥，沉重的塔门便在一阵嘎吱声响中，缓缓打开。

"强榜前十的十一人，随我进来，其他人，今日不允许进入。否则的话，半年之内，都别想进入塔中。"苏千淡淡地说了一声，旋即也不理会被这严厉惩罚吓得缩起脖子的众人，转身向着塔中行去。

望着苏千的背影，萧炎率先站起身来，然后在那一道道艳羡的目光中，迈进了天焚炼气塔！

进入天焚炼气塔，明亮的光线顿时变得黯淡了许多，萧炎抬起头，瞧见苏千已停下脚步，似乎在等待他们。

瞧得萧炎率先进来，苏千冲他笑了笑，望着他那回复了以往平和的脸色，略感欣慰地点了点头，心中暗自赞道："这个小家伙，不仅天赋惊人，而且性子也坚韧，能有这般成就，倒也并非偶然。"

在萧炎进来之后不久，林焱、林修崖等人也陆陆续续进入，十一人在苏千面前停下，除了那一脸不耐烦的紫妍外，其他人大多都显得有些振奋。

"喂，萧炎，我东西吃光了，等从这里出去后，你可得给我炼制。"紫妍也不理会苏千，一蹦一跳地来到萧炎身旁，拉着他的袖子，一甩淡紫色的马尾辫，低声嘟囔道，"最讨厌来这塔里了。"

"嗯。"萧炎微笑着点了点头。他清楚紫妍本体是魔兽，因此对于火焰略有些排斥的心理。而那所谓的心火本源锻体，对她也没有太大的作用，毕竟她已经晋入了斗王阶别，心火本源锻体对她作用有限。不过聊胜于无，能够免费锻体一次，多多少少也是有点好处，所以紫妍也不怎么反对。她虽然任性，但对于这些还是能够分清的。

轻咳了一声，苏千瞪了毫不在乎的紫妍一眼，旋即无奈地将目光转向萧炎等人，颇为严肃地道："你们一路跟着我就可以了，不要单独行走，到了塔中下面的几层，也不要随意走动，不管有任何动静，都不能随意察看。否则的话，我会取消你们的资格，明白吗？"

闻言，众人虽然有些错愕，可还是点了点头。

见到众人点头，苏千这才转身在前领路。他没有按照平常的下塔路线行走，而是直接朝当初萧炎第一次进塔时闯进的那扇铁门走去。

望着苏千的这条路线，萧炎心头顿时一惊。他清楚，在这铁门之后的黑暗中，便有着一个极大的深洞，而那深不见底的黑洞之中潜伏着真正的陨落心炎！

怀着异样的心情，萧炎跟着苏千进入了那被严加看守的铁门之中，昏暗的光线从墙壁上投射而下，把这铁门之后庞大的空间照射得颇为朦胧。不过虽然光线暗淡，却不妨碍萧炎打量着中央处的那个宽敞洞口。

其他几人，也好奇地东张西望，这个地方，甚至连柳擎、林修崖等人，都是第一次进来。

没多会儿，大家的目光便停留在了中央处的那漆黑的深洞上。不过虽然众人满心好奇，但是一想到先前苏千的交代，都不敢随意出列过去查看。

萧炎目光紧紧地盯着那漆黑的深洞，半晌，方才强行拉回目光，垂目低首地跟着前面的苏千。

苏千所走的路线，只是这宽敞空间内的边缘位置，因此距离中央的黑洞颇远，不过饶是如此，萧炎等人也感受到一种极为炽热的温度。

沿着边缘行走了几分钟，苏千带着众人钻进了一处光线昏暗、蜿蜒下行的通道之中。顺着不断转弯的楼梯下行，萧炎能够察觉到，自己正在深入天焚炼气塔底部。

这条楼梯通道防守森严，几乎每往下走几分钟，便会出现一名犹如雕塑般站立的守卫，这般严密的防守，再配合着周围昏暗的气氛，令好几人暗中打了个哆嗦。若非是对于内院高度信任的话，恐怕都有人忍不住要怀疑苏千是否要把他们带向某种绝地了。

在这压抑的气氛中，一行人几乎都没有说话的兴致，除了一路上紫妍不断绕着萧炎嘀嘀咕咕地说话，整条楼道，就只有一阵阵略显凌乱与粗重的呼吸声。

这种压抑的气氛，在持续了将近半个小时后，终于被通道尽头出现的光芒打破了。

“到了！”快步走向尽头，苏千淡淡的声音顿时令众人精神一振，急忙加快脚步，争先恐后地拥了出去。

走出昏暗的通道，刺眼的强光令萧炎等人习惯性地闭上了眼睛，不过紧接着便飞速睁开，目光对着此处一扫，旋即满脸诧异。

这是一处极为宽敞空旷的塔内空间，占地极广，目测比上面任何一层的面积都要大。而且由于这里的修炼室不太多，因此一眼望去，有种空荡荡的感觉。

萧炎四处张望，片刻后，便停留在了场所中央。那里，有一个宽约几十米的巨大洞口，目光缓缓上移，萧炎眼眸顿时虚眯了起来，只见在那高达近百米的顶上，一个同样庞大的洞口，极为精准地对着下面的深洞。显然这天焚炼气塔似乎每层都有着这么一个洞口，而且这些洞口还是互相连着的。

“看来这深洞最低处，应该便是陨落心炎本体所在的地方了吧？只是不知道，这里是第几层。”萧炎在心中喃喃道。

“都跟我过来。”苏千目光四处看了看，旋即对着萧炎等人一挥手，抬脚对着广场中央的位置行去。见状，萧炎眼睛微亮，第一个跟了上去。

离中央处的那个黑洞越来越近了，萧炎能够明显地感受到，一股异样的温度笼罩在自己周身。

苏千在距离洞口还有二十来米远时，停下了脚步。手掌一挥，顿时两道身影不知从何处闪掠而出，最后停在洞口之外的十来米距离处。

萧炎望了那两道身影一眼。这两人明显也是内院的长老，只不过似乎并不常在外露面，所以他并未见过。

“都坐下吧！”苏千指向一处地面，那里有十一个特制的玉台，看上去，翠绿如翡。

闻言，十一个人赶忙各自寻了个玉台坐上。

屁股一坐上玉台，萧炎顿时感觉到一股淡淡的温凉渗透进身体，坐在此处，似乎连外界那种炽热的温度都被隔绝了。

见到众人都坐上了玉台，苏千这才转身与那名长老低声说了几句。而后，两名长老缓步走近那深洞洞口，双手闪电般结出手印，最后低声呼喝。

随着两人喝声落下，只见那空无一物的深洞四周，忽然一阵波动，随即一层有些虚幻的能量涟漪，缓缓地出现在了众人视线中。

“原来这里也有特殊的能量封锁，看来内院对于陨落心炎防卫得很严密嘛。”望着那看似虚幻，实则极为牢固的能量涟漪罩，萧炎在心中恍然道。

在那能量涟漪罩浮现之后，两名长老手一招，顿时，一个人头大小的淡白色光罩，缓缓从那深洞之中飘荡而出，最后渗透出能量涟漪，悬浮在离地两米处的位置，上下起伏。

在第一个淡白色光罩飘出之后不久，又接二连三地有光罩飘出，半晌，总共有十一个光团出现在了萧炎等人面前。

眨了眨眼睛，众人皆一脸疑惑地望着白色光罩。

瞧得众人茫然的脸色，苏千淡淡一笑，袖袍轻挥，顿时，那淡白色光罩的颜色便急速变得透明，将其中之物展示在了众人面前。

光罩之内的，赫然是一团看似无形，却能用肉眼看见的火焰，这些火焰在各自的光团中袅袅升腾，不过温度似乎全部都被那光罩隔离开了，萧炎等人竟然感觉不到一点温度。

“这便是本源心炎。”苏千凝视着这些无形的火焰，淡淡地道，“这种本源心炎，极难获得，每年费尽我们极大的人力，方才能够得到三到四团，而且这还得看运气。这东西对斗王之上阶别的人没太大的用处，却能为斗王之下者铺平晋升斗王的道路。当然，风险也不小，锻体之痛，极难忍耐，一个不慎，不仅会失败，反而会对自身造成伤害。”

“大长老，这本源心炎锻体，往年的成功率是多少啊？”林焱伸了伸手，小心翼翼地问道。

“每届强榜前十来此处接受锻体的，失败率并不低，每次都会有一半的人失败。”苏千轻描淡写的话，令一些人额头冒起了冷汗。一半的失败率，这也太高了点吧？

“斗王阶别，是大陆强者的分水岭，想要晋升到这个阶别有多困难，你们这些斗灵巅峰应该极为清楚。若是没有足够机缘的话，一辈子停留在这个层次，也并非不可能。”苏千斜瞥了林修崖、柳擎等人一眼，道。

“若是不敢接受锻体，提出来便可，这本源心炎也极为珍贵，能省那自然是最好。”苏千随意地道。

闻言，众人面面相觑，没有人敢提出退避。也正如苏千所说，晋升斗王太过困难，若是放弃了这般机缘，日后后悔，可就……

“既然都没意见，那么闭目沉神吧，不要分心，万一出现问题，我们会出手相助的。”见到无人说话，苏千一挥手，十一个光团便分别飞掠到众人头顶上，最后在众人那紧盯的目光中，“嘭”的一声破裂开来，其中那道无形火焰，便这般直落而下，从众人头顶钻了进去。

随着那团无形的火焰钻进萧炎等人头顶，顿时，十一个人身体皆出现了不同程度的颤抖，紧接着一张张脸庞犹如火炭般涨得通红，甚至还有丝丝白雾，从众人脑门处渗透而出。

望着十一人那通红的脸庞，苏千微微点了点头，对着两名长老吩咐道：“看紧点，可别出岔子。”

两名长老躬身领命，其中一位灰袍长老叹息道：“不知道这次会有几人能够扛过来？”

“这种心炎锻体，可远非在上面几层修炼时的那种心炎可比。这种灼痛，即使意志坚定者，想要熬过来也没有绝对的把握。”苏千淡淡地道。

另外一名长老苦笑着点了点头，道：“上一届的强榜前十，熬过来的只有四人，其余六人都失败了，而且还受了不轻的内伤，足足调养了两三月时间方才痊愈。唉，这心炎锻体的好处固然引人眼馋，可也并不是那么好享受的啊。”

“看他们各自的机缘吧，失败了也没什么。心炎锻体成功，也只是令他们日后晋入斗王时会轻松一些，并不能直接将他们提升到斗王。能够进入强榜前十，大多都是天赋优秀者，只要不是那种运气极背之人，耗费个五年十年的时间，总有机会晋入斗王。”苏千随意说道，旋即目光瞥向了身后那巨大深洞，微微皱了皱眉，道，“最近陨落心炎怎么样了？有没有动静？”

听得苏千发问，先前的那名灰袍长老连忙道：“这段时间陨落心炎很平静，甚至连一点波动都未曾出现。若不是我们探测到了它的活动迹象，恐怕都会认为它悄悄地逃了。”

“没动静？”闻言，苏千不但未喜，反而脸色逐渐变得凝重起来。这么多年来，陨落心炎一直在冲击着封印，怎么可能会突然间完全没有了动静？如此反常的行径，难道陨落心炎是在酝酿着什么？

心中转动着念头，苏千脸色越加凝重，片刻后，沉声道：“封印如何？”

“我们将内院所有十八名长老都召集了过来，花费了五天时间，已经将以前被冲击得有些溃散的封印彻底修补完全。”另外一名长老望着苏千凝重的脸色，笑道，“大长老不用太过担心，就算第一层封印不幸被破，但这天焚炼气塔表层处，还有当初院长大人亲自设置的封印，陨落心炎想要冲破这层封印，恐怕不容易。”

苏千皱了皱眉，呵斥道：“不要小看了陨落心炎，这等异火，是天地间最具毁灭性的力量，经过这般悠长岁月的凝聚，其实力更是堪称恐怖，一旦出现差错，整个内院都会在顷刻间被毁掉。这种代价，我们迦南学院可负担不起。”

被苏千呵斥了一顿，那名长老也有些惭愧。

“多派点人注意一下陨落心炎，一有动静，立刻发信号。我已经通知了外院，一旦陨落心炎出现问题，便会有人迅速赶来。”苏千沉声道。

“是！”两名长老闻言，连忙恭声应道。

“还有，这些小家伙你们也要照看着一点，别让他们出事。我要去下面最后一层察看一下确切情况。”苏千话落，身形一动，便诡异地消失在了原地，留下大眼瞪小眼的两位长老。

痛，深入骨髓的痛！

这就是萧炎此时的感受，在那团无形火焰进入身体之后，他整个人就犹如被丢进了火炉里面一般，而且这火还是从体内燃烧而起。熊熊烈火，炽热温度，那势头，似乎不把人烧成灰烬就不罢休一般。

白雾袅袅地从头顶渗透而出，萧炎体内的经脉、骨骼，乃至血液，似乎也在此刻变成透明的一般，无形的火焰从身体各处渗出，灼烧着体内任何可以灼烧的东西。甚至，连那潜藏在斗晶之中的斗气，都逃不过此劫。虽然萧炎并不能内视到斗晶之中，却能够感受到，斗晶之中的斗气，犹如沸水一般不断地翻腾。

在这种深入骨髓的灼痛中，一分一秒都有种度日如年的感觉。虽然萧炎恨不得当场昏迷，但是在那无形火焰的煅烧中，他的感觉器官似乎反而变得更加敏锐了起来，而这也不断地加剧着疼痛感，这种锻体简直就是一种折磨。

经过这些年的修习与历练，萧炎对自己意志的坚忍颇感自信，并且还因为成功炼化了青莲地心火，对于异火，倒也有一点适应能力。不过饶是如此，他也被这心炎锻体折磨得痛苦不堪，难以想象，其他未曾适应过异火的人，所感受到的灼痛又将会到达何种可怕的程度?

熬，咬着牙熬，萧炎心中不断默念着。这种时刻，他也只能用这近乎自我催眠的方法来使自己能够坚持得更久。

煎熬的时间，过得总是极其缓慢，不过，随着时间越来越久，萧炎倒逐渐麻木了。在心中对疼痛的关注少了一点后，他终于能够分出神来感觉自己体内那在本源心炎的煅烧中，一丝丝的微小变化。

前段时间因为突然飙升了两星实力，使得斗气略有些虚浮，而在这种心炎煅烧中，斗气几乎在以极为惊人的速度变得凝实。萧炎能够感觉到，斗晶之中，以前调动斗气时的那种虚感正在迅速消失，斗晶再度恢复了以往的那种凝实。

骨骼、经脉，乃至肌肉，也犹如那烈火中的精钢一般，以一个颇缓的速度，被淬炼得越加坚韧，充满爆炸力。

萧炎因为各种原因，幸运地扛过了最为痛苦的时期，然而其他一些人并未有这般运气。就在那本源心炎进入体内后约莫一个小时，一名学员已经出现异状，原本潮红的脸色瞬间变得苍白，身体急速颤抖着，犹如抽风一般。

那一直关注着萧炎一行人的两位长老，自然是第一时间便发现了这位学员的异动，当下脸色微微一变，身形一闪便出现在后者身旁，两双干枯手掌同时探出，最后轻飘飘地落在那位学员后背上，掌心处，雄浑斗气猛然暴涌进后者体内。

随着斗气的暴涌，那位学员的身体颤抖得更加厉害了，最后苍白如纸的脸庞再度涌上一抹潮红，忍不住地喷吐而出一口殷红的鲜血。

鲜血落在地面上，顿时响起刺刺的声音，一阵白烟升腾，最后在地面上留下浅浅的殷红。

那名学员缓缓睁开了眼眸，他似乎也清楚自己已经失败，一对眼瞳中充斥着黯然与无奈。

“你先在一旁休息吧。心炎锻体，失败是常有的事，不用太过在意。”那名灰袍长老望着他那黯然的神色，出言安慰了一句。然而话音刚落，又有一名学员也出现了这种异状，两人苦笑一声，只得再次闪掠到那人身旁，照葫芦画瓢，逼出其体内的心炎。

率先失败的两人犹如引起了连锁反应般，短短一个小时的时间，便又有三人失败，将两名长老忙得晕头转向。

将最后一名出问题的学员搞定之后，两位长老望着剩下的另外六人，看他们那虽然潮红，可依然稳定的气息，这才如释重负地松了一口气。这六人明显已经度过了最危险的时期，只要接下来不出现大差错，应该便能够成功了。

“看来这次成功的人会比上次多一点。”一名长老抹了把汗，笑道。

另外一名长老点了点头，目光望向那因为失败而有些颓丧的五人，无奈地摇了摇头，起身道：“你看着这几个，我先把他们送出塔。”说着，他便转身走向那五人，挥了挥手，带着他们沿着来时的路走出去。

本源心炎锻体，是一件耗时不短的事情，虽然萧炎等六人都熬下了最艰难的时期，可接下来的三天时间里，都要接受心炎的煅烧。在这段煅烧时间中，他们能够清晰地感觉到身体内部，不论经脉、骨骼还是其他什么，都得到了不小的强化。

在时间到达第三天时，众人的心炎锻体终于逐渐地接近尾声，脸庞上的潮红也缓缓地退去，一股股强度不一的气息，从他们体内升腾而起。虽然这股气息与接受锻体前并无太大的强度差别，不过，现在的气息很明显比几天前变得更加凝实。

然而，在众人即将大功告成时，天焚炼气塔最底层处，那一直关注着陨落心炎动静的苏千，脸色却突然间大变。

第六章

冲破封印

天焚炼气塔最底层与上面几层几乎是两种景象，炽热的空气弥漫在庞大的空间中，以至于连视线都变得模糊虚幻。轻轻吸一口气进入体内，顿时有吸了一口火焰般的感觉。

火红的光芒不知从何处渗透而出，将整个空间照得颇为亮堂。在这处空间的中央地带，也有一个极为宽敞的洞口，比前面任何一层都要宽大，而且洞中也并非是望不见底的黑色，而是充斥着一种淡淡的暗红，犹如凝固的鲜血一般。

深洞之外，一片肉眼可见的能量罩呈圆柱形将之牢牢地封锁，能量罩表面绘着颇为玄奇的各种纹路，宛如蛇爬过后留下的弯弯曲曲凹痕。并且，此处的能量罩也是极其的狂暴，一丝丝雄浑的能量涟漪不断地扩散而出，甚至隐隐间还有极为低沉的气爆声传出。

在能量罩之外的不远处，苏千盘腿而坐，眼眸似闭非闭，借助着庞大的斗气、意念将整个天焚炼气塔最底层都包裹而进，任何细微的波动，都逃不出他的感应。

安静的底层中，突兀地响起淡淡的液体流动的声音，宛如湖水滚动。然而就是这般细微的声音，却令苏千凝重的脸色瞬间大变。他陡然睁开双目，两道宛如利芒的眼光，直射向中央处的深洞，声音正是从那里传出来的。

苏千闪电般地站起身来，身影一动，再次出现时便已到了深洞边缘。目光如电芒般直射向深洞之内，然而过了一会儿，突然响起的液体流动声竟然完全消失了。

眉头微微皱了皱，苏千略微迟疑了一下，双手缓缓贴上面前那层极为狂暴的能量罩。

足以将任何一名斗王强者轻易震伤的狂暴能量，在苏千手中，却犹如见到主人的宠物一般，迅速地变得安静了下来。随着苏千双手缓缓分开，那圆形能量罩也打开了一个可容人通过的通道。

身形一闪，苏千瞬间蹿进能量罩，双脚稳稳地立在了那深洞边缘，顿时，一股极为炽热的气浪便迎面扑来。即使以苏千的实力也不敢无视这种高温，袖袍一挥间，一股雄浑斗气将身体包裹，将那炽热温度隔绝开去。

做完这些防护，苏千这才将目光投向深洞内，眼瞳逐渐地覆盖上一层淡淡的荧光，而那深不见底的洞内的景象，都在这层荧光中浮现。那是一片岩浆的海洋，只不过那里的岩浆颜色与寻常岩浆相比，却要显得格外红，就如同在其中掺杂了无数鲜血，整个透着一股诡异。

望着那不知道深入地底多远距离的一角岩浆世界，苏千脸庞越加凝重。虽然明知道陨落心炎的本体就潜藏在其中，但在那种极其恶劣的环境下，就算是以他的实力也不敢轻易闯入。更何况，在其中还隐藏着那个虎视眈眈，并且具有灵性的陨落心炎。

苏千能够模糊地看清一角岩浆世界，看得久了，就会感觉到心中有股烦躁在涌动。他清楚，这是陨落心炎在作怪，这种由人心而出现的火焰，最是诡异。

“怎会没动静？”岩浆世界中，依然一如既往地平静，丝毫没有半点异动的迹象，可在先前，苏千分明感受到了一股极其庞大的能量流动。在这没有其他生命的地底深处，除了那陨落心炎之外，还能有谁具备这般连他都感到震惊的庞大能量呢？

眉头紧锁，以苏千的实力自然清楚，那根本不可能是什么错觉，然而现在……

“嘭！”

突然，有细微的声音悄悄地在岩浆世界中响起，旋即穿越了不知道有多远的距离，从深洞中传进苏千耳中。这细微的声音，犹如心脏的跳动声一般，让闻者心脏也忍不住地随之一跳。

眼瞳在这一瞬间缩至针尖般大小，苏千这次能够确定，下面的岩浆世界中，绝对有什么事情即将发生，先前的那道奇异声音，定然有一些古怪!

虽然知道下方地底处有事情发生，可苏千依然不敢贸然进入其中。他明白，一旦自己出事，到时陨落心炎再来个突然爆发，那么这内院怕是得陷入灭顶之灾了。

“嘭! ”

就在苏千沉吟间，又是一道低沉的声音悄然响起，这道声音比先前更加嘹亮，那感觉……就犹如有什么东西即将破茧而出一般。

袖袍中的拳头缓缓紧握，苏千脸色阴晴不定，在暗红的光芒反射下，显得略有几分阴沉。

“嘭! ”又是一道类似心脏跳动的声音，这次声音比上次更响。

“嘭! ”在这道声音响起的五分钟后，又是一道……三分钟后，又是一道……

随着时间的推移，那有些诡异的声音跳动的频率越加紧密，到最后，苏千惊骇地发现，那声音，竟然已经和自己的心脏跳动声完全合拍!

“究竟发生了何……”嘴中低声地喃喃着，苏千脸色猛然大变，目光骇然地望向地底岩浆世界中。那里有一股极为狂暴与磅礴的能量，正缓缓从岩浆最下面翻涌上来。并且，随着这股狂暴能量的涌出，那岩浆世界中的平静也被打破。不知从何处而来的狂风在岩浆之上呼啸而起，将那岩浆带动着翻卷起高达十来丈的红色浪潮，旋即重重砸落，那一霎的轰鸣声响，宛如山崩地裂一般!

“这股能量……”感受着那陡然涌起的熟悉能量，苏千脸庞上涌上一股青色，打过这么多年的交道，他自然极为清楚，这股能量便属于陨落心炎所有!

“这东西干了什么？怎么突然间能量变得比以前雄浑了几倍之多？”苏千脸色震惊地喃喃道。

“能量变强了这么多……那……这些封印，效果……”猛然间想起了极其重要的事，苏千心头顿时一惊。而就在其打算立刻召集人手加固封印时，深洞底部却猛地响起一阵轰隆声，苏千目光朝下一看，顿时吸了一口凉气。

无尽的岩浆世界中，暗红色的岩浆突然间剧烈地翻腾了起来，一股极其狂暴的能量弥漫其中。

岩浆翻滚，犹如有什么东西即将破水而出一般。半晌，翻滚的岩浆突然变得安静下来，然而，苏千却并未因此而放松，他清晰地感觉到，那股狂暴的能量，距离岩浆表面越来越近。

“噗！”

平静的岩浆表面猛然掀起一阵涛浪，岩浆飞射间，一条看不到全身、身体近乎透明、头颅巨大，浑身布满着无形火焰的火蟒，穿破岩浆，带起令空间都震荡的磅礴能量，出现在了苏千那凝重的目光中。

“叽！”

冲出岩浆，长得望不见尾巴的透明火蟒，仰起巨大的头颅，尖利得足以令一名寻常斗灵当场震爆身体的音波，急速地扩散而出。

随着那道叫声的扩散，岩浆世界犹如被投入了无数炸弹一般，低沉的轰鸣声不断地响起，岩浆暴射，火焰四处狂喷。

近乎疯狂地发泄了一通后，那条庞大的透明火蟒犹如感应到了地面上的注视一般，猛然间抬起巨大的头颅，泛着无形火焰的三角瞳孔，死死地锁定在了洞口处的苏千身上！

随着身体被下方那透明火蟒锁定，苏千顿时打了个寒战，那感觉仿佛自己的身体被对方从里到外看了个遍。

蛇瞳锁定苏千，瞬间，灵智已不低的它便认出了这个老对手，当下一道极其恐怖的能量波动，猛然从其那庞大的身躯中升腾而起，那股能量的狂暴与磅礴程度，即使是苏千都感到心惊胆战。

“吼！”

又是一道狂暴尖锐的声波暴涌而出，无形火蟒庞大的身躯猛地一拍岩浆，顿时，那二三十丈长的庞大身躯，犹如一道无形的闪电，带着炽热的温度以及狂暴能量，顺着那深洞暴冲而上！

“糟了，这畜生要冲击封印了！”火蟒的举动令苏千脸色一变，脚尖一点边缘，身形便如闪电般退出了能量罩，手中印结猛地一动，只见那深洞洞口处，能量骤然暴涌，最后形成一道色彩斑斓的能量罩，将洞口严严实实地封住！

在手中印结形成的一霎，一道如同雷霆般的喝声，猛然从苏千口中传出，最后浩浩荡荡地在天焚炼气塔以及整个内院上空响彻。

“所有长老立刻赶往天焚炼气塔，塔内学员立即撤离至塔百米以外！”

听见那响彻在天空上的雷霆喝声，整个内院此刻鸦雀无声。

色彩斑斓的能量罩，宛如一个颜色艳丽的盖子，将那深洞洞口极为严实地封闭起来。在能量罩成形的一霎，其周围的空间顿时荡漾起阵阵波动。显然，这看似几乎是随意凝结的能量罩，所具备的能量却是极其雄浑。

这种极为强横的能量罩，是内院早就设置好的封印，任何长老都能在关键时刻将之开启，为的就是防备那陨落心炎突然暴动。

不过能量罩虽然强横，但是当一股极为炽热的温度在眨眼间逼近时，其上顿时犹如被投入了巨石的湖面，泛起了一阵阵极为急促的涟漪波动。

“砰！”

庞大的血红岩浆，猛然自地底暴涌而出，最后携带着排山倒海之势，狠狠地撞击在了那色彩斑斓的能量罩上。顿时，沉闷的声响在整个塔底层回荡。声音刚刚响起的瞬间，一道道细小的裂缝出现在能量罩上，最后，随着一道清脆的声响，爆裂而开！

经过许久的积累，这一次陨落心炎暴动的剧烈程度，比以前任何一次都要狂猛。因此，那防御力极为强悍的能量罩，竟然在遭遇到碰撞后仅片刻，便彻底崩裂。陨落心炎这次爆发所释放出来的狂暴能量，即使是苏千，都感到一阵心悸。

随着能量罩的爆裂，顿时一股足足有几十米宽的血色岩浆柱，从那深洞之内，喷发而出！

在血色岩浆柱喷发之时，深洞边缘处，狂暴的圆柱形能量罩也再度涌现，将那些想要四处喷溢的岩浆，尽数遮挡而下。

“封！”

第一道封印转眼被破，苏千脸色虽然略有些紧张，但也并未太过惊慌，手中印结结动间，低喝声再度响起。

随着喝声落下，只见在几十米高的天花板洞口处，瞬间泛起一阵能量波动，旋即，又是一道五彩斑斓的强横能量罩凝结而成。

天焚炼气塔第八层，萧炎等人刚刚从心炎锻体中苏醒过来，便听见了苏千那响彻在耳边的雷鸣喝声，当下一怔。片刻后，似乎明白了什么的萧炎，眼中顿时闪现出一丝激动的光芒。他知道，能够让苏千如此紧张的事，怕也只有那陨落心炎了。

那一直照看着萧炎等人的两位长老，也听见了苏千的喝声，当下脸色大变，互相对视了一眼，皆看出对方眼中的一分骇然。

“你们速速出塔，不得逗留！”先前那名灰袍长老转过头来，对着正一脸茫然的林焱等人急促地催道，“快点，离开天焚炼气塔！”

闻言，林焱等人面面相觑，很显然，塔中一定出了什么极其重大的事情。

几人站起身来，急忙顺着来时的路快步行去。

萧炎沉思了片刻，不露声色地看了一眼中央处的那深洞，借助着青莲地心火，他能够清晰地感应到，一股极为炽热的温度正在逼近，而且，一股狂暴得令人骇然的能量波动，也在急速地升腾。

“萧炎，快离开这里！”见萧炎落后，一名长老再度急声催促道。

微微点了点头，萧炎也不说什么，拉着一脸好奇的紫妍快步地追上林修崖等人，然后一行人在两位长老的目光中，进入了来时的通道。

见到萧炎等人离开，两位长老这才松了一口气，相互对视了一眼，身影急忙闪动，快速地消失在空荡的塔内。

光线昏暗的通道中，萧炎一行人急匆匆地往前赶，或许是因为没有了苏千同行，众人间的气氛倒是比来时要显得活跃许多。

“嘿，萧炎，你知道塔中发生了什么事吗？”林焱一脸神秘地凑到萧炎面前，嘿嘿笑道。

闻言，萧炎一怔，旋即笑着摇了摇头。

见到萧炎摇头，林焱有些得意，刚想爆料，一旁的紫妍却不屑地撇了撇嘴，稚嫩的声音回荡在通道中：“不就是塔底的火焰暴动嘛，这种事情，这几年又不是第一次出现。”

听得紫妍这话，萧炎眼中顿时闪过一抹惊异，她竟然也知道塔底封印着火焰？

林焱讪讪地笑了笑，旋即冲着萧炎皱眉道：“不过这次似乎有些不太一样，往年虽然塔中也会出现能量暴动的事情，可从未见到大长老这么紧张。”

“塔中的能量，的确变得狂暴了不少，以前感觉不太清楚，可经过心炎锻体后，似乎这种感觉越来越清晰了。”前面的林修崖忽然转过头来，紧皱着眉头道。

林修崖的话顿时引起一阵附和声，他们也觉得在经过心炎锻体后，对天地间能量的感应越加敏锐。显然，这应该是心炎锻体的一些好处吧。

“算了，这些事也轮不到我们来插手，以大长老和众位长老的实力，应该不会有事的。”萧炎轻笑了一声，出声道。

若是以萧炎以前的身份实力，他说话，这些内院的佼佼者们定然不会在意。但如今却不同，恐怕没人会忽视他的任何一句话。因此，听得他的话，众人也是笑着点了点头，不再议论，加快脚步向着塔尖处快速行去。

经过十几分钟的快速赶路，萧炎一行人终于走出了蜿蜒的昏暗通道，登上了天焚炼气塔第一层的空旷场地。

走下最后一层阶梯，萧炎的目光几乎是瞬间便移向中央处的巨大深洞，然而他目光一瞟，脸上不由得一惊。因为他发现，原本一片漆黑的深洞内部，此刻却呈现出了一种淡淡的血红颜色，并且，在那深洞边缘处，巨大的圆柱形能量罩犹如水幕般，将整个深洞包裹得严严实实。

目光顺着圆柱形能量罩向上移动，萧炎发现，这能量罩竟然与天焚炼气塔的漆黑色塔尖相通。

脑中闪过在下面那层看见的能量罩，萧炎突然有些恍然，这些深洞彼此遥遥对望，而周围的能量罩便是将这些深洞连接起来的枢纽。有这些能量罩的防护，就算陨落心炎爆发，那也只能顺着能量罩直冲塔顶，并不会在塔内造成多少破坏。而直接冲击塔顶的话，萧炎回想起第一次看见天焚炼气塔时，便感应到那漆黑色的塔身之外有一层极为强大的封印，陨落心炎想要冲破那层封印，怕是会消耗不小的能量。

空旷的塔内中央处出现的能量罩，同样也引起了林修崖等人的注意，当下几人都有些错愕，相互看了看，皆面带疑惑。

“算了，走吧，这些应该是内院长老们设置的。别多事，不然万一出了意外，那后果可不太妙。”望着深洞中那片血红，林修崖心头有种淡淡的不安，于是连忙催促众人离开。

听得他的催促声，其他几人也深有同感。经过心炎锻体后，他们似乎对于一些危险的物体，有着一种极淡的感应。

听得众人要离开，萧炎虽然有些不甘心，可也不好表现得太特殊，当下也只得点了点头。然而，就在众人贴着边缘才走了没几十步时，一道犹如瀑布砸落而下的轰隆声，猛然响了起来。

在这声诡异的巨响下，萧炎等人脸色都是一怔，旋即目光顺着声音移动，最后直指向那泛着血红光芒的深洞之中！

“怎么回事？”一人暗自吞了一口唾沫，小心翼翼地问道。在这种环境下，如此诡异的轰隆声音，可令人心中有些发毛。

萧炎目光死死地盯着深洞洞口，他能够极为清晰地感应到，一股极为狂暴的能量，正以磅礴之势飞速地接近他们。

一旁的紫妍，也似是感应到了那股狂暴能量的恐怖，小脸微微变了变，小手紧紧地抓着萧炎的衣袖。

“轰！”

就在众人心惊胆战间，只见洞口处突然涌现出一层斑斓的能量罩。然而，能量罩刚刚浮现，一股血红色的炽热岩浆便闪电般地暴涌而上，最后夹杂着愤怒的咆哮声，轰然撞在能量罩上！

看似极其坚固的斑斓能量罩，在越加恐怖的狂暴能量冲击下，仅仅坚持了不到一分钟的时间，便爆裂开来！

随着能量罩的爆裂，顿时，一股足足几十米宽的血色岩浆柱，铺天盖地地从深洞中暴涌而出，最后沿着能量壁，在萧炎等人骇然的眼神中，狠狠地撞上了塔顶！

“嘭！”

如雷般的巨大声响，猛然间在众人耳边轰隆响起。在这犹如陨石撞地般的碰撞中，萧炎能够极为清晰地感觉到，整个天焚炼气塔都因此狠狠地颤了一颤。

众人面色苍白地望着那从深洞之中喷发而出的火热岩浆，即使有能量罩的隔离，也依然能够隐隐感受到那股炽热的温度。

血色岩浆柱重重地撞击在天焚炼气塔塔尖，那股在勇往直前的凶猛气势裹挟下的岩浆并来将塔尖震得破裂。在相撞的那一霎，漆黑色的塔尖立刻浮现出一层黑暗的微薄能量罩，这层能量罩虽然薄得仅有不到一指厚，但是，就是这薄薄的一层黑暗能量，将那凶悍无比的岩浆柱给挡了回去！

冲击失败，无数碎石从岩浆之中暴射而出，溅射在能量罩上。刚一接触，便被那能量罩之上的狂暴能量震成粉末。

然而失败之后，血色岩浆柱却并未散去，只下降了几十米，血色岩浆之上，不断地翻腾起炽热的浪潮，片刻之后，浪潮猛然大涨，一头令萧炎等人目瞪口呆的庞大透明火蟒，缓缓地从火浪之中探出狰狞的头颅。

“这……这是什么东西？”望着那只露出一个庞大脑袋以及一截身躯的无形火蟒，就算以林修崖等人的定力，也不免惊骇地失声叫道。

目光死死地盯着那在岩浆中翻腾的无形火蟒，萧炎喉头微微滚动了一下。这是他第一次近距离地看见如此庞大的火蟒，而且他也有一些感应，那岩浆柱中的无形火蟒，应该便是自己第一次进入天焚炼气塔时，所见到的那潜藏在深洞底部的神秘之物——陨落心炎的本体！

“没想到这陨落心炎已经进化成了这般模样，此刻这东西，几乎已经和寻常魔兽没有太大的差别。”药老那极其惊异的声音，在此刻突然响了起来。看来，这无形火蟒给予他的震撼也不小。

萧炎点了点头。从一团无形之火，经过无数岁月的积累与凝聚，竟然进化成现在这等模样，天地大自然的神奇，的确令人叹为观止。

“老师，现在怎么办？这东西如此恐怖，我们……难道直接抓捕它？”萧炎在心中急忙问道。

“直接抓捕？换作我全盛时期还可试试，现在还是安静地等待着内院的举动吧。”药老对于萧炎的问话，嗤笑了一声，道。

萧炎尴尬地一笑，点了点头。

从岩浆柱中伸出的庞大脑袋，似也是感受到了不远处的几个犹如蝼蚁般的小家伙，泛着全白颜色的三角瞳孔向他们瞥来，而在那全白的三角瞳孔注视下，饶是紫妍这个蛮力王，也有些畏惧地朝后退了退，其他一些人早已吓得脸色煞白。

无形火蟒并未在乎这群在它眼中如同蝼蚁般的人，所以只是随意一瞥后，便收回目光，抬起头来，死死地盯着漆黑如墨的塔尖。那里，一圈如同帘布似的黑色能量正缓缓地旋转着，看似薄弱，却拥有着极为强大的防御力。

“叽！”

无形火蟒猛然间发出一道极其尖锐的嘶鸣声，一阵音波陡然扩散而出，旋即重重地撞击在它周围的能量壁上。顿时,那能量壁便泛起了一阵阵剧烈的涟漪波动。

望着那急速震荡的能量涟漪，萧炎忍不住咽了一口唾沫。这东西这么随意的一声嘶鸣，破坏力就比他的“狮虎碎金吟”强了不知多少倍。

尖锐的嘶鸣声徐徐落下，无形火蟒巨口大张，顿时，一股庞大的无形火焰猛然暴涌而出！

无形火焰一出现，即使有能量壁的隔绝，萧炎等人依然感受到此处温度陡然大增。当下众人不得不施展斗气包裹住身体，这才略微好受一些。

无形火焰直冲能量壁尽头的那层黑暗能量膜，沿途涌过处，空间都出现了不同程度的扭曲，看上去就像衣衫上的皱褶。

连空间都能扭曲的温度，若是碰上人体，恐怕刹那间便会将之烧得连灰烬都剩不下吧。

无形火焰的喷射速度并不快，约莫三十秒后，方才携带着极为恐怖的高温，与那黑暗能量膜碰撞在了一起。

两者相撞，并未爆发出先前那般的巨响，反而犹如是沸油遇上了冰块一般，刺刺地不断冒着异样的烟雾。

黑暗能量膜虽然薄，防御力却强得惊人，即使被那无形火焰贴上了，依然坚挺如故。而那无形火蟒见状,再次发出尖锐嘶鸣,一股股火焰,接连不断地喷吐而出。

黑暗能量膜虽然极强，但在这种连绵不断的焚烧中也撑不了太久，因此，随着时间的推移，那层黑暗能量膜在萧炎等人的注视中，变得越来越薄，越来越虚幻。

见到黑暗能量膜变薄，那无形火蟒再次发出嘶鸣声，只不过，从这次的嘶鸣声中，就算是萧炎等人，也能够听出内含欣喜。旋即，无形火蟒更加卖力地急速喷吐出那种恐怖无比的无形火焰。

经久不息的焚烧，令黑暗能量膜越加虚薄，五分钟后，那层能量膜几乎已经淡得若隐若现，显然，它已濒临崩裂边缘。

“这陨落心炎果然恐怖，竟然连天焚炼气塔的封印都困不住它，看来突破封印是迟早的事。”望着那即将消散的能量膜，萧炎不由得在心中喃喃道。

“你们这些小子，怎么还在这里？”就在萧炎等人看得目瞪口呆时，忽然十几道身影从走廊中闪掠而出，其中领先一人，赫然便是苏千，而当他看见依然待在这里的萧炎等人时，不由得喝道。

听得喝声，萧炎等人这才回过神来，目光望向闪出来的十几道身影，这些人明显都是内院的长老。一行人小心翼翼地点了点头，打算撤退时，却发现苏千已迅速将目光从他们身上转移到了那在无形火蟒火焰的焚烧中，越加虚薄的黑暗能量膜。

“糟了，天焚炼气塔的封印要破了，这东西这次不知道使用了什么办法，竟然令自己的能量暴涨。”即使以苏千的定力，此刻也一脸骇然，声音都变得有些尖锐。

“大长老，现在怎么办？”一名长老急忙询问道。他们都清楚，一旦陨落心炎突破封印，那后果将会是何等的严重。

苏千脸色阴晴不定，片刻后，猛然一挥手，厉声道：“所有长老立刻跟我来，现在天焚炼气塔的封印已经支撑不了不久，我们只能使用当初院长大人留下的阵法封印，试试能否再次将之封住！”

说完，苏千没有丝毫的停滞，身形一闪，便飞快地对着天焚炼气塔之外闪掠而去，在经过萧炎等人身旁时，再次厉喝道：“你们还不走？出了塔，离这里远远的，不许让任何人过来！”

听得苏千厉喝，萧炎等人皆脖子一缩，刚欲动身，便有一道道身影闪电般地从身旁冲出，最后化为道道残影，直接奔出了天焚炼气塔。

被这些长老的速度吓了一跳，萧炎等人也不敢在此停留，连忙急匆匆地朝塔外冲去。

在即将出塔时，萧炎再度回头看了一眼，顿时轻吸了一口凉气，只见那层黑暗能量膜已经在无形火焰的熊熊焚烧中，变得无比黯淡。

“看来这天焚炼气塔也困不住陨落心炎了，接下来，便看长老们的吧，希望能够给我留下机会。”心中暗自念叨着，萧炎不再停留，转身便冲出了天焚炼气塔。

冲出塔来，刺眼的阳光倾洒而下，令萧炎眼睛微眯，目光抬起，四处望了望，却发现原本人山人海的塔外，此刻已经变得空空荡荡。目光远眺，方才能够在极远之外，看见一些隐隐约约的身影。

身形闪掠到一处小山坡上，萧炎突然抬起头来，却错愕地发现，天空中，将近二十道人影悬浮，各种颜色的斗气之翼微微扇动着，显得颇为鲜艳。

这些人影在天空上错落而立，看似随意的站位，隐隐透出一些奇异的阵法，而这些人的中心处，赫然便是天焚炼气塔！

淡淡的各色能量笼罩在将近二十道身影之上，一丝丝肉眼难以看见的能量丝条，悄然蔓延。

就在天空上长老们摆出阵法的那一霎，萧炎心头猛然狠狠地一跳，那流淌在经脉之中的青莲地心火，在此刻释放出一股略有些炽热的温度。

“要破了……”似是有所感应，萧炎喃喃地低声道。

声音刚刚落下，一道山崩地裂的爆炸声猛然响彻天空，旋即，那坚固无比的天焚炼气塔塔尖轰然爆裂，炽热的岩浆柱，在远处一道道骇然的目光中喷薄而出！

第七章
联手封印

炽热的岩浆流宛如一道火柱，笔直地从天焚炼气塔塔尖暴冲而出，刹那间，整个内院天地间的能量都猛然暴动了起来。

冲出了天焚炼气塔的封印，一道兴奋的尖锐嘶鸣声猛然自岩浆流中如惊雷般地传出，旋即铺天盖地的岩浆四处洒落，岩浆落处，顿时升腾起凶猛的火焰。片刻间，天焚炼气塔附近几十米处，皆化成了一片火海。

足足几十丈长的庞大无形火蟒，顿时从中暴射而出，享受着那久违的自由，那对巨大的三角眼瞳中，充斥着一种极为人性化的狂喜。

天焚炼气塔百米之外的一些树梢、房顶之上，无数学员满脸惊骇地望着那从天焚炼气塔中冲出来的庞然大物。他们谁都未曾想到，自己经常修炼的地方，竟然隐藏着这等凶物。

“萧炎呢？”一处房顶上，刚刚从塔中逃出来的林修崖等一干人都在此处，林焱突然四处望了望，当下急忙问。

“在那里。”紫妍伸出小手指，指着天焚炼气塔周围的一处天空。那里，一道黑影正扇动着紫黑色双翼，悬浮在半空处。

“这家伙，大长老不是让大家离开那里吗？连长老们都解决不了的问题，他还待在那里干什么？”见状，林焱脸色顿时一变，急声道。

紫妍揪着淡紫色的马尾辫，稚嫩的声音，偏偏要摆出老成的姿态：“那家伙又不是傻瓜，放心吧，一有问题，他会跑得比兔子还快的。他还要给我炼制东西呢，哪能这么容易死了？”

闻言，林焱顿时一头黑线，无奈地摇了摇头，不再做无谓的问答。他将目光转移到那从天焚炼气塔中冲出来的庞然大物，顿时，脸庞上再度涌上一抹震惊，喃喃道：“这是什么魔兽？竟然如此恐怖……”

林修崖、柳擎等人也摇了摇头，以他们的眼力，还看不出这无形火蟒的来历。

“这可不是什么魔兽……是……是……我也不知道是什么东西。”紫妍摇了摇头，咬着指头想了好半天，最后嘿嘿笑道。她本身便是魔兽，自然能够感受出那无形火蟒并没有魔兽的气息，不过若要让她说出个所以然来，却有些难为她那个成天想着吃的小脑瓜了。

众人无奈摇头，这个蛮力王，果然还是只能靠力气吃饭啊。

在众人谈话间，天焚炼气塔上空，苏千望着这么快便冲破了天焚炼气塔的无形火蟒，脸色微微一变，厉声大喝道：“所有长老听令，结‘千层封阵’！”

随着苏千喝声落下，悬浮在天空中的十八位长老顿时齐声应喝，旋即十八道雄浑斗气暴射而出，最后闪电般地互相交织。在交织瞬间，又犹如灯光折射般，反射出无数道细小的能量，这些能量互相交缠，片刻间，便在天空中构建出了一副极为严密的能量网。

这些色彩斑斓的能量网不断地折射，因此几乎是一层盖过一层，那模样，就犹如千层叠加一般，防御力惊人。

脸色凝重地望着天空中的斑斓能量网，苏千双手迅速结动着印结，旋即手指猛地一指能量网中心处，顿时，一股极为庞大的能量暴涌而出，灌注其中！

接受到这股庞大的能量助力，苏千双手再度一拉，便见天空上那宽约将近百米的能量网猛然间从边缘处向下射出一层斑斓的能量罩，而随着能量罩的垂下，一道极为严实的防御网，再度拦截在了陨落心炎头顶。

因先前突破天焚炼气塔消耗的能量太过庞大，因此在冲出塔之后，无形火蟒浑身升腾的火焰略微有些暗淡,而直到天空中的“千层封阵”完全构建之后好半晌，熊熊火焰才再度从火蟒庞大的身躯上升腾而起。

随着火焰的升起，无形火蟒体内的狂暴能量，似乎也再度恢复了许多。它缓缓地抬起巨大的头颅，目露凶光地望着天空之上的斑斓能量网，已经尝到自由甜头的它，自然不再甘心回到那充斥着岩浆与火毒的世界中。

“叽！”

仰头一阵嘶鸣，尖锐的声波急速地扩散而出，最后撞在周围那垂直而下的能量壁上，带起一阵阵急速震荡的涟漪。

因为天空上能量网的囊括范围实在太大，因此，停留在附近的萧炎也正好被包裹了进去，不过好在这家伙机灵，在无形火蟒发出声波攻击时，便急速地降落在地面的火海中，借助着青莲地心火将身体包裹，周围的火海对其不仅没有半点伤害，反而为其提供了最好的遮掩。

“要打起来了。”望着天空上即将展开对碰的双方，萧炎的脸上浮现出激动之色。为了这一天，他已经等待了将近一年时间，而来到迦南学院的目的，似乎也快要达到了。

“小心一点，这打起来的动静可不小。”药老提醒的声音在萧炎心中响起，不过看似是在提醒，可其声音中也有着难以掩饰的欣喜。

萧炎点了点头，将身体躲藏在一处巨石之后，也不理会身旁熊熊燃烧的火焰，目光紧紧地盯在天空上。

天空上，无形火蟒在发出一道尖锐声响后，渐渐地把身体盘成了蛇阵，完全泛白的三角瞳孔，死死地盯着那处于能量网中心位置的苏千。

随着蛇阵的盘起，无形火蟒身体上的火焰升腾得越来越旺，甚至连周边的空间都被极度扭曲，乃至于一眼望过去只能看见一个模糊的庞大身影。

“诸位小心，小心它反击，我已经发了信号，只要再撑一下，外院的副院长以及众位长老就会赶到，到时候合力之下，定然能够将它再度封印！”望着无形火蟒那副进攻前的态势，苏千顿时厉声喝道。

“是！”听得喝声，众位长老脸色一凝，沉声应道。

“吼！”

整齐应喝声刚刚落下，那盘踞的无形火蟒却猛然向前一探，旋即那庞大的身躯闪电般地暴射而出，速度简直堪比闪电，丝毫没有因为它那庞大的身躯而有半点迟缓。

火蟒穿梭过处，虚无的空间留下一道真空痕迹，温度炽热灼人，即使相隔甚远，依然令一些长老脸色略有些变化。正面交锋时，他们方才明白，这陨落心炎，比以前似乎强横了许多。

眼瞳之中，无形火蟒急速放大，瞬间，苏千手中印结猛然一动，率先发出一声大喝，而随着其喝声落下，那斑斓能量网也迸发出了刺眼的五彩强光！

“嘭！”

火蟒庞大的身躯，携带着狂猛无比的冲击力，狠狠地撞击在斑斓的能量网之上，那股强猛的劲力，直接将能量网冲击得向上凸起了十来米，那种似乎即将破裂的惊险弧度，直接令远处围观的学员们捏了一把冷汗。

“给我退！”

眼神冷厉地望着在能量网中疯狂挣扎的无形火蟒，苏千双掌猛然向下狠狠一按。顿时，似乎整片空间的空气，都被狠狠按下去一般。

而随着苏千双掌的按下，那被挤压得凸出来的能量网，轰然间迸发出强烈光芒，一股极强的反弹力暴涌而出，直接弹射在无形火蟒的庞大身躯上，那股力量顿时将后者狠狠地砸落而下。

无形火蟒的巨尾在半空中一阵摆动，直到距地面尚有不到十米时，身形才骤然停住。

第一次攻势无效，无形火蟒没有丝毫的停滞，巨尾一甩，身形再度暴冲天际。在距能量网只有不到五十米远时，巨嘴一张，无形火焰顿时铺天盖地地暴涌而出！

望着那些呈燎原之势涌来的无形火焰，苏千脸色略微有些紧张，手中印结飞速结动，雄浑无比的斗气，源源不断地灌注进入能量网中。

无形火焰迅速地撞击在能量网上，极为恐怖的温度，顿时令能量网泛起了一阵阵波动。

不过，无形火焰虽然凶猛，但是集合了十八名斗王强者外加一名斗宗强者之力所构建而成的能量网，自然也并非寻常之物。因此，两者间，竟然逐渐地形成了僵持状态，谁也奈何不了谁。

“叽！”

突然又是一道尖锐声波响起，那铺天盖地席卷而出的无形火焰竟然开始了蠕动，最后在苏千那惊诧的脸色中，凝聚成了一条手臂粗长的火焰小蛇。

火焰小蛇一成形，便用一种极其恐怖的速度，狠狠地撞击在能量网上，旋即轰然爆炸！

爆炸席卷而出，能量网急速震动。最后，一个极为细小的口子悄然出现。

这道口子，在苏千等人看来，不会成为崩裂能量网的罪魁祸首。不过，在这道口子破裂的一霎，一股极为狂暴的能量却从此处暴射而出，最后直冲天际。那股磅礴的能量波动，即使是千里之外，也清晰可见！

“糟了……”在这股狂暴能量升起并且扩散的一霎，苏千心头顿时沉了下来。

在内院周围绵延的山脉之外，一处名为“枫城”的城市坐落在此。城市并不大，然而在黑角域中，却拥有着举足轻重的地位，因为黑角域的药皇韩枫居住在此地。

作为黑角域炼药界中的第一人，早已经成为六品炼药师的韩枫，在众多势力乃至强者心中，有颇高的地位。当然，即使是放眼整个大陆，一名六品炼药师也颇为罕见，就算是寻常斗皇乃至斗宗强者，与之见面都得客气三分。毕竟谁都知道，一位六品炼药师，拥有着何等的号召力！

枫城这座城市，便是以韩枫名字命名的，这个殊荣，在充斥着混乱与杀戮的黑角域中，只有寥寥可数的几人能够享受到，而韩枫便是其中之一！

城市最中央处，是一片与外面喧哗的市场截然不同的幽静竹林。这片竹林有极为森严的防御，寻常人莫说进入，就是接近到一定范围，便会受到无差别的攻击，每年因为无意接近竹林而被守卫击杀的人并不少。因此，这里虽然幽静，但也是枫城中很多人心中的禁地。

在竹林深处有一座竹楼，葱郁的颜色犹如翡翠般，渗透着一股淡淡的竹香。

竹楼之中，一间颇高并且临窗的竹房中，一位男子盘腿而坐，他身着一套炼药师袍服，在袍服后背，绣着一个做工极为精细的“枫”字。此时，男子正沉神在手中的一张药方上，心无旁骛的模样，显得很是专注。

安静沉神间，低垂着脑袋的男子猛然间一抬头，锐利的目光直射向遥远的北方天际，在那里，他感受到一股奇异并且隐隐间有些熟悉的异样能量波动。

他眉头微微皱着，略微有些薄的嘴唇紧紧地抿着，有种冷厉的味道，不过也正因如此，方才使得他多出了几分异样魅力。

“这种感觉……”手中卷轴缓缓地敲打着额头，男子轻声呢喃着。

脑海之中，不断地闪过无数信息，好半晌，那敲打着额头的卷轴猛然僵住。男子眼芒如电，再度射向能量波动传出之处，惊疑的声音带着几分错愕：“这……好像是异火的波动？”

平静的心境，在这突如其来的能量波动下变得动荡了起来。男子眼眸虚眯，片刻后，眼睛突然缓缓闭上，指尖轻弹，一股犹如清澈湖水般的深蓝色火焰，诡异地从男子体内冒探而出，最后将其严实地包裹而进。

这深蓝色火焰颇为奇异，看上去，竟然犹如一团清澈湖水在流动一般，然而最真实的感官却清楚地知道，这并非是一摊水，而是一种火焰。

随着那深蓝色火焰的升腾，男子的灵魂力量在此刻猛然大幅度地增长，先前那还有些模糊的感应，此刻，却犹如在身边涌动一般，极为清晰。

“果然是异火！”浑身深蓝色的火焰猛地一收，男子霍然站起身来，目光炽热地盯着遥远的山脉。片刻后，似是辨认出了什么，他的眉头再次一皱，喃喃道：“能量波动传来的方位，好像是迦南学院的内院之处吧？难道是他们的……”

虽然他在黑角域中拥有极其庞大的号召力，不过迦南学院也是一个庞然大物，就算是他也不愿轻易招惹。当然，这种不愿招惹，在一定的利益面前定然也会自动消散，就比如异火的诱惑！

“韩崩！”突兀地转身，男子沉声喝道。

声音刚刚落下，一道宛如鬼魅般的身影便闪掠而出。来人单膝跪地，声音虽然嘶哑却不失恭敬：“主子有何吩咐？”

“拿着这些令牌，通知地炎宗、八扇门、血宗，还有……让他们宗主在两个小时内赶到枫城，我有事需要他们帮忙。另外，这两张令牌，由你亲自送到，请这两位先生也来一趟。”男子随手挥出好几道造型诡异的令牌，将之甩向跪在地上的人影，而后者也快若闪电般地将之接住，刚刚收进纳戒，又有两道一金一银的令牌射了过来。

双手接过这有些特殊的金银令牌，一直面无表情的人影，脸庞上也略微有些动容，低声道：“主子连他们也要请？一般人他们连见都不见，这次请他们，怕主子需要拿出让他们心动的东西啊。”

“照我所说去办就好，我若能达成目的，他们想要的东西自然不成问题。”男子淡淡地挥手道。

“是！”闻言，那人影也就不再迟疑，恭敬地应了一声，旋即身影迅速投入黑暗中消失不见。

望着黑影消失，男子这才缓缓地吐出一口气，缓步走至窗前，目光眺望着遥远的山脉，眼瞳中突然涌上深蓝色的火焰。

“异火……呵呵，寻找了好多年，没想到竟然隐藏在深山之中。只要我能得到第二种异火，并且将之吞噬炼化……那……”一直冷厉的脸庞，突然涌上一股狂热，男子手掌猛然紧握。刚欲说话，眉头突然紧皱，手掌捂着胸膛急促地咳嗽了几声，喘息声也变得粗重。

咳嗽持续了半晌，方才缓缓停住。男子深吐了一口气，咬着牙低声道：“该死的老家伙，若当年把焚诀交给我修习，一切不就没事了，什么狗屁的心术不正，我的炼丹天赋可比你强多了！”说到最后声音却低了下来，不过从其紧握的拳头来看，可以想象出其心中的愤怒与恨意。

“嘭！”

无形火蟒再度重重撞击在那斑斓的能量网上，顿时又带起一阵惊雷般的炸响，不过那能量网时紧时松，令无形火蟒短时间内根本难以逃出。

随着无形火蟒接二连三撞击在能量网上，能量网上的斑斓颜色明显变得黯淡了许多，一些长老的脸色也逐渐变得苍白，呼吸急促。显然，为了遏制无形火蟒的撞击，他们所付出的能量不小。

“嘭！”

无形火蟒庞大的身躯再加上那磅礴能量，每一次的撞击，都有着极为恐怖的威势，而在前者这般近乎疯癫的碰撞中，众长老坚持了约莫一两个小时后，终于有一名挺不住了。

在一次凶猛撞击间，一名长老体内斗气率先枯竭，他忍不住地喷吐出一口鲜血，旋即勉强调动起体内仅剩的斗气，振动着斗气之翼徐徐地降落而下。

失去了一名长老的力量，其他长老压力顿时大增，而那无形火蟒似乎也清楚此刻机会已至，因此撞击的速度再度加快。十来分钟后，又有一名长老吐血而退，二十分钟后，第三名长老……

望着一个个脸色苍白退下来的长老，苏千脸色越来越沉重，这些年一直和陨落心炎打交道，可他并未真正见过陨落心炎彻底爆发时的恐怖，如今亲眼看见，终于明白了这等天地之物的确恐怖。

短短三个小时中，十八名长老已经退下了十名，只余下八名以及苏千还在苦苦地支撑着。

不过，虽然内院长老们损失惨重，但那无形火蟒也好不到哪里去。如此疯狂的撞击以及能量消耗，也令其身体表面的火焰变得黯淡了许多，冲击的威势也缓缓减弱。

众位长老苦苦坚持着，在感觉到无形火蟒的撞击力终于逐渐变得微弱时，方才看到一线希望。

隐藏在地面火焰中的萧炎，望着天空上那接二连三吐血而退的长老，忍不住抹了把冷汗。这么多长老联手，竟然还是被那陨落心炎搞得这么凄惨，看来想要收服它，怕比上一次吞噬青莲地心火的困难还要大。

“看样子，内院长老们似乎已经坚持不住了。老师，我们什么时候出手？”萧炎在心中有些焦急地问道。陨落心炎一旦突破防御，就会迅速消失不见，到时候想要再去找它，怕是极其困难了。

“别急。”药老的声音很快在心中响起，“东面有大批气息赶过来，想必应该是外院的强者，再让他们和陨落心炎耗耗吧。”

闻言，萧炎一怔，急忙将目光投向东面天际，视线所及处，果然隐隐见到一些黑点。

黑点迅速扩大，片刻后，便化为大批人影出现在了内院众人视线中。

“哈哈，苏长老，整顿人手花费了不少时间，希望我们没有来迟啊。”苍老的朗笑声，突然间响彻天际，这略微有些熟悉的声音，不是外院副院长琥乾还会是何人？

望着那在关键时刻出现的援兵，苏千大松了一口气，看来今天并不会出现最糟糕的情况了。

在外院援兵抵达内院之时，那远在重重山脉之外的枫城中，众多在黑角域拥有举足轻重地位的强者也齐齐聚集。最后，在那位背后绣着枫叶的男子的笑声中，大群强者腾上天空，展开斗气双翼，向着山脉另外一头的内院，急掠而去！

真正的大战，一触即发！

琥乾等人的出现，无疑犹如雪中送炭，令已经有些进入极限状态的众长老顿时精神大振。

“众位听命，换下几位长老！”大批人影瞬间闪现在能量罩之外的天空上。琥乾一挥手，顿时，十几名从外院赶来的强者便飞身跃上，在双方默契的配合下，顺利地完成了交接。

手中重担被接过，那几名长老终于松了一口气，冲着琥乾等人感激地拱了拱手，然后飞身跃下天空，盘坐在地，迅速恢复着体内消耗的斗气。

虽说琥乾所带来的外院强者，在实力上普遍要比内院长老们差一截儿，不过却胜在人多，因此即使斑斓能量网的颜色变得黯淡了一些，可依然能够抵御住无形火蟒的疯狂撞击。

感受着无形火蟒越加减弱的冲击力，苏千心中缓缓地松了一口气，看来这东西也有力竭的时候啊。

斑斓能量网百米外处，黑压压的人群簇拥在一些房顶以及树梢上，望着那天空上的恐怖对峙，皆哑口无言。往日在内院令人敬畏的长老们，在那无形火蟒之下却显得无能为力，就算以他们的眼力都能够看出，若非外院援军赶到，怕那能量网终将会被无形火蟒冲破。

然而，人们也对那神秘的无形火蟒感到一些惊骇，凭借一己之力，将内院搞得这般天翻地覆，并且看样子，连大长老，都对其极为忌惮。

“那究竟是什么东西啊？”众人皆在心中震惊而骇然地喃喃道。

天空中，眼见疯狂的撞击无果，那无形火蟒终于停止了无谓的举动，再度将庞大的身躯盘踞在半空中，完全泛白的眸子，死死地盯着天空上的能量网，足有半米长的蛇芯，嗞嗞吐出，犹如是在凝聚着再度冲击的能量一般。

眼见无形火蟒停止了冲撞，苏千等人压力骤减，不过却并未敢有多少松懈，毕竟他们也清楚，下方那庞然大物，说不定下一刻，便会展开极为凶悍的拼死攻击。

“苏长老，这样和它对峙下去，对我们可不太妙，支撑这能量网太消耗斗气了，就算它一直不动，我们也不可能一直维持着这般状态。”琥乾闪掠到苏千身旁，目光紧紧地盯着能量网中的无形火蟒，皱眉沉声道。

苏千微微点了点头，旋即笑道：“放心，如今它也处于疲惫状态，短时间内应该发挥不出太过强猛的冲击，而利用这段时间，我们也该准备下一步的封印了。”

“嗯，我们外院的人负责维持能量网，你指挥内院的人进行下一步的封印吧。”琥乾点了点头，旋即双手结出印结，一股雄浑斗气自掌心处盛涌而出，将苏千手中的那丝能量接了过来。

琥乾实力虽然比不上苏千，但好歹也是位于斗皇巅峰的强者，因此作为阵心来操纵整个能量网，并不会出现手忙脚乱的情况。

腾出手来的苏千，身形缓缓上升，最后悬浮在能量网上空中心处，目光扫视了一眼天焚炼气塔周围的火海，旋即沉声喝道：“内院众长老、导师听命，按照阵势站位确定位置，实行封印方案！”

随着苏千喝声落下，那些休养了一会儿的众长老连忙睁开眼睛，身形一跃，便再度蹿上天空，彼此相互交错地悬浮在了半空中。

在众位长老站好位置之后，远处内院簇拥的人群中，突然闪掠出大批的人影。这些人影数量颇多，气势别说与众位长老比起来，就算是与林修崖、柳擎等人相比，那也要差之一筹。显然，这些便是内院的导师。

虽说气势不强，却胜在人多，因此大批人影闪动，一时间声势大振。而一些在远处的学员，被这一幕搞得热血沸腾，简直有种也要上去助一臂之力的冲动。

八十八名导师，并不具备飞天的本事，因此大多都闪上了能量网周围的树梢，错错落落的身影，与天空上的众位长老形成颇为鲜明的对应。

“结封阵！”

身形高高地悬浮在能量网上空，苏千双手猛地握拢，沉声喝道。

随着苏千喝声落下，一道道斗气光芒突然在半空之上盛涌而出，最后众位长老以及导师嘴里皆发出一道极为整齐的朗喝声。旋即，斗气狂涌，将近百道斗气光束从众人手中暴射而出，其目标，并非是能量网之中的无形火蟒，而是天空之上的苏千！

脸色凝重地望着那从各处射来的斗气光束，苏千双手印结猛地一变，雄浑的斗气在身前波荡而起，最后，竟然形成了一个直径半丈左右的真空圆形，而那将近百道的斗气光束，则尽数射进其中。顿时，真空便被极为强悍的斗气所充斥。于是，一个直径有半丈的真空斗气球，出现在了苏千双手之上。

似是感应到天空上那道极为恐怖的能量汇聚，盘踞在半空中恢复能量的无形火蟒感到不安起来，泛白的三角眼瞳闪烁凶光，望着天空上的苏千，炽热的无形火焰，再度从其身体上盛涌而出。随后，它巨尾一甩，身形再度如同闪电般对着能量网暴射而去，所经之处，空间震荡，扭曲如褶皱。

“诸位小心了，别让这畜生撞破了能量网！”望着携带着强大声势射来的无形火蟒，琥乾脸庞一片凝重，沉声喝道。

“是！”众人齐声应喝，体内斗气疯狂涌出，最后灌注进入能量网之中，令能量网颜色更加璀璨。

“咻！”

无形火蟒庞大的身躯穿过空间，最后犹如一枚巨大的陨石般，轰然砸在能量网之上。顿时，传出一声山崩地裂般的巨响，在这一瞬间，众多外院强者脸色又白了一分。

“这畜生，果然恐怖！”脸庞略有些涨红，苏千望着那被压挤得呈现出一个极为惊险弧度的能量网，体内斗气犹如洪水般轰然流淌，然后源源不断地灌进其中，将之压了下去。

然而，无形火蟒似是知道天空上苏千手中凝聚的能量对其有多大的危险性，因此几乎是拼了命地挣扎，而那能量网，也是在这般挣扎中光芒稍稍黯淡了一些。

“苏长老，快一点！”紧咬着牙，琥乾手掌不断地细微颤抖着，对着天空上的苏千大声喊道。

苏千目光紧紧地锁定下方在网中剧烈挣扎的无形火蟒，双手中那庞大的斗气球，光芒越来越璀璨，身体上的衣袍无风自动，被吹得鼓鼓的，那模样犹如充满气的气球一般。

手中的斗气球已经犹如一个璀璨的耀日，极为刺眼，而在下一霎，那庞大的斗气球却突然剧烈地颤抖了起来。苏千知道，这是已经达到临界点的缘故。

感受着手中斗气球的颤抖，苏千眼中掠过一抹冷厉，低声冷喝，那喝声如雷鸣般地在整个内院回荡而起：“畜生，给我回去吧！”

喝声落下，苏千双手猛然向下一按，那庞大的斗气球刺的一声，划破空间阻碍，悄无声息地钻进能量网之中。最后，犹如一颗炮弹般，狠狠地砸在了无形火蟒巨大的身躯之上。

“叽！”

被如此强猛的攻击击中，即使以无形火蟒的实力，也发出了一声极为尖锐与凄厉的嘶鸣声，突然爆发出的强猛爆炸，直接将其狠狠地推下了地面，最后在苏千的掌控中，射进了破裂的天焚炼气塔之中。

“封！”

无形火蟒再次被甩进天焚炼气塔，苏千眼中喜色一闪而逝，双手猛然结出印结，厉喝道。

只见那破裂开来的天焚炼气塔顶尖处，突然再度涌现出一层淡黑色的能量膜，将塔尖笼罩得严严实实。

“哇！”

望着那再次被封印进塔中的陨落心炎，远处无数围观的学员，顿时发出了排山倒海的欢呼声。

“老师……”一簇火焰中，萧炎望着那泛着黑色光芒的天焚炼气塔，眉头一皱，在心中轻声喊道。

“别着急，陨落心炎并非这么容易被封印，而且好像还有别的势力也被这边的波动惊动了。”药老略有些惊疑的声音，突然在萧炎心中响起。

闻言，萧炎一怔，旋即脸色微变，失声道：“难道是黑角域的人？”

“迦南学院外围只有黑角域，想必应该是了。”

“这些家伙，果然是见不得腥的猫，连内院的事也敢来插一脚。”萧炎眼眸微眯，目光投向晴朗的天空。内院虽然被一层空间结界笼罩着，不过这对于真正的强者来说，并没有太大的阻碍。

天空上，望着那再次被封印的陨落心炎，苏千长舒了一口气，听得远处那些欢呼声，脸庞上也涌现出一抹笑容。然而，笑容刚刚浮现，便在一道突如其来的轻笑声中，陡然僵硬！

“呵呵，没想到内院竟然还隐藏着这等异火，苏千大长老，您倒是瞒得紧啊。”

随着轻笑声落下，清朗的天空，突然泛起一阵波动，旋即大群人影缓步而进，最后悬浮在天空上。顿时，一股血腥气息，笼罩了内院上空！

第八章

混乱大战

突如其来的笑声，令刚响起的欢呼声戛然而止，无数学员一脸错愕地望着天空上突然出现的那一大群人，皆有些摸不着头脑。

天空上，苏千脸色阴沉地望着破开结界出现的这一行人，目光缓缓地停在了领头的那位身着炼药师袍服的男子身上，当下眼睛便缓缓虚眯了起来，冷笑道："我道是谁呢，原来是黑角域的药皇韩枫啊。"

"呵呵，大长老客气了，那名号不过是黑角域的朋友随意送的，可当不得真。"被称为韩枫的男子，薄薄的嘴唇微微带起一抹笑容，冲着苏千微笑道。

"韩枫，这是我迦南学院的地方，你们不请自来，想干什么？"琥乾的脸色同样因为韩枫等人的出现变得颇为难看，身形缓缓升至苏千身后，冲着韩枫喝道。

"他就是韩枫？"地面上，萧炎听得这名字，猛地一怔，旋即低声惊诧道，目光不住地打量着这位能够算作是自己师兄的炼药大师。

韩枫轻轻一笑，目光瞥向了那破裂的天焚炼气塔尖，声音温和地道："异火乃是天地奇物，你们这般将之封印在此，可有些太过残忍了。我身为炼药师，火焰甚至能说是我们心中的一种信仰。所以，韩枫想请大长老将这异火释放，不要行这等囚禁之事。"

韩枫此话一出，不仅苏千等人脸色变得极为诧异，就连韩枫身后的一干人，也是一脸古怪。对他们黑角域的人来说，杀戮是家常便饭，更别说囚禁，而且最重要的还是那被囚禁的东西根本就不是人，只是一团火焰而已，尽管这团火焰拥有着莫大能量。

“真是滑稽的借口，真当我迦南学院的人是三岁小孩不成？”琥乾冷笑了一声，手一挥，只听得漫天破风声响起，旋即二十来道背生斗气双翼的人影闪掠而上，虎视眈眈地盯着对面的韩枫一群人。

“想抢异火就直接明说，拐弯抹角的可不符合你的身份。”苏千一拂衣袖，目光扫过韩枫背后的一群造型古怪之人，袖袍中的拳头顿时微微握紧，淡淡地道，“呵呵，果然不愧是药皇啊，连血宗、地炎门、八扇门这些势力的首领都能请出来，这号召力，黑角域中恐怕也就唯有你一人了吧。”

“呵呵，大长老可真是心直口快之人。”韩枫笑了笑，旋即叹了一声，道，“既然大长老已猜出我的目的，那就麻烦通融一下吧。你应该知道异火对于我们炼药师是如何重要，只要你能将异火交给我，不管你开何种条件，我都会尽力办到。”

苏千嘴角带着一抹讥讽，一挥袖袍，嘲笑道：“你韩枫是何种人，我还不清楚？如果是你老师药尊来说这话，我还真会考虑考虑，不过你嘛，还是继续去修炼几十年时间吧。我迦南学院能够屹立在斗气大陆这么多年，可不是凭的虚名。”

脸庞上的笑容微微收敛，韩枫原本温和的目光终于逐渐变得阴冷：“既然大长老不想交，那么就别怪韩枫出手硬抢了啊。”话音落下，如同液体般的深蓝色火焰猛然自其体内升腾而起，一股炽热的高温缓缓地散发而出。

“异火？！”

深蓝色火焰一出现，整片天空都响起了阵阵惊呼声。以众人的眼力，自然能够一眼分辨出韩枫火焰的底细。

萧炎那紧盯着天空的目光，也在此刻陡然一缩，他轻吸了一口凉气，喃喃道：“这个家伙竟然也拥有异火！”话音刚刚落下，萧炎脸色忽然微微一变，他察觉到手指上的那枚漆黑戒指，在这一霎突然变得极为炽热。

强忍着那股灼痛，萧炎默然不语，在第一次听见韩枫这个名字时，黑色戒指便因为药老灵魂力量的暴动而变得火热，而如今，这种火热也越加强烈。

“老师……”萧炎轻轻地在心中呼喊了一句。

声音落下好一会儿后，药老的声音方才带着一丝低沉，缓缓响起：“我没事，不用担心。只是没想到这欺师的叛徒，竟然还能有这种际遇。”

萧炎轻轻抚摸着漆黑戒指，在心中轻声道：“放心吧，老师。清理门户的事，交给我来做。”

“你有这心便行了，现在的你，还不是他的对手，他修炼时间远多于你，并且如今他也拥有异火，所以短时间内不要与他有冲突。”药老叹息道。

萧炎默默地点了点头，他知道药老所说不假，以他如今的本事，不管是在实力还是在炼药师等级上，都远远比不上自己的这位师兄。

“不过……”突然间疑惑地皱了皱眉，萧炎在心中低声道，“老师，我记得寻常的炼药师顶多只能拥有一种火焰吧？这韩枫既然有了一种异火，为何还要来抢夺？”

萧炎的话语一落，药老便陷入了沉默，好半晌，方才有低沉的嘶哑声音响起：“因为……他也修习了焚诀！”

身体猛然僵硬，萧炎一脸震惊。

“不过他所修习的焚诀，仅仅是残卷。”药老后面的声音，方才令萧炎稍稍松了一口气。

“残卷？这是什么意思？”

“当年他还是我弟子时，趁我不备，偷了焚诀，不过在修习的时候被我发现，因此仓促间，他也只得到一小部分的焚诀功法路线。”似是想起了当年的一些事情，药老的声音颇有些嘶哑，“不过我也说了，他在炼药术上的天赋，不比你弱，经过这么多年的摸索，我想他怕也是摸索了一点什么东西出来，不然不会对第二种异火有这么大兴趣。”

萧炎微微点头，目光紧紧地盯着天空上的那道身影，没想到，韩枫竟然也修习了焚诀，虽然仅仅是残卷，却令萧炎产生了怪异的感觉，那便是……一定要杀了他!

这种感觉并非由萧炎心生而起，而是一种近乎本能的反应。这反应直接深入到萧炎脑海深处，令他对韩枫的杀意，变得更加强烈。

缓缓地吸了一口气，压下心中那道升腾的杀意，萧炎目光在天空上两方势力间扫了扫，眉头不由得一皱。现在若是比人数的话，自然是迦南学院这方占多，不过学院方面大多都是斗王阶别，斗皇强者除了琥乾之外，便再无别人。而韩枫一方，众多势力首领皆是斗皇阶别，再加上一些势力中的斗王阶别强者，真要打起来，鹿死谁手还未可知。

“不过内院还有大长老，他可是斗宗强者，有其坐镇，就算韩枫那方斗皇强者偏多，怕也不敢随意而为吧？”萧炎心中不断地盘算着双方的实力。

“韩枫，老夫奉劝你还是早早离去，我可以当此事未曾发生，否则日后院长回来，你们在场之人，怕是一人都逃不掉！”望着韩枫身体上升腾起的深蓝色火焰，苏千厉声喝道。

“呵呵，大长老不用恐吓我，你们院长这么多年未曾现身，谁知道他跑哪去了？”韩枫笑了笑，望着天焚炼气塔的目光充满炽热，“而且只要我得到这异火，就算日后他来找我，还不知究竟是谁倒霉呢！所以，我也奉劝大长老，还是将异火交出来吧，你也清楚我们黑角域中的人是何等性子，万一待会儿真要打起来，怕这内院也会被扫平了吧？”韩枫似笑非笑地道，话语中竟然带着一分威胁的口吻。

深吸了一口气，苏千脸庞铁青，双掌缓缓探出袖袍，微微一握，空间在此刻剧烈震荡了起来。他阴冷地道：“好多年没有动手了，今天，老夫就来掂量一下，看看你有没有说这话的资格！”

“众位长老听命，死保异火！”苏千猛然一声低喝，喝声犹如雷鸣般，在天空响彻。

“死保异火！”

所有学院强者，皆整齐厉喝，霎时间，一股股雄浑气势，暴涌天际！

“冥顽不灵。斗宗的确强横，不过也并非真正无敌，我黑角域中依然有人能与你匹敌！”感受到那从苏千体内蔓延而出的强势压迫，韩枫稍稍退后了一步，一声冷笑，旋即转身恭声道，“金银先生，请现身吧！”

“哈哈，韩枫，你可知道请我们出手的代价，希望你最后能拿得出来，不然的话……”随着韩枫声音落下，两道大笑声突然响起，旋即，空间一阵波动，一金一银两道身影，宛如鬼魅般出现在了天空中。

望着天空上出现的金银身影，苏千等人的脸色顿时一变，犹如冷风般的声音，从苏千牙缝中冷冷蹦出。

“没想到连你们都被请来了！”

天空中，两道身影诡异浮现，一人身着金袍，一人身着银袍。不过细细看去，却能够发现，两人的面孔几乎完全相同，皆是白发白须，五官也犹如从一个模子里刻出来的。

对于这两人的名声，即使是内院的诸位长老也并不陌生，因此脸色都有些紧张。这所谓的金银先生，便是在那黑角域黑榜中排行前两名的顶尖强者，两人因是孪生兄弟，再加上修炼功法也完全一致，所以被称为“金银先生”。两人若是各自战斗的话，实力倒只能与斗皇巅峰的强者相仿，但若是共同对敌，则成相辅之势，即使面对斗宗强者，也有着不小的胜算。因此，这两人的威名，在黑角域的强者层中极为响亮，乃至于连内院长老们都有所耳闻。

“你们也想插手这事？”苏千声音阴沉地缓缓说道。

“受人之托，各取所需，这也没办法。”身着金袍的老者冲着苏千笑了笑，道。

“苏老头儿，我说你还是将异火给韩枫吧，若是你们院长在此处的话，我们倒也不会答应这桩买卖，不过可惜，那老家伙这么多年了无音信，不知道是死了还是怎么的。”银袍老者有些刻薄地笑道，那声音语调，竟然和金袍老者完全相同。

“哼，痴心妄想！我倒想看看，传闻中联手可以越阶对敌的金银二老，究竟有何了不得之处？就算院长不在此处，也轮不到你们来此撒野！”苏千冷笑道。

“那这样的话，你们内院的强者可是有些不够用啊。”金袍老者嘿嘿笑道。虽说韩枫这边人少，却胜在实力远超学院的长老，真正战起来，皆能以一对二，甚至对三。

苏千脸色冰冷，懒得再多说废话，双掌微旋，磅礴斗气在掌心中喷涌而出，将空间都震得出现了些许颤抖。

“苏千大长老，我再最后问你一次，异火，你究竟是交，还是不交？”在这般磨蹭中，韩枫的耐心也逐渐被消磨殆尽，他望着苏千一干人，淡淡地道。

苏千面无表情，只是将袖袍一挥，一道强悍的斗气匹练，便猛然自袖中暴射而出，直奔韩枫！

“哼！”

见苏千已先出手，韩枫脸色逐渐变冷，他一声冷哼，屈指一弹，一团深蓝色的火焰浮现掌心，最后轻轻一挥，与那道斗气匹练狠狠地撞击在了一起。

“嘭！”

低沉的爆炸声响起，那股扩散开来的能量涟漪，将韩枫震得急退了一步，方才稳住身形，虽说有异火相助，可苏千毕竟是斗宗强者，正面碰撞下韩枫占不了什么便宜。

一击挥出，苏千身形没有丝毫的停滞，直接化为一道闪电，瞬间对着韩枫射去。

“呵呵，苏老头儿，还是我们来玩玩吧。”一金一银两道身影瞬间闪现在韩枫身前，冲着暴射而来的苏千咧嘴一笑，旋即两人左右手紧紧相握，一股极为强悍的淡绿色斗气暴射而出。

扭动身形闪避开暴射而来的淡绿色斗气，苏千身形一动，便出现在了金银二老面前。顿时，三方掌风交错，低沉如闷雷般的风声，在那令人眼花缭乱的残影中接连不断地传出。

见到苏千被金银二老缠住，韩枫目光转向琥乾等人，手一挥，偏头冲着身后的一群人笑道："接下来就麻烦诸位将其他人拦住了，我下去将那封印破了。"

"一些斗王而已，交给我们就行，况且，内院长老的鲜血是何等味道，我可从未尝过。"血宗宗主范痨阴森森地盯了琥乾等人一眼，咧嘴露出尖尖的牙齿。自从其独子在黑角域中莫名其妙地被杀并且久寻凶手无果之后，范痨那本就阴森的性子更是变得有些喜怒无常，极为残暴。

"呵呵，那便多谢诸位了，等事成后，韩枫定有重谢。"韩枫冲着范痨等人一拱手，背后深蓝色的斗气双翼微微振动，旋即便欲对着天焚炼气塔冲去。

"拦住他们！"见状，琥乾手一挥，顿时身后将近三十几名的学院强者，便铺天盖地地闪掠而出，将韩枫拦下。

"哈哈，你们的对手是我们。"十来道人影携带着浓郁的血腥气息，突兀地闪掠而出，与学院众强者形成对峙局面。

韩枫嘿嘿一笑，身形一拐，继续冲向天焚炼气塔。而那三十几名学院强者刚刚有所动作，面前十几名黑角域的巅峰强者便也携带着劲风，狠狠地撞来，人影闪掠间，便强行分开了三十几人的学院强者队伍。

天空上，战斗来得极为突然与猛烈，远处的众位学员并不清楚空中所发生的事情真相。不过当战斗爆发后，那接连不断的能量爆炸声响，却令众人脸色微微一变，到现在，他们能够断定那些突然出现的神秘人，定然是来者不善。

不过，即使一些学员有心想要助上一力，但是那在空中的战斗，却令他们望尘莫及，因此也只能眼巴巴地望着空中的狂猛混战，心中不断地祈祷着内院众位长老能够将这些不速之客赶走。

在空中的混战开始后，韩枫双翼一振，便出现在了天焚炼气塔上，望着下方那散发着暗沉光芒的能量膜，刚欲有所动作，一道尖锐的破风声，骤然在头顶响起！

眉头微微一皱，韩枫振动着双翼避开了劲风袭击，缓缓抬头，却瞧得琥乾正一脸冰寒地盯着他。

"不要妄想打异火的主意！"手中雄浑斗气急速凝聚，琥乾沉声道。

“凭你一人，怕是阻挡不了我。”望着竟然脱离了大部队的琥乾，韩枫略感诧异，旋即笑道。凭借他的实力，再借助着异火，斗皇中几乎少有对手，因此，虽说琥乾实力在斗皇巅峰，可韩枫并不忌惮。

“那就试试。”琥乾冷笑了一声，也不废话，雄浑斗气从体内弥漫而出，将眉头微皱的韩枫包裹而进。顿时，两人化为模糊身影，交错地战在了一起。

于是，天空之上，彻底地陷入了混乱的战斗中，目光所望之处，几乎全部都是火爆的战斗，能量炸响声犹如放鞭炮一般，噼里啪啦地响个不停。

地面上，萧炎有些错愕地望着天空上的混战，苏千已经被那所谓的金银二老牵制住，琥乾与韩枫陷入了激战，众位长老被血宗以及其他势力的宗主强行拖住。这些宗主稳占上风，不得不说，斗王强者与斗皇之间的实力差距不小。

萧炎因为紧盯着那眼花缭乱的战斗而略有些眩晕，只得在心中苦笑地询问道：“老师，现在怎么办？”

“只能等了，在这种双方大战中，你又不可能单独去破解封印，否则会成为众矢之的。”药老的声音迅速响起。

微微点了点头，萧炎也只得依言，再次将身体龟缩在火焰的遮掩下。然而，就在其刚刚隐藏好身体时，一道尖锐的劲风突然从天空暴射而至，骇得萧炎将背后的紫云双翼猛地一动，身形闪掠上半空，将那道劲风躲避了开去。

然而，虽然此举的确是避开了攻击，却也令自己现出了身形，不过好在被惊动的一些人并未对萧炎采取攻势，而他也不敢在这到处都充斥着劲气乱流的天空停留，当下急忙用青火斗气将身体包裹，然后就欲退开。

就在这时，天空一处，正与三名斗王强者战得不亦乐乎的血宗宗主范痨，突然向萧炎这边瞥了一眼，旋即目光骤然凝住！

被青火斗气所包裹的身影，似乎有点熟悉，范痨双眼中瞬间涌上血红，借助着某种感应，他知道，这道背影与当初自己从死去儿子的血液中提炼出来的镜像内凶手的背影，绝对是同一个人！

没想到，百般寻找不到的杀子凶手，竟然会在这种场合偶然遇见！

“吼！”

眼中血红凝聚，一道充斥着愤怒与杀意的咆哮声自其口中暴响而起，一股强悍的殷红斗气，猛然暴涌出来。顿时，周围三名学院斗王强者在措手不及下，被震得飞身而退。

见三位斗王长老退后，范痨背后血色双翼猛然一振，身形犹如一道血色光影般，在无数道惊骇的目光中，直接对着天空中的萧炎暴射而去，尖利的咆哮声震响天空。

“小杂种，你可是让我好找，给我儿子陪葬去吧！”

第九章

对战范痨

突然在空中如雷般响彻的吼声，令萧炎浑身颤了一颤，他急忙转过头来，见一道血红身影正向自己冲来。

“糟了，这老家伙是怎么发现我的？”萧炎也听清了范痨的喝声，因此当下心中一阵惊愕，与此同时，背后双翼急速振动，身形闪掠，想要将范痨甩开。

“咻！”

身形刚刚一转，一道尖锐的劲风便闪掠而至，萧炎心头一惊，强行扭动身躯，将那道血红劲气险险地避了开去，身形倒飞而出，嘴中怒骂道：“老狗，你下手还真狠啊。”

范痨铁青的脸庞布满怨毒，眼睛死死地盯着萧炎，背后血色双翼振动间，身形化为血影，径直对着后者暴射而去，手掌之上，森寒的血色斗气急速凝聚。

萧炎虽然有飞行斗技相助，不过论起飞行速度，却比不上真正的斗气之翼，因此仅仅眨眼工夫，那范痨便闪现在了萧炎头顶，手中血色能量狠狠砸下。那一刻，连空间都剧烈地震荡了起来，显然，范痨下手时没有丝毫留情，完完全全是在下杀手！

“还我儿子命来吧！”面目狰狞，范痨狞笑道。他能感应到萧炎的实力，一个斗灵小子而已，杀他简直就是易如反掌。

血芒铺天盖地席卷而来，突兀间，有着淡淡的雷鸣声响起，旋即那静立天空的萧炎，身体微微一颤，整个人在这一刻变得虚幻了起来。

“嘭！”

血芒暴涌而下，结结实实地砸在萧炎身上，不过，萧炎却并未像意料中的那般口吐鲜血身负重伤。那血芒毫无阻碍地穿透了萧炎的身体，然后，那具身体便缓缓消散了。

原来这身影，竟然是一道残影！

萧炎喘着粗气突然闪现而出，冲着那一脸惊异的范痨冷笑道：“杀我可没那么容易，老狗！”

手掌一挥，将席卷而出的血芒震散，范痨目光阴沉地望着萧炎，阴沉地道：“三千雷动？看来杀我儿子的果然是你！”

萧炎目光紧盯着范痨，不管怎么说，对方都是斗皇阶别的强者，先前若非是他在对方意料不到的情况下施展了三千雷动，怕是逃不出被当场斩杀的下场。毕竟，他与后者之间的差距实在太大了。

体内一股股强横斗气从斗晶之中源源不断地流淌而出，最后如洪水般在经脉内奔涌而起，所带起的充盈力量之感，令萧炎心中稍稍升起一点底气。

“好！很好！”微微振动着血色斗气双翼，范痨突然笑了起来，笑声中的怨毒令人不寒而栗，“等我擒住你，不会让你死得轻松，我会把你豢养成血奴，每天每夜为我提供最新鲜的血液，不然的话，可对不住我那死去的儿子！”

“老狗，你来试试看？”漆黑眸子中，也逐渐布满阴冷寒意，萧炎缓缓地道。

以范痨的身份，如今被萧炎一口老狗老狗地叫着，自然气得暴跳如雷，当下心中决定，定然要让萧炎生不如死！

范痨双掌微微旋动，澎湃的血色斗气犹如鲜血般，一丝丝地盛涌而出，最后形成万千血丝，缭绕在范痨周身，急速呼啸。

感受着范痨体内逐渐升腾起来的恐怖气势，萧炎脸庞也极度紧张，与这种阶别的强者相战，只要稍稍出一点差错，便死无葬身之地。

天空上，在极度混乱的战场中，萧炎与范痨的对峙自然引起了远处无数内院学员的注意，当下所有人的脸上都布满了惊恐。他们并不清楚现状，不过看现在的这架势，倒像是萧炎挺身而出，为内院分担了一名强敌！因此，一时间不少人对萧炎心生敬佩。在内院修炼这么多年，他们对这里也有着很深的感情，如今强敌来犯，自然都有一种同仇敌忾、共同对外的心情，不过因为实力以及其他原因，他们只能在这里眼巴巴地观望，却帮不上任何忙。

现在挺身而出的萧炎，无疑成为他们的一种寄托，于是，一道道震耳欲聋的助威声，从远处无数学员嘴里喊了出来。这一刻，不得不说，萧炎的声望，已经真正超越了林修崖、柳擎等人！

听得那突然间响彻天空的助威声，萧炎也是一怔，目光斜瞟了一眼声音传来的方向，待瞧得那些学员脸上的狂热与尊崇之后，顿时有些无语。如果不是被范痨发现的话，他早就跑得远远的了，谁会乐意在这里冒着这么大的危险来和斗皇强者战斗啊。

“我会让你在他们心中声望扫地的，一个小小的斗灵，还真要翻天了？”范痨阴冷一笑，旋即手掌猛地一挥，顿时，那缭绕在周身的血色能量丝，猛然间铺天盖地地席卷而出，尖锐的破风声，刺刺地响个不停。

突如其来的血色能量丝，几乎将萧炎所有能躲避的空间都覆盖了。范痨清楚修炼了三千雷动的萧炎是何等的敏捷，因此，一出手便要限制住对方的速度。

目光紧紧地盯着那些铺天盖地而来的能量血丝，萧炎深吸了一口气，猛然一声低喝，汹涌的青色火焰暴涌而出，最后将其身体包裹在火焰之中。

青色火焰的出现，顿时令范痨脸色大变。以他的阅历，自然能够一眼看出这火焰是何底细，不过此时攻势已经展开，不管对方施展何种防御手段，他也只能继续。况且，即使萧炎真的拥有异火，但想要发挥其力量，也要看自身的实力。因此，青色火焰的出现虽然令范痨大吃一惊，却并未让他变得慌乱。

铺天盖地的血丝闪电般地洞穿空间，眨眼间，便出现在了萧炎面前。然而，就在血丝距离萧炎尚还有三米远时，炽热温度猛然升高，属性本就偏向阴寒的血丝，顿时被化成虚无！

不过，虽然青色火焰对阴寒血丝有一定克制作用，但那血丝铺天盖地，毫无枯竭之势，因此，萧炎的火焰的威力在那血丝源源不断地扑上时，正在逐渐地减弱。

范痨手掌一挥，漫天血丝一阵诡异扭动，旋即互相缠绕，最后绕成一个血球网，而网中，则是负隅顽抗的萧炎！

“有异火又能怎样？凭你的实力，根本发挥不出它的力量。”阴冷一笑，望着那在血丝侵蚀中苦苦坚持的萧炎，范痨手掌一握，血色能量凝聚，片刻后，便凝固成了一把闪烁着寒芒的血色长矛。

“小杂种，去死吧！”

嘴角浮现一抹怨毒，范痨阴笑一声，手臂猛地一抖。顿时，血色长矛犹如闪电般划破空间，带起尖锐劲风，对着那血球网中的萧炎暴射而去。

“老家伙，斗皇强者与斗灵战斗，你也不害臊吗？”就在血色长矛即将射进血球网中时，稚嫩的声音突然在天空响起，旋即一道娇小的身影突兀地出现在血球网之外，淡紫色马尾辫一甩，纤细的小拳头狠狠朝前一挥。顿时，面前的空气在此刻被挤压成一团无形的空气炮，与那血色长矛轰然碰撞！

“嘭！”

低沉爆炸声中，气浪涟漪急速扩散，将空间震得微微动荡。

目光如毒蛇般，死死地锁定着那出现在血球网之外的娇小女孩身上，范痨脸庞一沉，喝道：“你找死？”

紫妍撇了撇嘴，小拳头在范痨面前虎虎生风地打了几拳，丝毫不惧地对视着对方：“老头儿，你把萧炎杀死了，你来给我炼药丸吃吗？”

脸色缓缓阴沉，范痨也懒得再废话，以他的性子，别说面前是个小女孩，就算是个婴儿，若惹得他生怒的话，杀起来也丝毫不手软。因此，当下手掌处，血色能量再度凶猛凝聚。

似是感应到范痨体内升腾而起的杀意，紫妍那粉雕玉琢般的小脸微微凝重，小拳头缓缓握紧。

就在范痨即将动手间，突然又有两道破风声响起，两道身影闪掠上空，出现在了紫妍身旁，竟然是林修崖与柳擎二人。此时的两人，背后都有一对有些虚薄的斗气双翼，整个内院的学员中，除了紫妍、萧炎外，怕也只有他们两人能勉强升上半空作战。

“内院大难，可并非是你一人之事。”柳擎回头看了一眼正在努力化解血丝囚牢的萧炎，目光中竟然有一丝淡淡的佩服。

“呵呵，柳擎说得对，你先解决你的麻烦吧，我们来拖他一下。”林修崖手中长剑轻轻一震，旋即添了一句，“不过说实在的，你这家伙还真是无所畏惧，如果不是你率先挺身而出，恐怕我也不怎么敢在这种场合插手。”

错愕地望着面前的三人，萧炎苦笑着摇了摇头，他不是故意想做这出头鸟的啊。

“看来，只能倾尽全力了！”望着那眼睛充满怨毒与杀意的范痨，萧炎低声喃喃道。

“给我三分钟时间！”萧炎目光扫向紫妍三人，突然道。

闻言，紫妍三人一怔，旋即微微点了点头。

“哈哈，凭你们这三个斗王？甚至其中还有两人才刚刚半只脚踏进斗王，便想拖住我？”范痨怪笑道。

“老头儿，你废话可还真多。”紫妍撇着嘴骂了一句，对着身旁的柳擎与林修崖喊道，“我要上了，你们自己注意点！”话语刚刚落下，还不待两人回话，其娇小身影便微微一颤，径直对着不远处的范痨暴射而去，紧握的拳头上酝酿着一股恐怖的力量。

瞧得紫妍出手，柳擎与林修崖有些无奈，当下连忙展动身形，迅速地跟了上去，将体内斗气发挥到了极致。他们清楚，这次的对手，可比以往任何一次都要强横，一个不慎，重伤甚至当场毙命，都是极有可能之事。

突然升空援助萧炎的紫妍三人，毫无疑问地成为远处地面上所有内院学员的关注焦点。

四位实力堪称内院学员中巅峰的强者，相战一名斗皇强者，这等激昂战事，令许多人热血沸腾。一些虽有些实力参战，却无法升空的学员，皆被胸膛中充斥的战意涨得满脸通红，这其中便有林焱和严皓，而整个内院学员中，也唯有他们这种等级，方才勉强够资格参加这种级别的战斗。

“一群小辈，也敢如此猖狂？”冷笑着望着暴射而来的紫妍三人，范痨那苍白干枯的手掌猛然一抖。顿时，三股血色斗气盛涌而出，旋即凝固成三条足有手臂粗细的血蛇，范痨屈指一弹，血蛇便猛然射出，狰狞地张着血腥大嘴，一股腥臭之味扑人脸面。

血蛇瞬间暴射而至，感受到前者体内所蕴含的狂暴森寒能量，紫妍脸色凝重，小拳头缓缓摊开，五指对准那暴射而来的血蛇：“破！”

“嘭！”

随着喝声落下，紫妍五指轰然紧握，顿时一股无形波动闪电般扩散而出，在其面前十米处的空间如同被一股极其恐怖的巨力捏成了一团一般，而刚好穿梭过此处的血蛇，在那空间紧缩中，被捏爆成了一团血雾。

一击捏爆对方的攻击，紫妍飞快地瞟了一眼身边被血蛇逼得有些手忙脚乱的柳擎与林修崖，屈指一弹，两缕劲风暴射而出，将两条血蛇震裂成一团血雾。

解决掉血蛇的缠绕，紫妍脚尖一点虚空，娇小的身躯便鬼魅般地出现在了范痨身前，腰肢一扭，纤细小腿便划起一道半月弧，狠狠地对着他的脑袋暴踢而去。

紫妍的小腿纤细而柔弱，看上去几乎有种轻轻一握就要折断的感觉，但是，谁若是忽略了其中所蕴含的恐怖力量，那恐怕将会受到血一般的惨痛教训。

以范痨在黑角域那种人吃人的混乱之地摸爬滚打这么多年的经验，与人战斗自然不可能犯这种低级错误，而且，他在第一眼见到紫妍一拳轰爆他的血矛后，便知道这个看似柔弱的小女孩，具有一种极为恐怖的怪力！

因此，对于紫妍的近身攻击，他自然早有防备。

干枯的手掌急速舞动，一股汹涌的血色能量突然从范痨体内涌出，最后在其左侧身体处，凝成一道宛如血液般黏稠的圆形能量罩。

“砰！”

紫妍的脚携带着低沉的音爆声，狠狠地砸在那道黏稠血色罩上。顿时，一道沉闷爆炸声响起，旋即便见到那血色罩上，涟漪急速振动。

紫妍脚尖所蕴含的恐怖劲力，直接把那血色能量罩压出一个惊险的弧度。就在脚尖距离范痨脸庞仅有半寸时，其上劲气终于被血色能量罩彻底化解，当下随着一道“嘣”的声响，凹下去的能量罩狠狠地反弹而出，将紫妍的脚尖从范痨身上远远弹开。

“哼！”攻势被阻，紫妍轻哼了一声，身体借助着那股反弹之力，稍稍上浮，身形一闪，直接闪到了范痨身旁，就见她纤细手臂急速振动，一道道残影浮现，皆带着劲风，狠狠砸向范痨胸膛。

虽然范痨并未小看紫妍，却忽视了后者那灵敏的速度以及对战斗的敏锐反应，因此在一开始，被紫妍那小拳头狠狠地砸了几下，那股恐怖的劲力令他色变。这等恐怖的肉体力量，就算是一些专修肉体的斗王强者也难以具备！

“噬血甲！”

虽然结结实实地挨了几拳，令体内血气变得虚浮了一些，不过范痨再怎么说也是一名战斗经验丰富的斗皇强者，因此在极短的时间里，便回过神来，他闪电般结动手印，血气涌动间，一套暗红如凝固的鲜血的甲衣，出现在了其身体上。

“锵，锵！”

残影拳头狠狠砸在那如血液般暗沉的甲衣上，顿时响起阵阵犹如金铁相碰撞般的声音。甲衣防御力极强，在紫妍那狂风般的暴击下，竟然完好无损。

范痨的身体不住地在空中后退，虽然甲衣隔绝了不少力量，但残余的劲力仍然将他身形震得急速朝后退去。当着众多人的面，竟然被一名斗王阶别的小女孩打得如此狼狈，他脸色越加阴沉与愤怒。

远处的众多学员，望着天空上大发神威的紫妍，皆极为震撼。紫妍很少在内院出手，就算是在强榜大赛上，也因为种种原因未曾显露出太强的实力，因此有不少不明底细的人对她的实力抱有怀疑，然而今日，这种怀疑则不攻自破了。一个能将斗皇强者震退的人，这等实力，强榜第一的位置，的确是真正地无可撼动！

“锵！”

又是狠狠一拳砸在甲衣之上，已经濒临破碎的甲衣终于彻底地迸裂开来。紫妍还来不及欣喜，一股更加澎湃浓郁的血气便自范痨体内暴涌而出，那股气势之强，甚至直接将紫妍震得退了好几步。

被震退了几步，紫妍还未有所反应，便听得阴沉的低喝猛然在耳边响起：“血魔手！”

随着喝声落下，天空上，突然狂风大作，风中夹杂着一丝血腥气息。

紫妍飞快地抬起头来，小脸不由得一变。只见在她头顶上空不远处，突兀地出现了一只足有两丈长宽的血色大手，对着她狠狠地拍了下来。

“大裂山！”

就在庞大血手狠狠暴射向紫妍时，突然有一道大喝声响起，旋即尖锐的破风声陡然响彻，一道淡金色的凌厉劲风暴射天空，最后与那血手掌重重地轰击在了一起。顿时，宛如惊雷般的爆炸声响彻天际，汹涌的能量涟漪满溢而出，将空间震得急速颤抖起来。

凝聚了好一刻的斗技攻势竟然被打散，范痨也是大吃一惊，当瞧见脸色苍白、气喘吁吁的柳擎时，眼中的惊异越加浓郁。这内院的学员，竟然已强到了这般地步？先前他的那一击，就算是普通斗王强者挨上，也得当场重伤，没想到居然被一个仅仅半只脚踏进斗王阶别的小子打散，这可令他不得不惊讶万分。

“青湮剑罡！”

就在范痨失神瞬间，一道淡青色人影突然闪掠至其头顶，手中长剑一阵清脆剑鸣，深青色能量急速凝聚，眨眼间，整个剑身都被能量所笼罩，以至于在剑身周围竟然出现了数十股疯狂旋转的旋风。

冷喝落下，长剑猛然脱手而出，与那数十股旋风凝合在一起，化为一道悄无声息的模糊影子，如一抹闪电般直射范痨头顶！

林修崖的偷袭快如闪电，当范痨察觉时，刺人皮肤的恐怖劲气便已至头顶，当下他也只得放弃施展斗技对抗，身体一颤，铺天盖地的血气顿时从头顶涌出，宛如一片血海。

青色剑影瞬间穿梭进入血海之中，其中所蕴含的恐怖劲力，直接令血海剧烈动荡起来。

“凝！”

突然间，范痨的冷喝声响起，血海猛然波动，那即将穿透血海的剑影，此刻犹如遇见泥潭般，行动艰难。

随着血海之中所蕴含的黏力愈加强盛，片刻后，在距范痨头顶仅有两尺时，那青色剑影终于被彻底地凝固了起来。

蕴含了全力的一击，竟然未对范痨造成什么实质性的伤害，林修崖脸色微微有些变化，他与范痨之间的差距真是太大了。

在林修崖心感骇然之时，突然有破风声从血海中传出，旋即一道血手印猛然暴射而出，重重地轰击在闪避不及的林修崖身体上。

“噗！”

受此重击，一口鲜血顿时从林修崖口中喷出，身体摇摇欲坠，背后那对本就模糊的斗气双翼也开始变得若隐若现。显然，范痨这突然的一击，令他伤得不轻。

眼见林修崖被重伤，柳擎脸色一变，刚欲有所动作，那血海中又有一道血手印对着他暴射而来。

血手印的速度快得惊人，而在施展了最强一击之后，柳擎的身体也渐渐不支，动作变得迟缓了许多，无奈，他只能眼睁睁地看着那血手印离他越来越近！

在柳擎即将被击中的一霎，一道娇小身影猛然闪现，小拳头狠狠朝前砸去。顿时，空气再度急速压缩，最后在劲气的压迫下，无形的空气炮“嘭”的一声暴射而出，与那血手印重重轰在一起，溅起漫天血雾。

眼神森冷地望着那出现在柳擎身前的紫妍，范痨背后血色双翼微微振动，身形迅速上浮，瞬间，竟然蹿进了那弥漫天空的庞大的血海之中。

“一群杂鱼，一并解决吧。”血海一阵涌动，范痨那森冷的笑声缓缓从中传出。

“你小心！”

望着范痨蹿进血海之中，紫妍微微皱了皱眉，对着柳擎提醒了一句，刚欲有所动作，顿时察觉到那血海陡然翻腾了起来，当下心中猛然一惊。

“噬血印！”

冷喝声突然自血海中响起，旋即血海猛烈翻滚，之后，一道足有半丈宽、造型有些奇特的暗沉血手印，自其中暴射而出，沿途所过处，激起阵阵血气。

感受着那暗沉血手印的阴冷能量，紫妍眼神微微一凝，反手一掌将身后的柳擎震得退后了一段距离，一双小拳头泛上一股如玉般的强芒，而在这光芒的映照下，那对小拳头竟显得有些透明。

如玉般光润的小拳头互相碰了碰，竟然爆发出一阵极为清脆的金玉声响。紫妍小脸望着那硕大的血手印，瞬间，一股强烈的玉芒忽然从她体内暴涌而出。

“轰！”

双拳平平地轰出，却犹如在沸腾的油锅里投入了冰块，顿时，面前的空间剧烈震荡，一股极为强横的恐怖劲气席卷而出，与那道血手印轰然相撞！

“砰！”

山崩地裂般的响声霎时间响彻天空，惊得无数人将目光投射而来。

“哼！”

恐怖的劲气涟漪从能量碰撞处暴涌而出，那首当其冲的紫妍，顿时发出一声低低闷哼，脚步略有些凌乱地急速退后了几步，不远处的那处血海却只是泛起一阵剧烈波动，便将能量冲击波阻挡了下来。

“一个只懂得用蛮力的斗王，别在这里丢人现眼了！”血海翻腾，嘲讽的冷笑骤然响起，旋即宽约几丈的血海顿时收缩至丈许，颜色显得更为暗沉。冷笑刚刚落下，又是一道颜色极为暗沉的血手印从血海中暴射而出！

体内气血因为先前的那道震荡而略有些虚浮，因此，当瞧见那竟然还能以如此速度发出比先前更强攻击的范痨，紫妍脸色微微一变。

血手印在天空划过一道弧线，旋即在无数道惊骇的目光中，闪电般地出现在了毫无防御的紫妍面前。

“去死吧！”狰狞的怪笑声，在血海中响起，阴冷如凝固的血。

就在血手印即将重重砸在紫妍身体上时，突然间有淡淡的雷鸣声在空中响彻，旋即那紧盯着这处战场的众人眼瞳顿时一缩！

在雷鸣声响起的刹那，一道黑影犹如鬼魅般出现在紫妍面前，随手一挥，一股雄浑的青色火焰席卷而出，轻易地将那血手印抵挡而下，并且将之焚烧成一片虚无。

望着那蕴含了范痨极强一击的血手印，竟然如此轻易地便被震散，那柳擎、林修崖乃至于地面上的众学员都是一脸震惊。然而，当一道熟悉的声音紧接着响起时，那震惊顿时变为了惊骇！

“对一个小女孩下这般毒手，叫你老狗果然没辱没你。”

天空上，一袭黑袍的青年负手而立，一股强悍得令人恐怖的气势如海浪般暴涌而出，那股气势之强，丝毫不弱于范痨！

突然出现的一股丝毫不逊色于斗皇阶别强者的强横气息，不仅令远处的众多学员目瞪口呆，就连天空上混乱的战场都因此出现了一刻寂静。

一道道目光扫向气息爆发之地，待看得气息源头处，众多强者皆是一怔，而当他们看见那与之对峙的范痨后，脸色顿时变得各异。那以韩枫为首的一群人，脸色自然是越加难看，在这种势均力敌的时候，一个斗皇强者对战斗胜负的影响力可不小。

而对苏千、琥乾等内院强者来说，实力突然爆发的萧炎，虽然令他们惊愕，可更多的还是惊喜。

此时的萧炎，无疑是一个出现得极为及时的救兵，有他出手，这边的战场至少能够减少一个斗皇强者，这将会大大降低众位长老的压力。

“这小子果然留有一手，我就说，能将云岚宗逼成那副模样，怎么可能会没有真正的底牌。”琥乾望着那爆发出来的气息并不比自己弱的萧炎，心中忍不住地啧啧称赞了一声，旋即瞟了一眼对面眉头紧皱的韩枫，不由得冷笑道，“韩枫，你最好祈祷院长短时间内不会回来，不然的话……”

眼睛微微虚眯，韩枫淡淡地道：“异火这等天地奇宝，有缘者得之，你内院这种封印之法，可是有些不太合规矩啊。”

“拿给你们炼药师炼化就合规矩了？”琥乾讥讽道。

韩枫眉头动了动，不再做这无谓的口舌之争。在与琥乾对峙间，他的目光却不断地投向萧炎所在的方向。不知为何，他总能从这个青年身上感受到一种很奇异的感觉。

“这种感觉……为什么有种熟悉的味道？”心中喃喃了一声，苦思无果的韩枫只得将目光投向苏千与金银二老所在的战圈。作为在场实力最强的三人，他们的战圈在百米之外，未有其他人的身迹，那种阶别的战斗所造成的余波，就算是他这种斗皇强者，也不敢无视。

“金银二老联手固然能与斗宗强者战斗，不过想要胜过苏千明显不可能，而且随着时间推移，定然会逐渐落入下风。到时候一旦让苏千分出身来，或许麻烦不小，看来我得快点脱出手来。”心中念头飞快地转动着，片刻后，韩枫眼神逐渐变冷，双掌一翻，深蓝色的火焰猛然自掌心升腾而起。

瞧得韩枫手中翻腾的深蓝色火焰，琥乾脸色变得凝重了许多。以韩枫如今的实力所操纵的异火，任何一名斗皇强者都极为忌惮，而这自然也包括他。

雄浑斗气自体内弥漫而出，将衣衫振得鼓鼓的，琥乾缓缓吐出一口气，旋即一道如雷鸣般的炸响自舌尖暴射而出。在这道异样炸响中，琥乾整个人的气息突然间变强了许多。

“想从迦南学院夺取异火，痴人做梦！”一声冷笑，琥乾身形一扭，瞬间消失在原地，再次出现时，赫然已至韩枫面前，掌风交轰间雷鸣阵阵。

“你们先退开吧，我来对付他。”萧炎缓缓转过头来，对着身后的紫妍与柳擎笑道。

柳擎与紫妍目光怔怔地望着面前的萧炎，那股从他体内弥漫而出的凶悍气势，丝毫不亚于对面的范痨。在这短短时间里，萧炎的实力出现了极为惊人的暴涨，而且这种暴涨程度还是毫无理由的。他们虽然知道萧炎有一种会在短时间内增幅实力的秘法，不过那顶多只能提升几星实力而已，而现在简直就是直接跨越了两个阶别吧？

咽下一口唾沫，柳擎只觉得口中一阵干涩，原本以为当初萧炎所施展的那强横斗技便已经是他最后的底牌了，如今方才明白，若他真要彻底放开实力的话，自己根本就和人家战不了一个回合！

“萧炎，你吃什么丹药了？怎么变得这么强了？”紫妍最耐不住心头的好奇，当下也不顾体内那被范痨的攻击震得略有些虚浮的血气，满脸惊讶地道。

“哪有这么强的丹药。”萧炎笑着扯了扯紫妍的马尾辫，旋即被她不满地甩了甩头躲避了开去，这才道，“好了，小家伙，带柳擎和林修崖下去吧，这里交给我。”

嘟了嘟嘴，紫妍只得有些不情愿地点了点头：“好吧，不过那老家伙太可恶了，你可得帮我找回面子，狠狠地揍他一顿。”

“没问题。”萧炎笑着点了点头，那灿烂的笑容，却令不远处的范痨浑身泛着一股寒意。

见到萧炎点头答应，紫妍这才一把拉住柳擎，然后身形一闪，出现在那背后斗气双翼越加虚无的林修崖身旁，一手拎一个，迅速地闪下天空，回到了先前一行人停留之处。

一处房顶上，林焱、严皓等人望着从天空闪掠而下的紫妍三人，连忙迎上前。

面对一行人的问候，柳擎与林修崖都只是笑着摇了摇头，旋即不约而同地抬起头，将目光投向天空上再度单独与范痨对阵的萧炎身上，好一会儿，皆长长地叹了一口气，两人互相对视一眼，苦笑着叹道：“这内院强榜第一，或许该是这个家伙才对啊。没想到，他竟然隐藏得这么深。”

对于两人这话，紫妍没表现出龇牙咧嘴的表情，她也清楚，以萧炎此刻所展现出来的实力，即使是她，也差了太多。

林焱与严皓等人也苦笑着点了点头，萧炎突然间展示出来的恐怖实力，令他们都极为震撼。

“没想到你竟然还有这等底牌，难怪凌儿会栽在你手中。”脸色阴沉地望着气息澎湃的萧炎，范痨阴森森地道。

“对付他，可还用不着这般。”萧炎笑了笑，那盯着范痨的目光缓缓变冷，“既然你也是在黑角域中混，想必也知道生命在那里是何等的廉价。人，杀了就杀了，管他什么身份，别说你儿子，就算是你这喜欢人血的老狗，死了的话，怕也没多少人惦记。”

闻言，范痨顿时怒极反笑：“好个狂妄的小子，不要以为突然实力暴涨了就能胜券在握，我范痨这么多年什么场面没见过，你一个毛头小子，还没资格与我这般说话。”

萧炎嘴角微微一撇，懒得再与这自信心爆棚的老家伙废话，屈指一弹，青色火焰瞬间从指尖处暴涌而出，最后犹如两条火焰长鞭般，在身前狠狠一甩。顿时，一股炽热夹杂着霹雳声升腾而起。

感受着萧炎体外那逐渐翻涌的火焰，范痨脸色缓缓变得凝重，虽然嘴上强硬，但对于此时的萧炎，他却不敢存有一丝小觑之心。由于功法缘故，他的斗气偏向阴寒，这种属性的斗气最忌阳刚火爆的火属性斗气以及火焰。而萧炎不仅属性为火，而且还操控着火焰中的灵物——异火，因此，两人对战，范痨肯定吃亏。先前因为实力差距太大，倒没怎么显出来，可当下萧炎实力大涨，连带着对异火的操控力乃至温度的把控力，都猛然提升了好几个档次。

所以，面对着这等棘手的对手，范痨已经不敢再像先前那样小看萧炎。

袖袍一挥，那足有几丈宽大的血海，顿时翻滚而起，而范痨的身形也再度隐藏在其中。这血海是其功法修炼至炉火纯青地步时，使用斗气凝化而成，在其中与人战斗，不管是攻击力还是斗气恢复程度都会大大地增强，而且血海还能助其隐藏身形。范痨能够在那人吃人的黑角域中建立血宗，并且将之发展成一方霸主地位，其中，这血海有着莫大功劳。

随着范痨身体消失在血海中，其气息顿时也变得强横了许多。那股弥漫天际，并且略带着几分血腥味道的气势迅速暴涨，以至于周围大片天空上竟然都隐隐带上了一点点暗红之色。

下方远处的众多学员望着天空上弥漫的淡淡血色，尽管相隔遥远，可那股血腥味道依然扑鼻而来，令不少人心生寒意。

“无用之举。”

瞧得范痨气势大涨，萧炎却轻轻一笑，屈指一弹，青色火焰自体内铺天盖地地席卷而出。顿时，天地间温度猛升，而那弥漫天际的暗红，也像遇见沸油的冰块般，急速消融。

眨眼时间，天空上那令众人浑身泛冷的暗红血腥，便消失得干干净净。

淡淡地瞥了一眼范痨隐藏的那片血海，萧炎一笑，缓缓伸出手指，然后直指向那团血海。

时间在此刻略微停滞，瞬间后，那弥漫而出的无尽火焰急速闪掠，在一道道惊愕的目光中，闪电般地凝聚成一片火海，而那火海之中，便是一片血气急速蒸发的血海。

“这血海……也烧了吧。”

第十章
海心焰

青火席卷天际，一眼望去，空间在此刻出现了阵阵扭曲，一股炽热顺着空气的传播，将整个内院笼罩在其中。

地面上的人目瞪口呆地望着那呈燎原之势席卷而出的青色火焰，皆忍不住抹了一把冷汗，这种惊人的威势，当真是太恐怖了点。

漫天青火中央之处，有一团不过丈许宽的血海，那先前还极为嚣张跋扈的它，此刻却已经在周围火焰那恐怖的温度下，迅速缩小，一股股淡淡的血雾不断从中升腾而起，最后化为虚无。按这速度，恐怕要不了多久，就得被周围的火海蒸发成一片雾气吧。

“异火？”青色火焰席卷天际时，天空上顿时发出一道道极为惊异的喝声。旋即，一些人的目光皆不由自主地转向了不远处正与琥乾对视的韩枫。

此时韩枫的目光，却在那青色火焰出现时，便眨也不眨地盯在了萧炎身上，眼中有一抹难以掩饰的震惊。他没想到，以后者如此年纪，竟然便能够得到一种异火。要知道，当年他为了得到这在异火榜上排名第十五的海心焰，几乎差点丢掉小命。接下来的吞噬炼化，更是令他吃尽苦头，由于他所修习的焚诀残缺不全，直接导致对异火的压制不够彻底，体内火焰时不时地会出现暴动，让他大为伤神。

因此，如今见到萧炎这般年龄，便能够肆无忌惮地掌控一种异火，韩枫不免生出几分嫉妒。

“看这种火焰的颜色以及燃烧间偶现的虚幻莲状，想必应该是异火榜排名第十九的青莲地心火！”眼芒急速闪烁，韩枫那望向萧炎的目光中，逐渐地多了一分贪婪。

“没想到一日之内，竟然能够见到两种异火，嘿嘿，还真是不虚此行。若是我能将这两种异火弄到手，并且凭借着那焚诀残卷顺利将之吞噬的话，实力定然会暴涨。到时候就算迦南学院的那个老不死的真回来了，想必也拿我无可奈何。”心中念头闪动着，一抹冷笑与狂热逐渐浮上了韩枫的嘴角。

“不过这小子虽然年纪轻轻，可对火焰的操控力似乎极强，这般庞大火海，即使连我也只能勉强施展，他却能随意而为，看来想从他手中夺取异火怕也不容易。”望着远处那在施展出火海后依然脸色未有多少变化的萧炎，韩枫不由得微微皱了皱眉，在心中喃喃道。

斗气大陆之上，异火在被人炼化之后，依然可有两种方法从拥有者身上取出异火。第一种，便是强行夺取。这种蛮横的异火夺取，必须是在被夺取者毫无反抗的情况下方可施行，而且，一旦异火被成功夺取，那么被夺取者便会随着异火的离体而逐渐死亡。因此，这种方法一般都是一些为了得到异火不择手段，心狠手辣的人才使用。

而第二种，则是传承异火。这种异火的传承，同样需要付出极大的代价。比如萧炎修习的天火三玄变秘法的出处——焚炎谷，这个以玩火闻名大陆的宗派，一直传承着一种异火。这种异火，只能谷主方才有资格传承，如此一脉传一脉，以此来成为宗派的最强保护牌。但是这种传承，每当上一任谷主传承给新谷主时，自身实力便会骤降大半，甚至，如有不慎，还会危及生命。这种事，在焚炎谷的传承中屡见不鲜。

这两种异火嫁接之法是大陆上通用的，大多实力到了一定阶别的强者，都能够知晓一些，韩枫自然也知道。况且，当年在他对药老出手时，便打着强行夺取异火的贪婪念头，不过最后因为药老警觉性高，这才未能得逞。

远处的萧炎，自然不知道他只是施展了一下异火，竟然便让人惦记上了。这些年，知道他拥有异火的人并不少，甚至在加玛帝国时，连炼药师公会以及丹王古河都知晓，但是却少有人生出硬要抢夺的念头。一来是因为能够掌控异火的人，几乎都是棘手的刺，二来想要强行夺取异火，也需要承担不小的风险。因此一般来说，除了一些很极端的家伙外，直接生出强行夺取别人异火念头的人，倒只是少数。

碰巧的是，那韩枫正是这等少数的极端家伙，为了实力，可以不择手段，连弑师这等大逆不道之事，也干得出来。

然而此刻的萧炎，也顾不上去注意这已经心生不轨的家伙，他现在的注意力，正全部放在对手范痨身上。庞大的青色火海中，那丈许宽的血团，犹如汹涌海浪中的一处礁石般，随时都有崩裂湮灭的危险。

血海之中，范痨感受着周围那种暴躁的炽热温度，脸色变得土灰。他虽然知道对方的异火对血海有一些克制，却没料到会有这么强。在火海的包围下，那血海中他所依附的阴寒能量，已经彻底失去了作用，并且在高温炙烧中，血海的面积也在缓缓地缩小。按这速度，怕是支撑不了太久。

“这个浑蛋！”

咬着牙阴森森地骂了一句，范痨抬起头来，目光透过火海，最后停在不远处悬空而立的黑袍青年身上，嘴角微微抽搐了一下。没想到以他在黑角域中那显赫的地位与声望，如今却被一个乳臭未干的小子搞得这般手足无措，这对于他来说，可是不小的打击。

“若是输给了这小子，日后怕是得被黑角域的那些家伙笑死。”狠狠地咬了咬牙，范痨手中印结猛然结动，顿时，那在青火包围下逐渐缩小的血海却突然剧烈翻腾了起来，旋即急速收缩，一丝丝血气，快速地钻进范痨体内。

“血变！”

随着血气钻进体内，血海迅速变得虚薄，范痨那双眼睛却缓缓地变得血红，那对干枯的手掌也越加苍白。指尖处，尖锐的血色指甲诡异地延伸而出，犹如锋利的刀片般，在阳光下反射出阴冷光泽。

背间微微一颤，一股血气喷涌而出，覆盖在其背后的血色双翼上。顿时，斗气双翼一阵蠕动，瞬间，双翼竟然变得更加修长，充满了诡异，一眼望去，就像是鸟与蝙蝠的翼翅交织在一起。

当最后一缕血气钻进范痨体内后，弥漫的血海顿时彻底消散，而他的身形也再次出现在萧炎的视线中。

“能将我逼到使用‘血变’的地步，你倒也足以能自傲了。”一圈淡淡的血色光膜从体内蔓延而出，周围那炽热的温度顿时被隔绝了开去，范痨背后双翼微微一振，身形顿时化为一抹血色闪电，瞬间闪掠出青火的包围，出现在距离萧炎不到十米远的地方，阴冷的笑声在天空回荡着。

萧炎望着面前造型略有些变化的范痨，眼中闪过一抹惊异，现在的范痨，不论气势还是速度方面，都比先前要强了许多。看来，在被他使用异火攻击了一通后，这个老家伙终于开始施展真正的本事了。

“这可还不够，既然你一直为你儿子死在我手中耿耿于怀，那我倒不介意送你去见见他。”萧炎摊了摊手，冲着范痨笑道。那笑声，落在范痨耳中，却是极为刻薄与尖酸，以至于他脸色阴冷得更加恐怖。

在说话的同时，萧炎袖袍一挥，顿时那席卷天际的青色火焰便急速蠕动，最后再度凝聚为两道翡翠颜色的火焰长蛇闪掠而回，顺着其指尖，钻进了身体之内。

操控如此庞大的异火，所消耗的灵魂力量不小，若不是有药老的力量支撑，先前的那一下，就算萧炎拼尽全力也是施展不出来的。所以，如此庞大的火焰自然需要收回，不然平白让它消散于天地间，那可是太浪费了，特别是对于还在战斗中的萧炎来说。

深吸了一口气，范痨竭力想要压下心中那暴涨的杀意，目光如刀锋般死死地盯着微笑着的萧炎。片刻后，他嘴里发出难听的嘶笑声，旋即，血红眼睛猛然一瞪，如雷鸣般的咆哮声，终于携带着怒火与杀意，暴吼了出来。

“小杂种，今日我范痨不将你碎尸万段、剥皮抽筋的话，还不如当场自刎！”

面对着范痨那惊天杀意以及从下方射来的一道道惊愕目光，萧炎却是一笑，轻飘飘的话语，将已经成为火药桶的范痨彻底引爆！

“那……你还是去死吧，老狗。”

萧炎那轻飘飘的刻薄冷笑，犹如在沸油中泼了一盆冷水般，顿时，一股血红磅礴斗气，铺天盖地地自面目狰狞的范痨体内暴涌而出！

范痨苍白如枯树般的手爪猛然探出，旋即快若闪电般地结出诡异印结，只见那涌出的血红斗气一阵翻腾，最后，一柄足有小腿般粗壮、通体暗红的血矛，出现在所有人的目光中。

血矛凝实，范痨手爪一探，便将之牢牢握紧，抬起头冲着萧炎嘴巴一动，露出尖利森白的牙齿。

背后双翼猛然一震，顿时，一道尖锐的怒声咆哮，再度夹杂着杀意，自范痨嘴里暴吼而出。范痨身形犹如御风而行般，化为一道极其模糊的血影，闪电般地欺近萧炎，手中长矛带起森冷劲风，极为狠辣地直刺向萧炎心脏部位。

使用了所谓的血变之后，范痨虽然并未有斗气暴涨的迹象，不过那速度却提升了许多，乃至于在其有所动作时，很多人都只能看见他的身体微微颤了颤，再度凝望时，却惊骇地发现，那道身影已经逐渐变得虚幻起来。显然，这是由于速度达到了某种界限时，方才会出现的迹象。

以前萧炎在将三千雷动施展到第一层的极致后，能够勉强留下一道残影，不过那残影与范痨明显无法相比。当然，那时萧炎的实力顶多也就达到斗灵阶别，能够制造出连寻常斗王强者都颇难搞出的残影，已经足以令他自傲了。

范痨所展现出来的速度，令无数人满心震撼，然而那与之对峙的萧炎，脸上却依然未曾有多少动容。

漆黑眼瞳中，一抹血色光线急速放大，下一瞬间，血色光线猛然化为一张狰狞的脸庞，那锋利无比的能量血矛，穿透了空气阻碍，带着森冷劲风，直射而来。

宽大的黑影突然闪现而出，厚实的玄重尺，犹如一面盾牌般直直地矗立在萧炎面前，而那血矛，则重重地点在了其上。顿时，一股劲风犹如暴风般，狂猛地席卷而出，那股劲风之强，甚至隐隐可听到极为细微的风雷声响。

背后青火双翼一阵猛烈扇动，萧炎退后了两步，手臂狠狠一抖，这才将范痨那含怒一击给抵挡下来。

眼睛轻抬，目光透过玄重尺，他看见了范痨那阴寒狰狞的脸庞，一对血色眼瞳，释放出浓烈的杀意与血腥味。

“小杂种，我要在你身上扎无数个血洞！”

范痨阴森森地狞笑了一声，紧握着血矛的手掌猛然一扭，那停留在尺身之上的血矛顿时一拐，旋即带起一道血红光弧，再度暴刺而出！

“现在的你，可没那资格。”萧炎一笑，脚掌之下，一丝银色闪电突兀闪现，身躯一动，顿时犹如鬼魅般顺着血矛蹿出，五指紧握，青色火焰缭绕其上，夹杂着炽热的温度，狠狠地对着范痨的脸砸了过去。

对于如同泥鳅般滑溜溜的萧炎，范痨也极其震怒，右掌之上同样血气缭绕，锋利如刀片般的指甲轻轻一弹，只听得细微的“刺啦”声响，犹如空间都被其在此刻撕裂了一般。

五指并拢，宛如一柄锋利血剑，直接对着萧炎拳头刺了过去，那尖锐的劲风，犹如利刃切开薄纸般的声音，令人身体微微泛寒。

感受着范痨那有些诡异的指甲血剑所蕴含的尖锐劲力，萧炎眉头微微一皱，听那声音，这指甲的锋利程度，恐怕不比那血矛差，这般直接地用肉拳碰撞，对他可是颇为不利。

心中念头急速闪掠而过，电光石火间，萧炎手臂却陡然一颤，拳头之上所笼罩的青色火焰突然脱手而出，化为一枚青色火焰球，冲着范痨暴射而去！

脱手的火焰球，犹如一枚炮弹，在出膛的那一霎，将先前所压抑的温度彻底爆发而出。顿时，那颜色便变得深沉了许多，火球划过处，连空间都出现了些许褶皱，看上去有些虚幻。

萧炎攻击的变化仅仅是在电光石火间，因此当范痨有所察觉时，深青色的火焰球已经抵达眼前，那炽热的温度，即使有斗气罩的隔绝，也仍然令他的皮肤阵阵灼痛。

如此距离，闪避已不可能，因此范痨也未曾有丝毫退缩，一股股强横血色斗气从体表毛孔喷射而出，旋即，一道血色光膜闪电般地在其手掌处凝结而出。

“爆！”

身形闪掠而退，萧炎望着那与范痨近在咫尺的深青色火焰球，嘴巴微微一动，一个清晰的音节突然传出。

随着音落，顿时一股强光自火焰球中暴涌而出，旋即一道声音猛然响彻天空。炽热的火焰，从那个爆炸点，铺天盖地地席卷而出！

袖袍轻挥，将扩散至面前的一股热浪涟漪击散，萧炎微眯着眸子望着那火浪扩散而出。他心中清楚，这个强度的攻击，不可能击伤范痨这等强者。

在萧炎凝望间，一道血色光柱突然自火浪扩散处暴射而出，光柱中，范痨的身影随之缓缓飘上。此刻，后者的脸庞依然狰狞，右手高高举着粗壮而锋利的血矛，身体呈半旋投射之状，而弥漫其周身的血色斗气，也犹如受到某种吸引力一般，源源不断地灌注进那道血矛之中。

随着越来越多的斗气灌注而进，只见那血矛颜色越加暗沉，片刻后，几乎犹如凝固的鲜血般，血腥之味令人作呕。并且，在矛尖处，血色的光弧散发着阴冷光泽，锋利的矛尖，好像具备了穿透一切防御的力量！

萧炎的脸色在那血矛凝聚中逐渐变得凝重，他能清晰地感觉到，范痨这一次的攻击，怕是真正地达到了倾力而为的地步。一个斗皇强者的全力一击，足以震碎一座山峰，因此，即使有药老力量的支持，萧炎依然不敢存有丝毫的大意。

缓缓抬起手中玄重尺，一股股雄浑青火斗气从体内暴涌而出，源源不断地灌注进尺中。天空上，相隔不到百米的两人，都在此刻陷入了异样的沉默。不过，任何人都清楚，在这沉默之下正酝酿着一场更为恐怖的对撞风暴！而且，这场风暴的爆发时间，就在下一个瞬间！

在无数道惊骇目光的注视下，范痨手中的血矛终于停止了继续吸纳斗气。此时，血矛微微扭动，竟然能够带起一阵空间的波动，足见其中所蕴含的能量，已经到达了一个惊人的界限。

手掌牢牢地握着不断跳动的血矛，范痨狰狞的脸上在此刻浮上了一抹苍白，血红目光死死地盯着远处的萧炎，一阵怪笑在天空上响了起来："小杂种，一切都结束了！"

怪笑声落下，范痨不再给萧炎一丁点凝聚斗气的时间，手臂猛然一抖，顿时，那蕴含着其全力的血矛，脱手而出！

"大血菩噬！"

血矛离手刹那，下方众人突然间感觉到一股极其浓郁的血腥气息扑面而来。炎炎烈日的照耀下，却依然令众人如处深渊，浑身发冷，原本晴朗的天空，也在此刻被朦胧的血气所笼罩。整个天地，荒凉而阴森。

天地突然间变色，也再度令天空上其他战场的战斗略一停顿，一道道目光带着惊诧投向范痨与萧炎所在处，当瞧见那从范痨手中脱出的血色长矛后，不少黑角域的强者都爆发出一阵惊呼。

"竟然是大血菩噬？"

"范痨竟然被那个年轻人逼到使用这等斗技的地步了？"

"这老家伙，还真是气昏头了，居然连地阶斗技都施展了出来，看来那个黑袍青年下场不妙了啊，死在范痨手中的一些斗皇强者，大多都栽在这上面……"

当惊呼声在天空上传播时，一抹血色闪电，几乎在刹那间便突破了空间的障碍，眨眼间，便夹杂着令人作呕的血腥味，出现在了萧炎视线中。

一口灼热空气，被深深吸进肺中，漆黑厚重的玄重尺被萧炎高高举过头顶。此时，玄重尺宛如一柄泛着火焰的尺子，漆黑的颜色已变为深红。

血色闪电所带来的恐怖劲风，令萧炎浑身毛孔都在此刻迅速收紧，眼睛死死地盯着那突破空间的血色，瞬间，一声厉喝陡然爆发，旋即重尺轰然怒劈而下，那姿态犹如要将整个大地劈裂一般！

“焰分噬浪尺！”

在冷厉喝声落下的刹那，一道足足十几丈宽的庞大青色能量匹练，瞬间自玄重尺顶暴射而出，沿途所过处，空间不断震裂、扭曲，宛如被打碎的玻璃！

在无数道蕴含着各种情绪的目光中，青色能量匹练，瞬间便与那道令天地变色的血色闪电，如陨石般轰然对撞！

这一刻，真正的惊天大爆炸，轰然发生！

第十一章
封印无效

“轰！”

山崩地裂般的雷鸣爆炸声，在遥遥天空之上轰然响彻，那一霎，无数人在这巨声之下，陷入了短暂的双耳失聪状态。

晴朗天空，一道宛如龙卷风般的能量旋涡，自青色能量匹练与血色能量接触处暴涌而出，旋即在无数道惊骇的目光中，席卷天地！

在那能量交接处，空间扭曲不堪，深深的皱痕清晰可见，在萧炎与范痨这次的全力对轰中，甚至连空间都差点被轰破了，斗皇强者的对碰，竟然如此可怕。

被青色火焰与血色能量所充斥的能量风暴团，宛如横立天地的巨人。风暴团疯狂旋转间释放出的破坏力，即使是天空上的众位强者，也不免有些震撼。

能量风暴团底部连接着内院，数不清的楼阁房屋在此刻被彻底摧毁，除了那漆黑色天焚炼气塔之外，其周围几百米内的所有房屋乃至树木，皆在那风暴席卷间，被毁为平地！那恐怖的破坏力，令远处躲避战斗的学员们目瞪口呆。

风暴来得快，去得也快，在将内院的一角毁为废墟后，那席卷一切的风暴逐渐地减弱，直至最后完全消散。

风暴散去，阴沉的天空再度恢复晴朗，只遗留下了一地狼藉。

天空上，众多长老望着风暴散去后的下方内院，皆忍不住地抽搐了几下嘴角。如果再来这么几次的话，恐怕内院根本不需要陨落心炎的爆发，就会在这激烈的战斗中，被彻底摧毁了。

在众位长老心疼内院被破坏的同时，那些黑角域的强者却满脸惊诧地望着天空遥远处的黑袍青年，他们都未曾料到，萧炎竟然能够在范痨如此强横一击下毫发无损。

“这个年轻的小子先前所施展的斗技怕至少也是地阶等级吧，不然不可能完全抵御范痨的大血菩噬。”想起先前那道犹如要斩破虚空般气势雄浑的尺芒，众人心中不由得恍然，旋即对那远处的青年悄然地多了一分崇拜。到了他们这个级别，想要真正地击伤或者击杀实力相仿的对手，普通的玄阶斗技成效已然不大，只有地阶斗技方才能够起到这等奇效。所以，地阶斗技对于斗王或者斗皇这种阶别的强者来说，才会具备真正的威胁力。

然而，地阶斗技，大多都是拥有大智慧、大机缘的前人所创、所留，想要自创斗技，这不仅对实力有苛刻要求，而且还需要一些机缘。因此，那些够资格并且成功创出了斗技的强者，无不是大陆上声名显赫之辈，而创出地阶斗技者，更是凤毛麟角。

所以，放眼整个大陆，地阶斗技都是稀罕之物，寻常二流势力能有一种，便可将之当作真正的镇派之宝。

一些只知道闷头修炼的强者，除了斗气雄浑之外，还真没多少拿得出手的斗技，这样的人在大陆上屡见不鲜。这样的强者与人战斗，若是等级低于自己许多的倒还好，随手使用斗气攻击，便足以将对方施展的斗技震散；但如果遇见实力相差不多的强者，怕便会落个被人家越级击败的悲剧下场。

在实战中，最具决定性的还是本身的战斗力。而战斗力，则依赖以下三个最主要的条件：本身等级实力、功法、斗技。

三种条件，若是全部具备，越级甚至越阶挑战，并不难，萧炎则正属于这类人。一路走来，所遇对手大多都比他强，然而这些强者，大部分都成了其手下败将，而其所依仗的便是焚诀功法与强横斗技。

因此，对于地阶斗技，实力在斗王之上的这些强者，其实比任何阶别的人都要看重。所以，当他们看见萧炎竟然在这般年纪便掌握了一种足以匹敌范痨那大血菩噬的强大斗技时，心中难免会有一些艳羡，甚至嫉妒。

遥遥天空上，范痨狰狞的脸色此刻已经浮上了一抹淡淡的苍白，显然，先前施展大血菩噬这等强悍斗技，对他也造成了颇大的消耗。然而，即使施展了如此强横的斗技，却依然未取得多少成果，望着对面那依然挺立的黑袍青年，范痨忍不住有种呕血的感觉。

“这小杂种实力的确很强，再纠缠下去，怕也没有多大的成效。”尖锐如刀锋般的指甲斜划过空间，带起一道森冷光泽，犹如范痨的眼神一般，令人心生寒意，“虽然弄不清究竟是怎么回事，但这家伙突然暴涨的力量应该不属于他，想必是使用了什么古怪的秘法。不过再古怪的秘法增幅，也有时间的限制，等那时间一过，实力退回本来级别时，杀他定然是易如反掌！”

不得不说，这范痨的确不愧是混迹在黑角域中的强者，三猜两猜，便差不多猜出了萧炎的一些门道，萧炎也极为清楚这点，自然不会给予范痨拖延时间的机会。既然范痨对自己已经有了必杀之心，那么他也不用再心慈手软，抓住机会，杀了范痨，免除后患方才是最终目的。毕竟一名斗皇强者若是发起疯来报复，那后果可是不堪设想。

心中闪过这般念头，萧炎几乎未有丝毫的迟疑，手掌一翻，玄重尺便被收进了纳戒中，失去了这等重量武器的束缚，萧炎的速度也猛然提升。

脚底银色光芒一闪而逝，淡淡雷鸣凭空响彻，身形一颤间，便化为一道黑线，近乎闪电般，对着范痨闪掠而去！

萧炎身形刚动，那一直将注意力放在他身上的范痨便有所察觉，已经打定了暂避锋芒的他，血翼一振，身形也急速倒射而退。

“想走？”

冷笑声在天空响起，旋即，在一道淡淡雷鸣声中，萧炎的身形犹如鬼魅般地出现在了范痨面前。

萧炎陡然间所展示出来的速度，连范痨也微微有些吃惊，不过他反应倒不慢，在萧炎刚刚出现的那一霎，锋利的指甲便如刀片般，对着萧炎脖子刺去。

面对着范痨的锋利攻击，萧炎不退反进，脚下银芒一闪，身形便诡异地闪进范痨怀中，五指猛然紧握，旋即狠狠轰出。

“砰！”

拳头重重轰在范痨胸膛处，一圈血膜涌出，将其上所蕴含的劲力卸了大半，不过饶是如此，残留的劲力，依然将范痨震得朝后踉跄了两步。

一击得手，萧炎没有瞬息的停滞，身形再度闪电般地欺近，手臂抖动，拳影残留，拳风呼啸，凌厉如寒风。

在萧炎这等近乎狂风骤雨般的近身攻击下，范痨彻底落入了下风，不断狼狈地躲避，偶尔间还会因为一时躲避不及被萧炎重重轰上一拳而使得脸色更加苍白。

远处数不清的内院学员，望得那大发神威，竟然将一名斗皇强者压得没有丝毫反手之力的萧炎，一道道亮晶晶的目光中，皆充斥着难以掩饰的狂热。

视线转移至天空上的整片战场，只见人影闪掠，斗气碰撞而产生的爆炸声不绝于耳。偶尔，还会有个别强者从战场中落出，从那身形摇摆来看，显然受了不轻的伤。不过令众人心中稍安的是，那受伤出场的强者，并非只有迦南学院的长老，也有黑角域的一些人。

当然，作为决定着这次异火争夺成败的最主要的战圈，依然还是在苏千与那金银二老身上，众人朝那处战圈望去，却只能听见能量碰撞间响起的轰隆隆巨响。众人只能在偶尔眯眼时，方才能够看见三道纠缠不休的模糊身影。

这场与黑角域的冲突，几乎是这么多年来规模最为庞大，参战强者最多的一次，那种几乎遮天蔽日的能量涟漪，看得下方那些学员心潮澎湃，热血沸腾。人活一世，苦心修炼，为的不就是矗立在那实力顶尖，并且成为别人仰望的强者吗？

在所有人的注意力都放在天空上的大混战时，战场下方的天焚炼气塔顶尖处的那层黑色能量膜，不知在何时，已经悄悄地再度变得虚薄了起来。若是仔细查看的话，甚至还能隐约看见那能量膜之下的一对巨大的阴冷三角蛇瞳！

阴冷蛇瞳的视线，缓缓地在天空上移动着，最后停留在了韩枫与萧炎身上。当二者身体上的异火升腾而起时，那对蛇瞳中的温度也悄然暴涨了许多，而且，一抹极为人性化的贪婪也在蛇瞳中闪现。

看来，不仅是萧炎他们想要将陨落心炎吞噬，陨落心炎似乎对他们也有着同样的心思。

蔚蓝天际，人影闪掠而带起的破风声响不绝于耳，能量爆炸声犹如鞭炮声般不断响起，那股雄浑的能量波动，即使是百里之外，也能够模糊地察觉到。

此时的内院，大部分建筑都已经在那战斗余波扩散下化为一片狼藉，这也导致那些内院学员，不得不向更远的地方退去，从而躲避余波。

退后间，一道道目光依然紧紧地注视着天空上的混乱大战。其中，更多的目光，都带着一股狂热与兴奋停留在一处战场上。这里，一道年轻的身影肆意地爆发，而其对手，那位在黑角域中拥有极高声望的斗皇强者，却尽落下风，极为狼狈。

“看来萧炎要胜了。”一处顶楼上，柳擎目光灼灼地望着那模糊可见的两道身影，声音中的那抹震撼没有丝毫的掩饰。

在柳擎身后，一道曼妙倩影玉立着，看其那美丽容貌，赫然便是柳擎的表妹——柳菲。此刻，这位一直对萧炎颇为忌恨的美女，望向天空上那道身影的目光中却再没有了往日的那种怨恨情绪，纤手轻捂着红唇，美眸异芒闪烁，俏脸上布满复杂的神色。她怎么也未料到，自己曾经百般看不起的人，如今却展现出了这般连柳擎都感到震撼的恐怖实力。这种实力，已经远远超出了学员的范畴，甚至，连一些内院长老都未能达到这种高度。

如果说萧炎在与柳擎斗得不分上下，最后两败俱伤后，柳菲对他便多了一分忌惮的话，那么现在萧炎展现出来的实力，则彻彻底底让这个骄傲且蛮横的女人，在他面前变成了一只毫无反抗勇气的小猫。

这种实力，已经轮不到她具备反抗甚至得罪的勇气了！因为现在，即使是她最大的倚仗——柳擎，在这般实力下也没有半分抗拒之力。

所以，在萧炎将斗皇阶别的范痨压得尽落下风那一霎，柳菲心中对其的忌恨，便自动、并且极为彻底地烟消云散。她虽然蛮横，可不是傻瓜，知道什么人能得罪，什么人不能得罪。

“哗！”

就在柳菲心中心绪转动时，周围突然一阵哗然，她连忙抬起头来，美眸投向那处被全院学生关注的战场。即使相隔甚远，可她依然能够察觉到，一股极强的劲风，突然地涌现了出来。

“八极崩！”

天空上，突然再度贴近范痨身形的萧炎，眼芒陡然一厉，那即将拍到后者肩膀上的手掌突兀紧握，肘尖诡异地朝前一击，身体一冲，肘尖处，一股强悍劲风瞬间凝聚，最后，在一道冷喝声中，狠狠地砸在了那已经脸色苍白的范痨胸膛之上。

“嘭！”

肉体碰撞的沉闷声在天空上响起，旋即，众人便模糊地看见，那本来一直缭绕在范痨身体表面的一层血膜，终于彻底崩裂，而萧炎的肘尖则结结实实地贴上了前者胸膛！

先前被萧炎一番狂暴攻击，范痨体内斗气早就出现了虚浮之态，那唯一用来保命的血膜也被萧炎震碎，因此，那迎面而来的雄浑劲气，终于肆无忌惮地在其胸膛处爆发了开来。

“噗！”

血膜震裂，失去了最大防御的范痨终于彻底出现了败象。在那股劲气冲击下，他那苍白的脸上顿时涌上一抹红润，旋即忍不住地喷吐出一口鲜血，而其身体，也犹如一发炮弹般径直滑落，最后在无数道惊骇的目光中，重重地射进一处废墟之中，溅起漫天碎石。

范痨的落败，直接令满场都为之一静。一名斗皇强者的落败，对于黑角域这方来说，可是不小的损失。而且范痨落败，便无人能牵制萧炎，若是让他参与到大混战中，僵持定然会立马被打破，最后原本稳占上风的黑角域，说不定便会被迦南学院逆转居上！

这一点，不仅战斗中的诸位强者明白，那些下方的众多内院学员，同样也清楚。因此，在范痨吐血落地的那一霎，狂喜的欢喝声立马响起，直冲云霄，久久不散！

天空上，青火双翼缓缓振动，萧炎目光紧紧地盯着范痨落地处，直到清晰地感觉到那股虚弱气息后，方才暗中松了一口气。借助着药老的力量，他能够暂时与斗皇强者相抗衡，虽说若是毫无顾忌地挥霍药老的力量，打败范痨定然不会消耗这般多的时间，不过萧炎也清楚，药老同样有一些怕暴露身份的担心。毕竟在场的强者如此之多，若是一个不慎被瞧出了底细，那对如今实力尚还不足以保护药老的萧炎来说，算不得什么好事情。

不过，即使萧炎未能将药老的力量发挥到极致，可凭借着青莲地心火的强悍以及它对范痨的克制，打败他，倒也并非太难。

“不能留这老狗的命，不然日后后患无穷。”目光中忽然闪过一抹狠戾，萧炎十分清楚，与一名斗皇强者结成生死之仇会有多么麻烦，因此他自然不会放弃这痛打落水狗的机会。

心中念头刚一闪过，萧炎身体便迅速展开行动，只见其双翼一振，身形便化为一团青火，旋即犹如陨石落地般，在一道道错愕的目光中，径直对着先前范痨落地处砸去。

“老狗，受死吧！”

杀意凛然的喝声响彻天空，青火闪电般地闪掠而至，最后如陨石般，轰然砸进那处废墟之中。顿时，一股劲气涟漪扩散而出，将附近的一些碎石震得粉碎，一道道如手臂粗的裂缝，犹如蜘蛛网般蔓延而出。

“啊！”

青火砸下，紧接着响起一道凄厉的惨叫声，旋即一道血芒自青火蔓延处暴射而出，血芒颜色暗淡无光，与先前的雄浑磅礴相比，截然不同。

血芒速度极为惊人，只是一闪，便出现在了远离地面的几百米上空，缓缓现出其中身影，赫然是一身血污的范痨。此刻，范痨的样子极为狼狈，不仅满身鲜血，而且突然间憔悴了许多，那模样，就如同一具被抽干了鲜血的干尸。

“好快的速度。”地面上，青火闪动，萧炎再度掠上半空，目光阴寒地望着远处一脸惨白、奄奄一息的范痨。看对方那模样，他清楚，先前这老家伙在瞬间蒸发了体内血液，然后爆发出连他都望尘莫及的速度，这才逃开了必死下场。

“萧炎！你想赶尽杀绝？”与萧炎保持着远远的距离，范痨声音嘶哑地厉喝道。

“范宗主身为黑角域的人，说这话未免有些太可笑了吧？这种事，对你们来说，不是家常便饭吗？”萧炎冷笑着讥讽了一句，目光却紧紧地锁定着范痨，体内斗气澎湃，随时准备再度发动必杀一击。

范痨脸色一阵青一阵白，片刻后，突然笑了笑，道：“其实这事，是个误会。”

“呵呵，我也是这样认为的。”听得范痨的话，萧炎托着下巴稍一沉思，竟然点了点头，然而就在范痨因为他的反应而怔住那一霎，淡淡的雷鸣声猛然爆响，萧炎身影陡然消失！

在雷鸣声响起的刹那，范痨眼瞳便猛地一缩，狠狠一咬牙，一拳砸在自己胸口上，一口血雾狂喷而出，而在血雾喷射间，其身形却化为血芒，消失在原地。

就在范痨身形消失那一霎，萧炎的身影诡异地浮现，一拳狠狠击在那残影上，将之震得化为虚无。

微微皱了皱眉，萧炎抬起头，目光一扫，最后停留在了几百米之外的一处天空。那里，脸色近乎透明的范痨，再度闪现。

“又是自残吗？我倒要看看你有多少鲜血可用。”嘴角咧起一道森寒弧度，萧炎刚欲将范痨赶尽杀绝，突然间，一道清脆的能量罩破裂声音，响彻天地间。

那道声音虽然并不怎么响亮，却犹如具有某种魔力般，令天空上的所有战场都在顷刻间停滞了下来。一道道目光猛然下移，最后，停留在了那塔尖已经破裂的天焚炼气塔之上。顿时，众人脸色大变！

“糟了，这畜生竟然又突破封印了。”声音响起的那一霎，苏千顿时一愣，目光霍然转向天焚炼气塔，声音中有着掩饰不住的惊骇。

“这就是天焚炼气塔的异火？没想到竟然已经凝聚出灵智了。”韩枫目光也顺着声音投向了塔尖，双眼狂热，身体在此刻都激动得发抖。

塔尖处，那黑色的能量膜，不知何时已经爆裂开来，黑暗中，一对泛着火焰的巨大蛇瞳，缓缓浮现，在天空上每个人身上扫过，令人不寒而栗。

感受着那道阴寒的目光，天空上所有人都在瞬间愣住了。异火，天地间最强大的毁灭力量，这种力量，真正地具备着焚天煮海的能力。面对这种力量，除了那些能够将斗气修炼到能与天地比肩的传说中的强者之外，怕没有人能够在其面前不感到战栗。

苏千的脸色，在封印能量膜破裂的一霎，便凝重起来，他再也懒得理会面前不远处面面相觑的金银二老。与这些大肆来侵的黑角域强者相比，他更忌惮的，还是塔中的陨落心炎。异火本就可怕，进化出了一些灵智的异火，更足以令人闻风丧胆。这些黑角域的家伙虽然贪婪，手段狠辣，但不管怎么说，再给他们一百个胆子，也不敢对内院的学生出手。这些学生来自大陆各处，大多背后都有一些势力，或许这些势力分开来并不算如何强横，但是一旦汇聚在一起，即使是黑角域，怕也难以承受这等怒火。更何况，迦南学院能够矗立在大陆这么多年，底蕴自然不会弱，不过在未真正达到生死存亡之际，很少将某些手段拿出来展示罢了。

比如，上次萧炎等人取得了选拔赛前五之后进入的那个神秘山谷，其中的守阁老人，实力便绝对不会比琥乾弱，若是他们也出手，黑角域的这些家伙早就该溃败了。

“内院长老听命，结阵！”

目光闪烁，苏千陡然一声厉喝，竟然完全无视身后不远处的金银二老以及众多虎视眈眈的黑角域强者。

听得苏千喝声，众位长老一怔，目光扫了一眼周围的黑角域强者，略微迟疑，便展动身形，以极快的速度在天焚炼气塔上空结出先前的封印大阵。

瞧得内院众位长老的举动，那些黑角域强者也迅速地会聚在一起，目光饶有兴致地停留在那破裂的天焚炼气塔塔尖处。

“韩先生，现在内院长老自顾不暇，正是我们出手击败他们的大好时机啊。”一名面相阴鸷的老者，望着那些拼命施展斗气想要再度封住异火的长老们，冲着一旁的韩枫怪笑道。

“呵呵，斑老莫急，经过先前的大战，内院长老们可是消耗不小，而那异火，却是在养精蓄锐，现在他们想要再将它封印，可没那么容易，说不定，还会在异火的冲击下惨败。”韩枫摇头笑了笑，道，“我们大可等他们两败俱伤后，再出手抢夺异火。”

嘴上这般说着，可韩枫心中另有打算。虽说如今他邀集大班帮手稳占上风，可他也并非傻瓜，清楚地知道迦南学院底蕴深厚，若将学院惹得动了真火，怕他们在场的每一人都没好果子吃。他所为的只是异火，不想因此而与迦南学院结下生死之仇。

抢夺异火，固然会将双方关系搞得极僵，不过距那生死之仇，还颇有些距离。迦南学院的那些隐世强者能够容忍异火被夺，却不能容忍内院长老和学生有死伤。

闻言，那名被称为斑老的老者皱了皱眉，只得点了点头。他本与迦南学院有着极深的瓜葛，他所在的势力，经常与学院护法队起冲突，每次拼杀都死伤无数，如今有机会能够报复学院，自然不想放弃。

天空上，随着众位长老体内斗气暴涌而出，一股淡淡的能量壁再度浮现，不过这一次的能量壁比起上次来，却要薄弱许多。显然，先前的大战，让众位长老消耗不小。

在韩枫等人谈话间，一道血影突然闪掠而至，小心翼翼地挤进人群中，目光阴狠又隐含一丝惧意地望着不远处的那黑袍年轻人。

闪进的血影，自然是范痨，不过此时他的形象与先前几乎判若两人，奄奄一息的模样，似乎随时都会挂掉。

望着范痨那狼狈形象，周围的一干黑角域强者虽然有些幸灾乐祸，不过更多的还是惊异与凝重。以范痨的实力，竟然会被那个瘦削青年打得这般狼狈，那家伙的实力真如此强横?

“范宗主，你没事吧?”韩枫也被范痨这副模样惊到了，片刻后，微皱着眉头从纳戒中取出一枚丹药，快速地塞给他。

几乎是抢一般地接过丹药塞进口中，范痨深吐了一口气，惨白的脸庞上涌上一抹红润，目光阴狠地盯着远处振动着青火双翼的黑袍青年，声音中透着一分干涩的嘶哑：“那家伙的异火刚好克制我，不然的话，他也没好果子吃。”

对于这等辩解之词，众人自然不置可否。先前范痨与萧炎的战斗他们都略有察觉，萧炎施展的斗技，丝毫不比范痨弱，想必就算没有相克的原因，他落败也是迟早的事。

韩枫目光闪烁，盯着远处的萧炎，心中念头翻滚：“这青年能将实力是四星斗皇的范痨打败，就算剔除了属性相克缘故，其实力也应该在五星斗皇之间，我若是单独对战，倒也能将之打败。”

虽然韩枫也清楚萧炎掌控着不弱的斗技，但他身为六品炼药师，平日给人炼丹，收取的好处之中自然不乏真正的好东西，地阶斗技对于别人或许很稀奇，然而对他来说，并不会有太大的惊异。

“得找个时间打听清楚这青年的来历，然后找个机会将之擒住。”

背后青火双翼缓缓展动，萧炎望着那闪进黑角域强者圈中的范痨，不由得微皱起了眉头。这个狡猾的老家伙，周围有那么多强者守护，看来想杀他可不容易了。不过还好，今日的这场战斗，虽未取对方性命，却也让他真正地元气大伤，甚至，还会留下后遗症。到时，怕不管这老家伙使用何种手段，都难以晋入更高的层次了。

心中念头闪过，萧炎突然有所警觉，猛地将目光转到范痨身旁的韩枫身上。四目对视，隐隐间，都蕴着各自心中方才明白的森冷杀意。

五指缓缓收拢，然而就在此时，药老细微的声音突然在心中悄然响起："不要轻举妄动，那家伙身旁有不少强者，就算将我能借给你的力量施展到极限，也讨不了好。还是那句话，除非你达到斗王阶别，不然还是尽量少与他正面冲撞。你应该知道，修炼了焚诀吞噬异火后是何等的强横，虽然他修炼的仅仅是残卷功法，那也不可小觑啊。"

狠狠地咬了咬牙，萧炎踌躇片刻，紧握的拳头这才缓缓展开，现在，的确不能冲动啊。不过，想要晋阶到斗王，唉，就算以他的速度，怕至少也得需要两年时间吧。这之间的差距实在是太大了，那道被称为大陆凡人与强者的屏障，可不是那么容易突破的。

轻叹了一口气，萧炎转头将目光投向天焚炼气塔塔顶，心里一个念头涌出，这东西，将是自己能否最快晋入斗王的关键，所以，无论如何都要将之弄到手！

众人各怀心思，那由苏千掌控的封印阵，再度散发出强烈光芒。可就在其光芒达到最盛时，那一直毫无动静的天焚炼气塔塔尖，终于响起尖锐的嘶鸣声，顿时，宛如实质般的音波，呈涟漪状急速扩散而出，将本就狼藉的地方，毁得不可收拾。

音波响起瞬间，那庞大身躯也在众人那一道道惊骇的目光注视下暴涌而出。铺天盖地的无形火焰宛如风暴般，狠狠地撞击在四周的能量壁上，而在这般强猛撞击下，那能量壁上，急速泛起阵阵涟漪，竟然隐隐现出了崩溃的迹象。

在撞击那一刻，众位长老中不少人脸色都微微变白，气息也随之变得虚弱许多。

"这……这就是内院的异火吗？天哪，没想到竟然都快进化成实体了！"

望着那占据天空上庞大空间的无形巨蛇，那些初次见到它的黑角域强者，顿时惊叫出声，一脸惊骇。

韩枫也被陨落心炎本体体积的庞大所震撼了，不过紧接着，他便露出一脸难以掩饰的狂喜。心想若是能将它成功炼化吞噬，自己定然能够突破斗皇与斗宗之间的那层障壁。

“叽！”

怪异的嘶鸣声再度响彻天空，无形火蟒似也知道了封印即将破裂，当下巨尾一甩，庞大身躯宛如闪电般，夹杂着令空间都为之震荡的声势，狠狠地撞击在了一处能量壁上！

“咔！”

随着这一次的强力撞击，能量壁终于发出了一道不堪重负的清脆声响，旋即，在众位长老骇然的目光中，一道小小裂缝突兀出现，最后宛如蜘蛛网般，将一侧能量壁盖满。

脸色焦灼地望着那布满裂缝、即将破裂的能量壁，苏千知道，封印，已经失败了。

“嘭！”

巨大脑袋再次狠狠撞击在即将破裂的能量壁之上，终于将之撞得崩裂开来，一时间，漫天能量碎片舞动，圆柱形的能量壁，刹那间彻底崩碎。

能量壁被撞破，一道蕴含着狂喜的疯狂怪鸣声，犹如惊雷般从无形巨蟒狰狞的大嘴中暴吼而出！

脱离了束缚，无形火蟒并未立即逃窜，而是猛地抬起头来，一对阴寒蛇瞳，死死地盯住萧炎与韩枫两人，眼中有着如人类般的贪婪与垂涎！

第十二章

陨落心炎

无形火蟒的举动，令天空上众人一怔，目光随之转向了萧炎与韩枫。当他们目光瞟过两人身体之上升腾的一青一蓝两色火焰后，这才恍然大悟。同时又感到好笑和惊异，没想到这异火，竟然将主意打到了来抓捕它的人身上，这猎人与猎物的位置，似乎还想来个互相调换?

以韩枫亲自炼丹这么多年的阅历，对异火榜上的那些异火的各种外形、特性，自然是倒背如流，因此当无形火蟒出现的那一霎，他便瞬间辨认出了此种火焰!

“没想到竟然是陨落心炎。”脸庞上浮现出一抹惊异，韩枫心中的那份狂喜更加不可遏制。以他对异火的了解，当然明白这陨落心炎的种种好处。这种火焰与其他异火相比或许在攻击性上稍稍显弱，不过，它的那种能够加速人修炼速度的特效，却是令无数人梦寐以求的。

陨落心炎，榜列十四，火由心生，淬气炼骨。

在炼药界，这所谓的陨落心炎也有一个格外引人注目的外号——修炼作弊器!

一旦成功炼化陨落心炎，那么体内便会源源不断地产生一种心火，而这心火，又会自动地每日每夜、每时每刻地煅烧着体内斗气，在这等不停歇地淬炼间，就犹如时时刻刻身体都处在修炼状态之中。而且这种修炼状态，效果还比平日修炼得更好。所以，称之为作弊器，倒也贴切。

从某种角度上来说，如果一个炼药师面前摆放着陨落心炎以及一种排名在第十与第五之间的火焰，让他来自由选择的话，恐怕大多数人都会选择前者，不为其他，只因为那个能够日日夜夜丝毫不停地为体内斗气提供淬炼动力的特效，太吸引人了。

内院封印了陨落心炎，依靠着它泄漏的心火，便制造出了天焚炼气塔这种堪称修炼加速器的建筑物，培养了不少年轻强者，若是一个人独自霸占它，那修炼速度又将是何等恐怖?

所以，就算是韩枫这等强者，在发现天焚炼气塔中封印的异火竟然是陨落心炎后，心中也会如此狂喜。虽然到了他这阶别，陨落心炎的加速效果不可能有萧炎他们那种阶别那么明显，可不管怎样，那一刻不休的淬炼，也会给其主人带来难以估量的好处。

当然，不管陨落心炎的特效是何等令人垂涎，这都是在将之得到并且炼化的前提下，然而想要降服这天地间最具毁灭力量的异火，又谈何容易？更何况，这异火还具备了自己的灵智。

萧炎同样因为无形火蟒那贪婪的注视而愕然了一阵，好笑之余心中却又有些担心。这陨落心炎的力量极为强横，连苏千率领这么多长老布置的封印都难以困住它，若是一个不慎，被其击中，下场怕是有些悲惨。萧炎来迦南学院是想得到陨落心炎，可不是被它得到。

“不过看这无形火蟒眼中的贪婪，难道它还想把我也给吞噬了不成?”萧炎自言自语地嘀咕道。

“天地异火或许特性不同，不过它们却有一个相同点，那便是都拥有着极为庞大的力量。无人操控的两种异火如果在某个时间、地点相遇，便会本能地吞噬对方来达到强大自己的目的。如今这陨落心炎已经具备了灵智，它自然知道，如果将你们体内的异火吞噬掉，那么它的力量将会得到极大的增长。”药老的声音，悄悄地在萧炎心中响起，为其解开了疑惑。

萧炎撇了撇嘴，没想到来抓捕异火，结果却被异火盯上了，这两者间的位置，转化得可还真快。

“那现在怎么办？”萧炎挠了挠头，道。

“先离它远点，这东西现在能量极强，正面碰撞，就算你我联手怕也抵挡不了。”药老沉吟了一会儿，道。

闻言，萧炎迟疑了一下，只得点了点头，背后青火双翼微微振动，身形便欲对着高空升去。

就在萧炎身形刚刚有所行动时，那无形火蟒似有所察觉，当下猛地抬起巨大的头颅，巨尾狠狠一甩，庞大的身躯便直接暴冲天际，不过看其闪掠路线，目标却并非是萧炎，反而是那在众人簇拥中的韩枫。

望着那突然暴冲而来的无形火蟒，韩枫以及周围黑角域的众位强者脸色瞬间变得煞白。火蟒那庞大的身躯所带来的压迫感，就连他们，也有种如临大敌的感觉。特别是当那炽热火浪迎面扑来时，一些强者已经开始忍不住退缩了。

“大家不要慌，我们人多，那畜生可不敢与我们硬碰！”似乎感觉到自己这方士气的低迷，韩枫连忙喊道。他十分清楚无形火蟒具备着何等可怕的力量，光凭他一人，可实在不敢与之正面对碰。

“韩先生，我已经受了伤，怕是帮不了多少忙了，我看我还是先闪吧。”范痨脸色苍白地望着携带着铺天盖地般火焰席卷而来的无形火蟒，艰难地咽了一口唾沫，冲着面前的韩枫匆忙地抱了抱拳，然后便在韩枫微变的脸色中闪掠而退。

“这个浑蛋！日后别想求我给你炼制丹药！”目光瞧得远去的范痨，韩枫顿时在心中怒骂了一声。虽说范痨的确已经帮不了多少忙，可他在这个时候逃离，岂不是对一旁本就有些踌躇的众人有不小的打击？

心中这般想着，韩枫目光四处一瞟，果然除了少数实力颇强的强者外，大多数人都在那席卷而来的热浪下变得犹豫起来。

“叽！”

就在众人心头踌躇不定时，那越加接近的无形火蟒突然发出一道尖利的嘶鸣声，同时，一股令空间都瞬间变得扭曲起来的无形火焰，悄然蔓延而来。

火焰袭来，饶是众人皆以斗气护体，可仍然感觉到一股灼痛。陨落心炎的温度，可不是那么容易隔绝的。

深蓝色的火焰犹如海浪般，不断地在韩枫体表翻腾着，借助着海心焰，陨落心炎的温度对他倒造不成什么伤害，不过其身旁众人都只能竭尽全力地调动着体内斗气，与那火焰僵持着。

“韩枫，这样下去可不行，那畜生能量似乎永远用不完一般，继续这样僵持下去，恐怕我们这边的人会先承受不住。”一身金袍的老者，望着一些满头大汗的黑角域强者，皱了皱眉头，对着一旁的韩枫道。

闻言，韩枫脸色一阵变幻，目光死死地盯着那暴冲而来的无形火蟒，那股火焰袭来的强大声势，即使是他也有种心颤的感觉。

“诸位，助我一力，若是今日能够收服这异火，诸位来时提的丹药条件，我双倍给予！”身体之上，蓝色火焰猛然暴涌而出，韩枫转头对着黑角域众强者低喝道。

听得韩枫喝声，那一干满头大汗的黑角域强者，眼睛微微放光，略微迟疑了一下，皆在这等厚利下狠狠地点了点头。黑角域中的人，大多是为了利益能够不顾一切的货色。

“听我指挥，一起攻击它，只要将其能量耗尽，剩下的便交给我来！”

韩枫双掌间，两把蓝色火焰巨枪迅速凝聚而出。他紧紧盯着越加接近的无形火蟒，在其距离自己还有十米时，猛地一瞪眼睛，厉声喝道：“攻击！”

喝声落下，其手中两把长达丈许的火焰巨枪，夹杂着海浪拍击的轰然响声，狠狠地对着无形火蟒射去。

在蓝色火焰巨枪之后，是将近几十道极为雄浑的各色能量匹练。这些攻击，皆是众位黑角域强者倾力而发，在韩枫的重利诱惑下，他们也鼓足了劲儿。

"苏长老，现在怎么办？"琥乾闪身出现在苏千身旁，望着那已经和无形火蟒干起来的黑角域强者，皱眉低声道。

"静观其变。"苏千微微眯眼，沉吟道，"陨落心炎的目标似乎是韩枫，既然如此，便先让他们对轰吧。吩咐众位长老，抓紧时间恢复斗气，大战可还没完呢，决不能让陨落心炎落在韩枫手中。"

琥乾微微点了点头，闪身退开。

在天空另外一处，萧炎振动着青火双翼，双臂抱在胸前，望着那率众开始与无形火蟒拼斗的韩枫等人，嘴角浮现一抹冷笑。

"打吧，打吧，最好都打得半死……渔翁……我最喜欢当了……"

"嘭！"

在众目睽睽之下，那黑角域众位强者所发出的攻击，终于在一道巨响中，与那暴冲而来的无形火蟒狠狠地撞击在了一起。顿时，愤怒的怪异嘶鸣声，在天空响起！

斑斓的能量匹练，犹如划过空间的彩虹般，带着微微震荡的空间痕迹，狠狠地撞击在无形火蟒那庞大的身躯之上。能量爆炸，犹如灿烂的烟花般，在火蟒身上迸射开来。

集合了所有黑角域强者的全力一击，那股恐怖的力量，就算是苏千都不敢硬接。因此，即使无形火蟒声势极足，但在这般猛烈轰击下，它庞大的身躯也急速坠落，愤怒的嘶鸣声，刺耳地响彻天空。

望着那被击退的无形火蟒，所有黑角域强者都喜形于色，然而那股喜悦还未持续几秒，一股更加恐怖与炽热的能量波动，便猛然自下方暴涌而起。

众人惊骇地低头，无形火蟒那庞大的身躯已经如同闪电般出现在了眼瞳之中。炽热的温度，如同要将前方所阻之人尽数熔化一般。

"拦住它！"

望着那再度扑来的无形火蟒，韩枫脸色微微一变，厉声喝道。

喝声落下，周围众位强者急忙再度调动体内斗气，然而还没等他们发出攻击，暴射而来的无形火蟒猛然张开狰狞大嘴，一道虽然无形，却令整片空间瞬间扭曲的无形火焰柱，暴射而出！

无形火焰柱划破虚空，所过之处，空气尽数被蒸发，一条肉眼清晰可见的痕迹遗留在天空，令所有人都暗自骇然。

“闪开！”

感受着那火焰柱之中所蕴含的恐怖温度，韩枫急忙喊道。

火焰柱的速度快若闪电，就在韩枫喊声刚刚落下一霎，那火焰柱便携带着强悍无比的声势，狠狠地射向黑角域众强者。

火焰柱暴射而至的刹那，韩枫等一些感知稍强的强者，皆险之又险地避开了去。不过饶是如此，那擦身而过的火焰柱，依然令他们皮肤泛起一阵剧烈的灼痛。

“啊！”

能够逃离火焰柱的人，仅仅是一些实力稍强者，一些倒霉鬼却刚好被击中。顿时，无形火焰漫体，即使有斗气的护体，依然让他们感受到一阵钻心的炙痛。一时间，天空上人影闪掠，十几个火人疯狂地四处乱窜，拼命地挣扎着，想要摆脱那附在身上的无形火焰。

“快帮忙！”

望着那些被火焰波及的黑角域强者，韩枫连忙喝道。现在这些人可是他能否得到陨落心炎的关键，自然不能轻易让他们有所损伤。

韩枫刚欲率先救援，然而一道自下方暴射而来的炽热波动，却令他急忙停下动作，低头一看，竟然又是一道不比先前弱的火焰柱朝他射来。

“该死的！”

低声骂了一句，清楚那火焰柱拥有何等破坏力的韩枫，倒也不敢有丝毫怠慢，当下袖袍一挥，雄浑的深蓝色火焰顿时自其身体暴涌而出，在其头顶上形成一块蓝色天幕。

手中印结猛然一动，韩枫双掌对着下方暴射而来的火焰柱用力一压，顿时，那天幕般的蓝色火焰，铺天盖地地席卷而下，宛如大海之上翻腾的海浪般，叠叠重重，最后与那无形火焰柱狠狠地撞击在了一起。

“轰！”

两种异火轰然对碰，一道宛如惊雷般的轰鸣，在所有人耳边猛然炸响。在火焰对碰的一霎，就算是那些站得很远的内院学生，都能够清楚地感觉到，整片天空的温度，突然间暴升，连一些干枯的树叶，都在此时自燃。

天空之上，异火对碰产生的能量涟漪，令韩枫急退了十几步方才稳住身形，目光下望，却瞧得无形火蟒已经在天空上盘踞起了蛇阵，高高扬起的巨大脑袋，死死盯着他。显然，无形火蟒已经准备对他发动真正的战斗。

“这畜生，那个家伙也有异火，为何偏要先寻上我？”脸庞一片铁青，韩枫目光瞥了一眼远处天空那揣着手正观看这边战斗的萧炎，心中怒声骂道。

“韩枫，这异火实力太强，我们怕是帮不了多少忙了。你拥有异火，可以不惧它那恐怖的温度，所以还是你先施展手段削弱一下它的实力吧！”突然间，一道大喝声响起，韩枫闻言，心头顿时一沉。目光转过，却瞧得金银二老与一大群黑角域强者站在距离这里很远的地方。显然，先前无形火蟒所施展的强横攻击，已经令这些家伙心生忌惮了。

“一群贪生怕死的家伙！”心中再度怒骂了一声，但韩枫也不敢有太大的动作。他知道，现在的无形火蟒已经锁定自己，只要他稍稍有所后退，火蟒便会在顷刻间扑过来。

“看来只能先施展手段稍稍打压一下陨落心炎的气焰了，不然以那些家伙谨慎的性子，恐怕不会再出手了。”心中念头急速地转动着，片刻后，韩枫只得一咬牙，目光阴冷地盯着下方的无形火蟒，手掌一晃，顿时，两个冰蓝色的玉瓶出现在了其手中。

随着这两个玉瓶的出现，众人顿时看见一股浓郁的蓝色寒气从其中渗透而出，更有眼尖之人，居然能看见那寒气飘过处空气中所夹杂的细微水分都在此刻凝固成了碎冰。

紧握着玉瓶，韩枫冷笑了一声，旋即将之狠狠地对着无形火蟒投掷而去！

蓝色玉瓶在距离无形火蟒尚有十米左右时，韩枫手掌猛然一握："爆！"

"嘭！"

冰蓝色玉瓶突兀爆裂，顿时，铺天盖地的蓝色寒气从中暴涌而出，只是眨眼工夫，便将大片天空都笼罩了起来，而无形火蟒也在那笼罩范围之中。

冰蓝色寒气弥漫，那无形火蟒似是感觉到一丝不安，在这股寒气的影响下，其身体上升腾的无形火焰，竟然变得有些虚薄了起来。

"这寒雾竟然能压制异火？"瞧得那在寒雾中显得比先前稍稍萎靡了一点的无形火蟒，萧炎心头不由得大惊。

"这冰蓝色寒雾,应该是……'天寒气'吧,这种东西的罕见程度并不比异火小，只存在于极寒之地深处。寻常火焰在距离其一定范围时便会自动熄灭，也就是异火方才能够将之抵御。不过即使如此，在这天寒气的影响下，异火威力也会打一些折扣。"药老那略有些惊异的声音在萧炎心中响起，"没想到他竟然能将天寒气搞到手，看来为了得到异火，他真费了不少心思啊。"

"那……会不会被他得手？"萧炎皱了皱眉，迟疑地道。

"放心吧，天寒气虽然能够对陨落心炎产生一些压制，不过异火始终都是这天地间最具毁灭性的力量，就算被压制了，想要将之收服也极其困难。"药老安慰道。

闻言，萧炎这才心中略安，目光牢牢地盯着那模糊的寒雾，青色火焰在眼中缓缓升腾，顿时，那模糊的感觉，便彻底消散。

"哼，畜生，不管你如何具备灵智，可依然逃不了被捕获的命运！"望着那在寒雾中有些萎靡的无形火蟒，韩枫心头一喜，笑了一声，深蓝色火焰再度自其体内暴涌而出，最后在其指尖凝聚成一道高速旋转的火焰钻头。

火焰钻头疯狂地旋转着，呜呜声扩散而出，在空中回荡。

不知是何缘故，虽然火焰钻头也是在寒雾的波及范围内，它却丝毫不受影响，炽热的温度，依然令空间出现阵阵扭曲。

“去！”

手指轻弹，火焰钻头猛然暴射而出，呜呜声响，犹如小孩哭泣般，沿途所过处，空间一片震荡！

火焰钻头闪电般地穿梭进寒雾中，最后如同一枚飞射的电钻，狠狠地射中无形火蟒那庞大的身躯。

火焰钻头仅仅被无形火蟒身体上的鳞片阻挡了片刻，便狠狠地洞穿而进，顿时，一道凄厉愤怒的怪鸣声，如惊雷般在晴朗天空上响彻！

愤怒吼声刚刚落下，一股令在场所有人瞬间变色的恐怖能量波动自那寒雾中波荡而出，旋即，天地间刚才被天寒气降低的温度，再度猛然暴涨！

温度暴涨间，那弥漫天空的天寒气竟然开始逐渐变得稀薄，显然，在异火真正爆发时，天寒气也起不了多少作用。

当越加稀薄的天寒气彻底消散的一霎，铺天盖地的无形火焰犹如天火蔓延一般，席卷而出，那首当其冲的，便是距离最近的韩枫！

袖袍挥出一道深蓝色火焰将迎面而来的无形火焰击退，韩枫目光向下方一扫，却惊愕地发现无形火蟒那庞大的身体竟然已经消失得无影无踪了。

眉头紧皱，韩枫目光急忙在四处扫动，可目光所过处，只能看见由四面八方席卷而来的无形火焰，却半点不见火蟒。

“这畜生跑哪儿去了？”心头有些不安地嘀咕了一声，韩枫刚欲闪出这片无形火焰弥漫处，那已经将之彻底包围的火焰却突然扭曲了起来，旋即，一道庞大的身躯，极为诡异地出现在了韩枫身后，巨尾甩动间，带着一股山崩地裂般的炽热劲风，在一道道惊愕目光中，狠狠地砸在了韩枫后背上。

“噗！”

受此重击，一口鲜血直接从韩枫嘴中喷出，而其身体，也犹如一枚炮弹般，径直对着地面射去。

萧炎一脸错愕地望着那突然间便吐血受伤的韩枫，先前韩枫还得意扬扬，没想到才眨眼工夫，便被搞成这副模样，那陨落心炎果然恐怖。

就在萧炎错愕时，药老的惊呼声突然在其心中响起，令其全身毛孔在此刻陡然紧缩了起来！

“萧炎快走！那畜生又盯上了你！”

第十三章 现形

天际之上，那陨落心炎在将韩枫击落之后，却出乎意料地并未乘胜追击，反而猛地转过巨大的头颅，锁定了远处的萧炎。

在陨落心炎锁定萧炎的那一霎，其体内的青莲地心火似也有所警戒一般，突兀间自动地从体内暴涌而出，眨眼间，便将萧炎整个身体牢牢地包裹了进去。

“叽！”

无形火蟒仰天发出一阵尖锐嘶鸣，巨尾狠狠一甩，那庞大的身躯便夹杂着极具压迫力的炽热劲风，对着萧炎急射而去。

脸色惊异地望着那毫不犹豫便调转了目标的无形火蟒，萧炎背后青火双翼急忙一振，脚底下银芒浮现，旋即在一道淡淡雷鸣声中，身形犹如鬼魅般消失在了原地。

巨尾狠狠甩过萧炎先前所立之地，那股恐怖劲气所过之处，就连空气都发出了低沉的爆炸声响。

一击无果，无形火蟒目光一转，便飞快地在百米之外的空中，发现了那道闪现而出的黑色人影。它巨大的蛇瞳中掠过一抹阴寒，火焰自其体内迅速涌出，旋即，无形火蟒那庞大的身形，便再度诡异地消失在了火焰中。

瞧得陨落心炎竟然消失得如此诡异，萧炎怔了一怔，不过好在有先前韩枫的前车之鉴，因此他能够模糊猜到陨落心炎的本体应该化成了寻常火焰，潜藏在那铺天盖地席卷而来的无形火焰中。

“小心点，别被那些火焰包围了。身为纯粹的异火，陨落心炎能够随意将自己变化成火焰中的一簇，然后在到达你周身时再度凝聚出本体进行攻击。”药老凝重的声音，及时地在萧炎心中响了起来。

闻言，萧炎心头顿时一凛，微微点头，望着那从四面八方席卷而来的无形火焰，背后青火双翼一振，在周围火焰还未形成火网时，从一处缝隙闪掠而出。

萧炎身形刚刚闪出火焰包围圈，便感觉到身后一阵剧烈波动，眼角飞快地一瞟，原来一处无形火焰突然波动了起来，火蟒那庞大的身躯，在其中若隐若现。

“叽！”

尖利的嘶鸣声突然暴冲天际，无形火蟒从一处火焰中凝现而出，望着那脱离了包围圈的萧炎，蛇瞳中顿时掠过极为人性化的怒火，一张狰狞巨嘴，旋即一股无形火焰便对着萧炎喷了过去。

感受到身后突然炽热起来的温度，早有戒备的萧炎瞬间转过身，双掌一翻，两股澎湃的青色火焰自其掌心中暴射而出，最后在无数人注视中，与那道无形火焰狠狠地撞击在了一起。

“嘭！”

又是一道嘹亮巨响，炽热的能量波动从碰撞处暴涌而出，令本就干燥的天地变得更加炽热，宛如烈日下的沙漠那么炙人。

依靠着青莲地心火之助，萧炎抵挡住了那足以令寻常斗王强者避之不及的火焰攻击，然而他还来不及高兴，便感觉到头顶上空的能量突然间暴动起来。

猛然抬起头来，萧炎顿时倒吸了一口凉气，只见那晴朗天空，已被一股股无形火焰所占据，而且这些火焰皆悬浮在无形火蟒周身，犹如随时准备发动攻击的士兵一般。

“叽！”

尖锐嘶鸣，赫然响彻，旋即，漫天火焰涌动，所有人都只能用骇然的目光望着那犹如陨石砸落而下的无形火焰，那种充斥天地间的咻咻滑落声音，令人有种大难临头的感觉。

在如此大规模的恐怖攻势下，即使萧炎有药老的力量支撑，也依然忍不住有种心悸的感觉，与这等凝聚了不知道多少岁月的异火相比，人力，果然显得脆弱不堪啊。

“这畜生的能量似乎用之不竭，在这种接连不停的攻击下，迟早会被它拖垮。该死的，得想办法重创它！”拳头紧握，萧炎脸上的汗水犹如小溪般流下，目光死死地盯着天空上的无形火蟒。

然而想着简单，可真要重创陨落心炎又谈何容易。先前韩枫施展那般强横的异火攻势，不仅未对它造成多大伤害，反而将之激怒，自己吃尽了苦头。

“静下心来，你现在眼中所见到的，仅仅是陨落心炎的外形体，真正的本源躲藏在这具庞大身体的某一处。只要你将之寻找出来，并重击本源，那么陨落心炎自然会被重创。如果像那家伙一般胡乱攻击，不过是白费力量罢了！”在萧炎一筹莫展时，药老低喝声突然在心中响起。

浑身一颤，萧炎咬着牙点了点头，缓缓吐出一口气，原本躁动的心也悄然变得平静。

漫天火焰窜动，犹如灭世一般，恐怖的场景，令不少人腿脚发软。

火焰如同陨石，带着不绝于耳的破空声以及炽热劲风，从那天空落下！

天空上，苏千等人望着陨落心炎发动的那大规模毁灭性攻击，脸色顿时大变，这般攻击若是落在内院中，恐怕所有建筑物都会在顷刻间毁灭！

火焰映照着布满汗水的脸庞，漆黑眼瞳中，一道道火焰急速放大，在那恐怖劲风下，萧炎一身黑袍紧紧地贴在皮肤上，柔软的袍服，此刻却犹如被抽干了水分一般，干巴巴的几乎一碰就要化为粉末。

在这等紧要关头，萧炎精神高度集中，眼瞳死死地锁定那些铺天盖地砸来的火焰陨石，不知何时，外界的种种嘈杂声慢慢变得微弱了起来，在那对色彩分明的眼中，似乎只有那些火焰砸落的轨迹以及火焰源头处的庞然大物。

寻找……寻找本源！

心里近乎自语般地喃喃着，一股青色火焰悄然弥漫了那对漆黑眼瞳，某一刻，萧炎眼中世界突然大变，天空上那头拥有着庞大体形的无形火蟒，巨口之下半尺处的一块蛇鳞，缓缓地出现了一团看似无形，却能用感官察觉到的火焰强光。

找到了！

眼中火焰急速消退，萧炎一对眸子再度恢复清明，脚掌之上淡淡的银芒悄然变得璀璨，清脆的雷鸣声在天空缓缓滚动着，瞬间，萧炎猛然一踏脚掌，旋即留下一道残影！

无数人望着那突然间有所动作的萧炎，变得目瞪口呆。只见那道黑袍身影，在每一次银芒闪烁时，身形便会出现在那火焰陨石滑落之处，然后，留下残影。

在一道道震惊的目光中，一道道残影急速涌现，而那个制造残影的本体却宛如一抹闪电，飞速穿梭在弥漫天地的火焰陨石中，逐渐接近天空之上的庞然大物！

极致的速度，令萧炎感觉到整个天地都变得模糊了起来，唯有视线尽头处，火蟒巨口之下的那团无形本源，璀璨清晰！

“吼！”

随着双方间的距离越加接近，萧炎喉咙间突然爆发出一道低沉如雷般的吼声，手掌一握，青色火焰犹如精灵般升腾而起，以极快的速度，凝固成了一把青色火焰巨枪！

脚掌凌空一踏，雷鸣闪动，残影驻留，一道模糊的黑影，在无数道目光的注视下，瞬移般出现在了无形火蟒面前！

近距离地接触火蟒，那庞大的体形令人忍不住地生出一种渺小的感觉，在那对巨大的蛇瞳注视下，一股畏忌之意，充斥着人心。

“畜生，死吧！”

炽热的温度使萧炎浑身灼痛，然而手掌却依然紧握着火焰长枪，一道厉喝响起，旋即火焰巨枪犹如一道撕裂空间的闪电，以迅雷不及掩耳之势，狠狠地洞穿了陨落心炎巨嘴之下的那块蛇鳞！

“愚蠢的小子，简直就是找死！”

地面上，韩枫望着那竟然敢如此接近陨落心炎的萧炎，顿时冷笑了一声。与陨落心炎正面交战过的他，非常清楚这东西拥有何等恐怖的力量，连他先前那凝聚异火的一击都未能奏效，何况萧炎？

抱有韩枫这等想法的人并不少，甚至连苏千都脸色微微沉了下来，体内斗气涌动，随时准备救援。

然而，就在众人为萧炎这般鲁莽举动冷笑与焦急间，那被萧炎刺中的无形火蟒，却猛然间抬起巨大的头颅，夹杂着难以掩饰痛楚的尖啸，凄厉地在天空响彻！

凄厉尖鸣声刚刚响起，旋即，那无形火蟒的身体，便在一道道惊骇的目光中，悄然变得虚幻了起来。

“完美的一次袭击！现在，它该现形了，小家伙，准备夺取异火吧！”

药老的笑声，忽然在萧炎心中响起，笑声中夹杂着些许欣慰与激动。

天空之上，那无形火蟒在无数道惊骇的目光中，突然变得虚幻起来，而在其身躯虚幻间，一团看似无形，却能够让人清楚感觉到其存在的异样火焰光芒，诡异地在火蟒巨嘴之下某处位置，愈加璀璨起来。

望着那庞大身躯越来越虚幻的无形火蟒，萧炎这才暗中松了一口气，抹去脸上如同小溪般流淌的汗水，精神稍稍松懈，这才感觉到浑身上下充斥的那种灼痛。先前那般近距离接触陨落心炎，即使有青莲地心火的阻绝，可依然受了不少苦。

“现出形后的陨落心炎，会有一段时间的衰弱期，这期间，将会是你夺取的最佳良机。本来我还想等其他人将它逼到这地步，没想到最后还是得靠你。”药老的笑声，在萧炎心中响起。

微微点了点头，全神贯注地凝望着天空上越加虚幻的无形火蟒，脚底处，银色光芒，再度闪现。

“抢夺异火困难不小，若是实在不行，便施展能在我这里借助的力量的极限吧，那会让你在正面相碰时不弱于韩枫。虽然那样或许会暴露我的存在，不过陨落心炎，你必须弄到手。”药老沉默了一会儿，忽然沉吟道。

闻言，萧炎迟疑了一下，缓缓地点了点头，拳头紧紧握拢，在心中轻声道：“放心吧，老师，你庇护了弟子这么多年，以后，也该换弟子来保护你了。”

“呵呵。”

隐藏在萧炎体内的苍老灵魂，轻轻笑了笑，淡淡的暖流令那灵魂体散发出一阵微弱的毫芒。他曾经眼瞎了一次，不过老天待他不薄，并没再让他受到同样的伤害，那种被至亲之人背叛的心痛，深入骨髓。

“叽！”

凄厉尖鸣声猛然再度响彻天空，那弥漫天地的无形火焰，突然间消失得干干净净，仿佛从不存在。

随着漫天火焰的消失，天地间的炽热温度也缓缓降低，然而众人对此却未曾多加注意。此刻，他们的目光，皆停在了天空上无形火蟒消失之地，那里有一团奇异火焰在缓缓升腾。

这团火焰看似无形，可不管谁看见它，都有一种奇异的感觉。火焰之中，有什么东西在缓缓流动着，犹如精灵一般。

虽然从外形看，它仅仅是一团火焰，却让人感觉到，这团火焰似乎有着人类一般的智慧与灵动。

漫天寂静，所有人望着那团无形火焰，都一脸惊异。这团火焰，便是那异火的真正本体吗？

“萧炎，动手！”

在所有人处于短暂失神间，药老的低喝声，猛地在萧炎心中响起。

药老声音刚刚落下，萧炎背后双翼便猛然一振，身形化为流光，径直对着那团无形火焰暴射而去。

在萧炎刚刚有所动作的那一霎，下方的韩枫也满脸狂喜地暴掠而出，双掌中，深蓝火焰如海浪般急速翻滚，以他对异火的了解，自然清楚，刚刚现出本体的短暂时间，将会是陨落心炎最为脆弱的时刻，此时若不动手，还待何时？

“拦住韩枫！”

一直对韩枫等黑角域强者都颇为关注的苏千，瞧得韩枫这般举动，脸色顿时一沉，袖袍一挥，厉声喝道。

在先前韩枫、萧炎与陨落心炎纠缠的那段时间，内院长老们也趁机恢复了一下体内斗气，因此，当听得苏千大喝时，一道道人影瞬间便掠上天空，斗气双翼扑腾而出，在韩枫前面形成大片人墙。

“金银二老，黑角域众位朋友，助我一力！事成后，韩枫定会重谢！”瞧得那重重拦截，韩枫脸色微变，旋即冲着不远处的黑角域众强者大喝道。

“你只管抢异火便是，这些人，我们帮你拦住！”金银二老怪笑一声，手一挥，身后大批人影顿时闪掠而出，犹如一把尖刀般，径直插进迦南学院众长老的拦截网中。

随着双方大部队的再次会聚，天空上的混乱大战，顿时再度轰然展开。

苏千脸色阴沉地望着那被冲破的防护网，刚欲有所动作，面前两道人影闪掠而出，一金一银，赫然便是黑角域最强的金银二老。

“苏长老，不就是一团火，用得着这么拼命吗？”金袍老者冲着苏千笑眯眯地道，一旁的银袍老者也怪笑着应和。

充斥着暴怒的目光望着面前的两人，片刻后，苏千充满愤怒的脸庞却突然缓缓平静下来，双掌自袖袍中探出，语气漠然而阴冷：“看来这些年迦南学院对黑角域还是太过和善了啊，乃至现在直接骑到我们头上来了。也好，距离当年的那场大战也有不少时间了，看来还需要一点具有震慑性的事件，那么便从你们两人开始吧。”

苏千话音刚落，只见其周身空间突然泛起阵阵波动，一股磅礴气势，缓缓自他体内盛涌而出，那股气势之庞大，场中几乎无人能及。

感受着苏千那股几乎提升到极致的恐怖气势，金银二老脸色微微变了变，手掌交接，将两股气势汇聚在一起，这才抵御住苏千。虽然他们号称联手能与斗宗强者匹敌，不过若是遇见比较棘手的斗宗强者，吃亏的还是他们，毕竟斗皇与斗宗之间的差距，实在太大了。

在整片天空为那两股磅礴气势而震荡间，萧炎因为无人阻拦，率先闪现在了那团陨落心炎本体处。

虽然这团陨落心炎本体立在天空上一动不动，不过从其中释放出的恐怖温度，依然令周围空间不断扭曲，以至于靠近它的萧炎也不得不施展青莲地心火迅速地在身体上凝固出一副严实的青火盔甲。

借助着青莲地心火的隔绝，萧炎顺利地接近了陨落心炎，视线透过盔甲，望着那近在咫尺，好像伸手即可得到的无形火焰，饶是以萧炎的定力，此刻也忍不住呼吸变得急促了起来。

萧炎手掌之上，青色火焰急速涌动，最后凝聚成一只火焰巨手，他刚欲控制火焰巨手抓住陨落心炎，那隐藏在盔甲之下的脸庞却陡然变得通红，整个人的身体，也瞬间僵硬！

萧炎体内，心脏处一团炽热心火诡异地浮现，旋即肆无忌惮地释放着充满破坏力的高温，那势头，犹如要将萧炎体内的一切都焚烧殆尽一般。

这团心火的出现，比以前萧炎经历的任何一次都要强大，不过这次的心火，却并未帮助他淬炼斗气，反而充斥着一种萧炎以前未曾感受过的破坏力。

“该死的……”萧炎咬着牙骂了一句，体内青莲地心火迅速涌动，旋即以极快的速度，在那团心火高温彻底释放之前，将之牢牢包围！

“小心点，这陨落心炎最擅长的便是召唤心火，这种火焰防不胜防，若是一个不慎，就会被从里到外烧得干干净净。”药老凝重提醒道。

微微点了点头，萧炎身体丝毫不敢有所动作，因为他能感觉到，随着自己越加接近那团陨落心炎，心火便越加炽热与恐怖。

就在萧炎与心火僵持间，突然一道凶悍劲风自身后暴射而来，萧炎心头一惊，顾不得再与心火僵持，脚底银芒闪过，旋即身形突然消失，再度出现时，已在距离陨落心炎十几米之外。

退开了一段距离，心中升腾的心火这才逐渐减弱，萧炎阴冷地偏过头，刚好看见那已经冲破了阻拦圈的韩枫。显然，先前的那道攻击，便是他所发出的。

望着那暴冲而上，直接奔向陨落心炎本体的韩枫，萧炎眼眸微眯，掌心中青火翻腾，一缕森寒杀意自眼中闪掠而过。这家伙如此迫不及待地冲上去，却不知道越接近那陨落心炎便越危险，届时，将会是出手击杀他的最好机会！

望着那几乎近在咫尺的陨落心炎，一抹狂喜浮现在韩枫脸颊上，这种时刻，他已经没有心思再理会被他逼退的萧炎，他只要抓住陨落心炎，便可以飞速离开此地，然后躲藏起来将之炼化。一旦炼制成功，别说苏千了，就算内院院长那个老家伙回来了，怕也奈何不了自己！

“陨落心炎，是我的了！”

身形一闪，韩枫径直冲进了离陨落心炎五米的范围内，而其眼中狂喜还未彻底消散，身体便如萧炎先前般，陡然僵硬！

“轰！”

在韩枫身体僵硬的刹那，远处萧炎身形顿时如鬼魅般消失，只有那淡淡雷鸣声，响彻天空。

而在那雷鸣声响起一霎，浑身僵硬的韩枫脸色骤然一变！

第十四章
大型佛怒火莲

雷声响起的刹那，韩枫脸色顿时大变，到了此刻，他方才想起，自己竟然在陨落心炎的诱惑下，忘记了不远处还有一个虎视眈眈的大敌！

在其脸色变幻的那一刻，萧炎身影已如鬼魅般出现在其身后，五指紧握，青色火焰在拳上翻腾不休，最后夹杂着炽热劲风，狠狠地对着韩枫后背砸了过去。

感受着身后那尖锐刺耳并且蕴含着杀意的劲风，韩枫有心想要躲避，却因为体内正在压制心火，导致行动的速度和反应都慢了许多，因此，在无法躲避的情况下，他似乎只能静等着攻击的到来。

凌厉劲风越来越近，将韩枫衣袍都压得紧紧地贴在后背上，然而就在萧炎以为他只能坐以待毙时，韩枫眼中却突然闪过一抹狠戾，肩膀猛然狠狠一震，一股深蓝火焰顿时自双肩处暴涌而出。

韩枫在这时候还能分心防御，倒令萧炎略感诧异，不过这也并未让他有片刻的迟疑，拳头之上劲风不减反增，旋即夹杂着狂猛劲风，径直穿透那片深蓝火焰，重重地砸在韩枫的肩膀上。

就在萧炎击中韩枫的一霎，弥漫在韩枫后背处的那片深蓝火焰犹如受到某种牵引般，猛然一缩，旋即犹如一柄重锤，狠狠地轰击在萧炎胸膛处。

“嘭！”

狂猛劲道在接触点爆发而出，两道皆有所伤的身影暴射而退，足足在虚空上倒滑了将近十几米后，方才缓缓止住身形。

伸手拍了拍撕破了的衣袍，萧炎脸色未有多少变化，先前那击虽然看似凶猛，不过却只是韩枫的临时反击，因此仅仅令他胸口有些气闷而已。

与萧炎相比，那被萧炎结结实实偷袭了一记的韩枫脸色倒有些不太好看，虽然他在最后关头抵御住了萧炎的攻击，不过萧炎拳头上所蕴含的凶悍劲风，仍然令他半边肩膀略有些麻木。

天空上，分别被青色与蓝色火焰包裹的人影，遥遥对立，双方眼中皆带着杀气。

目光斜瞟了一眼半空中爆发的混乱大战，韩枫眉头微微皱了皱。现在时间紧迫，可不能被这个小子拖得太久，不然等迦南学院的强者腾出手来，自己想要获得陨落心炎可就更难了。

沉吟间，韩枫抬起头来，虚眯着眼睛望着远处面带冷笑的黑袍青年，突然一笑，拱了拱手，笑道：“呵呵，这位小兄弟，想必你也是炼药师吧？”

冷眼望着韩枫的这般举动，萧炎理也不理，暗中调动斗气，随时准备发动攻击。

“既然小兄弟也是炼药师，想必也该知道，一人体内只能存在一种异火，若是再容纳第二种的话，异火便会互相排斥，届时可是有爆体危险。”韩枫笑眯眯地道，“所以，现在的这个陨落心炎，对小兄弟来说，可没有多大的作用啊。若是你肯卖我一个人情，我可以用六品丹药药方与你换取，如何？”

听得韩枫此话，萧炎嘴角那抹冷笑更加明显，轻轻抖了抖背后青火双翼，冷声讥讽道：“既然你也知道炼药师不能共存两种异火，那你何不将这机会让给我？”

脸色微微一沉，听得萧炎声音中的那语调，韩枫知道，想要劝退他的可能性几乎为零，当下脸庞上的笑容缓缓收敛，手掌抬起，目光凝望着在其身上调皮闪掠的深蓝色火焰，淡漠地道，“既然如此，那我便将你的异火也收下了！”

最后一个字音刚刚落下，那包裹着韩枫的深蓝火焰突然爆裂开来，一道如鬼魅般的身影，闪电般地冲向萧炎，凌厉的劲风与杀意，悄然弥漫天空。

“正好我也对你的异火有兴趣，谁收谁的，现在可还说不好！”一直将注意力都放在韩枫身上的萧炎，在其身形闪掠之初便有所察觉，一声冷笑，脚下雷鸣声响起，身形同样陡然消失，再度出现时，赫然已与那道鬼魅身影再次相对！

“狂妄的小子，我在大陆闻名时，你还不知在哪儿喝奶呢！”望着那竟然丝毫不避的萧炎，韩枫阴冷地笑了笑，深蓝火焰自体内暴涌而出，旋即快速地在双掌处汇聚，犹如重重浪潮般，层层叠叠。仔细看去，赫然如同真实的海浪般，令人满心震撼。

“我倒是要看看，是你青莲地心火厉害，还是我这海心焰更胜一筹！”

厉喝一声，韩枫双掌猛然朝前一推，掌心处那极度凝聚的深蓝火焰，顿时爆发出惊涛骇浪般的巨响，轰隆隆地对着萧炎席卷而去！

一出手便是狠招，看来为了节省时间，韩枫已经顾不得保留实力了。

“小心，这是异火凝形，凝聚出了异火的形体，威力极其可怕！”药老凝重的惊呼声，突然在萧炎心中响起，令他脸色微微一变。

脸色凝重地望着那铺天盖地的深蓝色火焰，在这等火焰浪潮席卷下，他甚至有种独舟身处大海的感觉，深深吸了一口炽热空气，体内所有能够调动的青莲地心火，皆在此刻尽数自萧炎体内涌出！

随着青莲地心火源源不断地涌出，那凝聚在萧炎头顶处的火焰也越加翠绿，眨眼间，火焰突然诡异地蠕动起来，片刻后，一朵完全由青莲地心火凝聚而成的青色莲花霍然浮现而出。

这朵青色火莲通体如翡翠般清澈，一丝丝如同青色岩浆般的东西在其中不断游动，极为绚丽。

“凝形吗……可不只有你一人会！”

青色莲花徐徐旋转，萧炎猛然睁眼，望着近在咫尺的韩枫眼中的那份惊愕，冷笑一声，手掌一推，青色莲花犹如瞬移般出现在深蓝火焰前，旋即携带着无匹劲风，与那韩枫的重重叠浪狠狠地对撞在了一起。

“轰！”

两者接触的刹那，整个空间仿佛凝住了，旋即，怒雷般的惊天爆炸声，在空中猛然响彻！

青蓝色火浪互相掺杂，铺天盖地地对着四面八方席卷而去，火浪所过处，甚至连高高在上的云彩，都被震碎成了点点白斑散落天际。

天空上突然爆发的恐怖能量波动，令那混乱战场略微寂静，感受着那火浪之中蕴含的恐怖能量，不少人都暗中惊叹，这就是异火碰撞所爆发的破坏力吗？果然令人胆寒啊。

随着火浪逐渐退去，天空上，两道被强猛劲力震退了将近几十米的人影，这才缓缓出现在众人眼中，而当瞧得两人那狼狈的身形时，众人脸色顿时显出困惑。

萧炎剧烈地喘着粗气，手臂上的袖袍已经被彻底震碎，掌心处有一大片的焦黑痕迹，甚至那脸色，都掺杂着一抹淡淡的苍白。

萧炎虽然狼狈，但那远处的韩枫同样也好不到哪里去，衣袍破烂不堪，披头散发，呼吸急促。不过此刻，他却并未对自身狼狈有半分的关注，一对眼睛，充斥着震惊与不可置信地望着对面的萧炎，那副模样，犹如见到鬼一般。

目光阴森地望着韩枫那副滑稽模样，萧炎忍不住咧嘴一笑，白灿灿的牙齿令韩枫浑身发冷：“发现了吗？”

手指颤抖地指着萧炎，韩枫急促地喘着气，如此好一会儿后，方才有尖锐的嘶哑声音在天空响彻着：“你……你……你修习的功……是什么？说！给我说！否则杀了你！”

此刻，天际上那混乱大战已经因为萧炎与韩枫的猛烈碰撞而停了下来，因此现在众人见到那突然间有些疯狂的韩枫，皆面面相觑，不知所以。

瞧得那状若疯狂的韩枫，萧炎却笑了笑，笑脸上的那份冷意令人心寒：“你自己还不清楚？”

萧炎这句在别人听来有些莫名其妙的话语，落在韩枫耳中，却令他眼瞳陡然缩至针孔大小，一直隐藏在内心深处的那份不安，缓缓蔓延整个身体。经过先前的那种凶悍对撞，他能够感应到，对方所修习的功法，赫然与自己有极为相像之处！甚至，若是细细感应的话，则能够发现，萧炎的功法比自己的更加纯粹与正宗！

焚诀！

当年为了得到焚诀，韩枫不惜对自己老师暗下毒手，却并未达到目的，到头来，仅仅得到残缺的功法。然而就是这一残卷，便让韩枫收服了海心焰，有了如今的身份地位与实力！

但是，先前在与萧炎对轰的那一霎，他清楚地感应到，对方的功法比他更加纯正！

比残缺版焚诀更加纯粹与正统的功法，天下间，唯有一种。

那便是，完整版焚诀！

这一刻，一股对萧炎的疯狂杀意，自韩枫心中铺天盖地地涌出！

突然间满溢天空的阴寒杀意，令不少人脸色大变，虽然不知道确切发生了何事，不过看韩枫这般表现，明显是真正地对萧炎产生了必杀之心。

苏千袖袍一挥，将如恶狼般扑来的金银二老震退，偏头望着远处天空上的黑袍青年，眼中却掠过一抹异样意味："这种感觉……"

"萧炎，拦他片刻，等我收拾了这两个老家伙便来助你。"眼芒闪烁了一阵便逐渐恢复，苏千的大笑声在天空中响彻。

"呵呵，大长老只管应付他们便好，萧炎可还没那么脆弱。"萧炎冲着苏千一拱手，朗声笑道。

"嘿嘿，有魄力，所有人都小看了你啊，小家伙。"有些意味深长地笑了一声，斗气铺天盖地地从苏千体内暴涌而出，旋即，他脸色冰寒地望着对面一脸凝重的金银二老，一声冷笑，身形闪动间，犹如鬼魅般地暴冲而上。而瞧得他这般凌厉攻势，那金银二老也不敢有所怠慢，急忙联手迎敌。

视线从苏千身上收回，萧炎望着对面一脸杀意的韩枫，冷笑一声，屈指一弹，一缕青色火焰，犹如精灵般在面前调皮地舞动了起来，凝视着青火，他轻笑道："想杀我？"

脸庞微微抽搐，韩枫强行抑制住立刻冲过去让萧炎消失在这世间的冲动，声音干涩刺耳："你……从哪儿得到的这功法？"

萧炎笑笑，还未回答，纳戒内那雄浑的灵魂力量便突然间钻进自己体内，而在灵魂力量钻进的一霎，萧炎清楚地感觉到，自己所能掌控的力量又暴涨了许多。

"老师……你？"突如其来的变化，令萧炎一怔，药老在此刻将所有力量灌注给自己，那不是会让对面的韩枫发现什么吗？

"呵呵，他迟早会发现的，既然如此，也给他个'惊喜'吧。"药老淡淡的笑声在萧炎心中响起，只不过话语之末，却略微显得有些冰冷。

略微迟疑，旋即点了点头，萧炎手印一结，彻底放开了对那股庞大灵魂力量的压制，令它融合进自己体内。

随着药老灵魂力量尽数借与萧炎，萧炎体表汹涌的青色火焰也越加活泼，急速地翻腾间，不断地发出呼呼声响。

萧炎突然暴涨的气势，令韩枫脸色微微变了变，他目光死死地盯着萧炎的身体，片刻后，身体猛然一颤，在那升腾的青火间，他似乎隐隐间感受到了一股熟悉的力量。

脑海中飞快地搜索了一遍，旋即终于定格在记忆深处的一道苍老人影之上！

霎时，一股恐慌情绪，瞬间自韩枫内心深处蔓延而出，那存在于许久之前的记忆，再度浮现眼前，令他浑身剧烈地颤抖了起来。

充斥着杀意的脸庞，此刻被一股异样的煞白所取代，韩枫眼神惊恐地望着对面的萧炎，片刻后，他几乎用尽了全身的力气，方才发出一道极度恐慌的声音："你……你没死？！怎么可能！"

萧炎目光淡漠地看着那脸色突然间煞白的韩枫，道："托你的福，让我遇见了老师，不然的话，我这修炼之路，怕会少了许多精彩。"

"老师？"韩枫眼瞳微微一缩，目光盯着萧炎眨也不眨，脸庞上刚开始出现的煞白微微缓和了许多，眼芒闪烁间，更加浓郁的杀意涌现脸庞。药老未死的消息对于他来说，几乎如惊雷般。身为药老曾经的弟子，他非常清楚药老当年在大陆上拥有何等的号召力，即使是如今，大陆上那些真正的巅峰强者，也对当年那个叱咤大陆的"药尊者"记忆犹新，韩枫丝毫不怀疑，若是放出风说药老依然活着，将会有多少巅峰强者前来。

而且，最重要的，药老在那些巅峰强者中拥有极为不错的人缘，如那所谓的风尊者，药老对他几乎有再造之恩，因此即使药老已经失踪多年，但他依然不停地在寻找着药老的下落，甚至其中有几次还怀疑到了韩枫，但由于没有确凿证据，他倒是对韩枫无可奈何。但是，如今药老却并未像韩枫想象中的那般随风消散，反而存活了下来，韩枫不敢想象，若是药老将他当年暗下毒手的事传了出去，他会陷入怎样的困境！

届时，恐怕那所谓的风尊者，将会第一个将他剥皮抽筋，传说中斗尊阶别的强者，即使是现在的韩枫也不敢招惹。

随着心中念头的转动，韩枫脸色阴晴不定，到最后，终于定格在狰狞与阴寒之上，想要留得性命，那么便必须让萧炎与药老永远地闭上嘴。死人，才是最值得信任的人！

脸上的杀意涌动，韩枫猛然抬头，如同一条隐藏在阴暗处的毒蛇般，声音嘶哑地道："老不死的，我不管你究竟是活是死，今天，我都会让你们两人彻底地闭上嘴！"

萧炎面无表情，手掌一翻，更加凶猛的青火自体内暴涌而出，最后在头顶之上如龙卷风般缠绕呼啸。

"就怕你没那本事。"指尖上，青火跳跃着，萧炎的声音如其表情般，古井无波。

“嘿嘿，原来你能如此之强，是因为借用了那老不死的灵魂力量，只不过没想到啊，当年我苦苦哀求他都不肯传给我的焚诀，竟然会给你这么一个毛头小子，难道他认为你会比我更强？”韩枫森然一笑，声音中隐隐有一股难以掩饰的嫉妒与怨恨。

萧炎嘴角掀起淡淡冷笑，却未再说半句废话。

“当年他如果能将焚诀传给我，我依然会对他礼敬有加，不过，谁怪那老不死的眼睛不好呢，我的天赋，他还不了解吗？”脸庞涨红，韩枫的情绪似乎有点激动。他一直认为当年如果药老肯将焚诀传给他，那么如今定然将会是另外一个局面。

对于韩枫那声嘶力竭的吼声，萧炎置若罔闻，只不过漆黑眸中闪烁的杀意越加阴冷。在萧炎头顶翻滚不休的青色火焰突然涌下，在他右掌处凝成一个硕大的青色火球，旋即，左手缓缓摊开，最后，在韩枫震撼的目光中，召唤出一团森白色的火焰。

随着这团森白色火焰的出现，韩枫的表情彻底凝固了下来。片刻后，他双眼通红，声嘶力竭地喊道：“骨灵冷火……那个老不死的，竟然把这都给你了？凭什么？！”

“欺师灭祖的畜生，也有资格说这话？”萧炎轻笑摇头，手中一青一白的两色异火，缓缓地接近，最后在韩枫那惊愕的目光中，接触在了一起。

两色异火交织，异样温度顿时弥漫整个天地间，一丝丝火焰如同电芒般，在两团异火接触处闪烁，空间都在此刻震荡了起来。

暂时收起心中的那份嫉妒怒火，望着萧炎那举动，饶是以韩枫的阅历，也有些感到难以理解，难道萧炎不知道异火间的不融性吗？不过心中虽然不解，他却并未静观其变，手掌一握，深蓝火焰急速凝聚，最后凝固成一把犹如实质般的深蓝色三叉戟。

紧握着足有两丈多宽的火焰三叉戟，韩枫心中底气也再度涨了几分，目光阴冷地望着那努力控制着两种异火的萧炎：“老不死的，我知道你在他的体内，不过今天，我会让你再无任何逃生的机会！”

随着声音落下，一股极其磅礴的蓝色火焰突然铺天盖地地自韩枫体内暴涌而出，旋即火焰翻腾，犹如滔天巨浪般轰然砸下，最后完全灌注进了那把火焰三叉戟中。

一灌入如此磅礴的火焰，那火焰三叉戟瞬间暴涨了几丈之长，炽热的深蓝色火焰在其上翻腾不休，轰隆隆的海浪拍击声音，不绝于耳。

“小师弟，师兄会让你和老师，一起永埋此地的！”庞大的火焰三叉戟悬浮在韩枫手掌处，感受着其中所蕴含的磅礴力量，他忍不住动了动嘴，细微的声音夹杂着阴寒，传进了萧炎耳中。

萧炎眉头微微挑了挑，眼睛却依然停留在手中交织的异火处，瞬间，眼神突然一冷，双掌狠狠一拍，那迟迟不肯融合的两种异火，终于被其维持在了一个奇异的平衡点上。顿时，璀璨的强光从中爆发而出，犹如一轮耀日般，引人侧目。

突如其来的强光，令不少人都将目光投射过来，片刻后，强光减弱，那之中的景象，终于被清晰地收进了眼中。

天空之上，黑袍青年悬空而立，在其掌心之上，一朵两尺宽大的青白莲花，缓缓地悬浮着。这朵青白莲花并不怎样显眼，与以前萧炎所施展的青紫火莲相比，这个火莲要显得内敛许多，丝毫未溢出什么能量。但是，眼尖之人则会发现，随着青白莲花的缓慢旋转，其周围的空间诡异地扭曲了起来。

而且，寻常人或许感觉不到这火莲的恐怖，但是天空某处打得如火如荼的苏千、金银二老三人，却突然间不约而同地停下了战斗，霍然转头，旋即眼睛皆投向了萧炎掌心上的那朵青白火莲，目光中，透着一抹难以掩饰的惊骇。

这股力量，即使是连他们，都感到了一种恐惧！

青白火莲，犹如玉石铸就一般，晶莹剔透，极为绚丽，然而就是在这如此美丽的外表之下，却隐藏着连苏千这等阶别的强者都忌惮不已的力量！

青白火莲悬浮在距萧炎手掌半寸的位置，缓缓地旋转着，萧炎注视着手中这朵犹如工艺品般完美的火莲，脸上的红润，悄然淡了许多。

大型佛怒火莲，萧炎最后的底牌。这张牌，非到生死关头，他绝对不动用，然而这一次，面对着这位曾经给药老造成无尽伤害的“师兄”，萧炎心中的杀意，丝毫不比韩枫对自己的必杀之心弱多少。一向冷静慈和的药老，每当在听见这个名字时，都会变得极度悲伤与痛苦，甚至，萧炎能够猜测到，先前在自己与韩枫对峙时，潜藏在暗中的药老，心中是何等的纠结。以药老那一向冷静的性格，最后竟然还是没能忍住，抱着即使暴露自己的存在，也要将所有的力量全部借给萧炎的决心挺身而出，这其中的意味，萧炎很明白。

药老是想让自己拼尽全力杀了这个弑师者！

这么多年过来，萧炎能走到如今的地步，其中若是没有药老的庇护，他怕早已经不知道死在哪个角落里了。为了使自己变强，药老的确付出了全部的心血，这位曾经受到了心灵重创的老人，早已经真正地将萧炎当成弟子。

药老对萧炎的付出，也令得他在其心中有着极高的地位，所谓师如父，这用来形容萧炎对药老的情感，没有丝毫不恰当的地方。

既然如此，那药老需要自己倾尽全力杀了这个弑师者，萧炎自然会全力以赴地达成他的愿望！

青白火莲缓缓旋转间，那远处的韩枫，脸色变得极为凝重，他同样能够模糊地感应到，那火莲之中所蕴含的能量，是何等的可怕。

额头之处隐隐有汗渍出现，韩枫没想到这个即使借助了药老的力量，实力方才能够勉强与他持平的家伙，居然还隐藏着如此恐怖的底牌，两种异火融合在一起，那破坏力……

身为炼药师，韩枫也清楚两种火焰融合后，力量将会成倍暴增。但是火焰不仅天性狂暴难以控制，而且各有各的特点，若是强行融合，怕第一个被反噬而死的便是自己。他当年心血来潮时也曾经试验过，但是火焰融合岂是易事，在失败了许多次后，就算以他的性子，也不免只能放弃。寻常火焰便如此，更别提异火那种一碰就爆的超级危险品了。两种异火融合，恐怕只要还拥有理智的人，都不会选择去尝试。

然而，当初的萧炎，正是在失去理智时，强行地将两种异火融合，并且最后还极其好运地寻找到了一个奇异的平衡点，这才创造出了佛怒火莲这等堪称恐怖的东西。

“这个疯子！”

暗暗地骂了一声，韩枫刚欲给自己加注点防御力量，对面的黑袍青年却有了动作，这令他赶忙将所有注意力都投注过去。

萧炎背后青火双翼缓缓振动着，虽然在佛怒火莲成形的那一霎，他清晰地感觉到体内隐隐出现的一阵虚弱感，不过好在如今的他已经不是当年那个仅仅是斗师的小菜鸟。经过将近一年的历练，他对火焰的操控已经越加熟练。当年第一次施展佛怒火莲，他足足昏迷了半个月，而且还导致药老灵魂枯竭，沉睡了许久；第二次在云岚宗施展，虽然比第一次强些，但自己也虚弱得如同行将就木的老人；然而这一次，体内虽然有虚弱的感觉，但至少他还能保证勉强的战斗力量。

三次施展，三种截然不同的表现，见证着萧炎的成长速度。或许，在那不远的将来，他能够在举手投足间，释放出真正的佛怒火莲。到那时，大陆上，萧炎之名怕也会如雷贯耳！

手掌缓缓抬起，萧炎冲着远处一脸凝重的韩枫咧嘴一笑，露出白灿灿的牙齿：“师兄，今天，便让师弟我来清理门户吧。”

眼神一寒，韩枫虚握着那巨大火焰三叉戟的手掌缓缓捏紧，声音嘶哑地道：“毛头小子，口气倒不小，这么多年，我韩枫什么场面没见过？”

萧炎一笑，漆黑的眸子中寒光一闪，屈指轻弹，顿时，悬浮在掌心上的青白火莲，便“刺”的一声暴射而出。而随着火莲的射出，整片空间，都犹如被石头击打过的湖面一般，剧烈地动荡了起来。

“小子，和那老不死的一起去死吧！海焰戟！”

望着那飙射而来的青白火莲，韩枫也一声厉喝，手掌重重朝前一推，顿时，那横跨天空的火焰三叉戟便暴射而出，最后化为一道如火龙般的火芒，对着青白火莲直直地撞去！

天空上，两道光芒暴掠而过，那青白火莲声势倒未有太多出奇和引人注目的地方，反而是那火焰三叉戟声势惊人，所过之处，留下一道长长的划痕，长达好几丈的火焰尾巴，宛如划过天际的彗星般，带着撞裂大地的可怕力量。

“内院众长老，闪开！”

在青白火莲射出的那一霎，苏千脸色一变，一掌将金银二老震得脸色发白、连连后退，转身对着那距离萧炎二人并不远的混乱战圈大喝道。

突然间听得苏千的大喝声，虽然众位长老有些疑惑，不过皆立刻展动身形，抛下对手，闪电般地掠下地面。

见内院长老突然撤退，黑角域众强者也一怔，还来不及询问，在他们头顶不远处，火莲与庞大的三叉戟，便犹如陨石相撞般轰然碰撞在了一起！

对撞刹那，整个天地间游离的能量，都在此刻陷入了瞬间的停滞，晴朗的天空，也微微有些暗沉。

“轰！”

停滞持续了瞬间，两股可怕的能量，便在天空之上狠狠地爆发，整片空间在此刻变得极度扭曲，就如同被用力拧紧的毛巾一般，褶皱深现。

能量碰撞，一圈夹杂着三种异火的能量风暴，以极快的速度从中心处席卷而来，这股火焰风暴的速度极快，眨眼间，便降临到了天空上那些还有点茫然的黑角域众强者头上。

“噗！”

风暴席卷之处，实力强者，在火焰焚烧时尚还能狼狈地逃窜开去；而一些实力弱者，在初次接触间便鲜血狂喷，一身衣衫顷刻间化为粉末，若非有斗气拼命地保护着身体，怕连那具肉体也要在火焰风暴中化为粉末！

天空上，火焰风暴过处，众强者皆狼狈逃窜，一屁股的黑烟犹如被点燃了尾巴的飞鸟。而那些跑得快的内院强者，瞧得这突然间便损失巨大的黑角域一方，顿时有些目瞪口呆。那火焰风暴仅仅是对碰产生的能量涟漪而已，没想到就已经将这些强者搞得如此狼狈，难以想象，若是在那能量对碰处，又是何等的可怕?

“这才是萧炎的真实实力吗？真是可怕啊！”

不少平日与萧炎有些交情的长老，皆在此刻喃喃道。没想到平日这家伙不显山不露水，可一旦爆发起来，竟然如此的惊人。

火焰风暴肆意席卷，然而混乱中并未有人发现，那团停留在天空上动也不动的本源陨落心炎，却犹如活物一般，不着痕迹地将席卷而来的异火，尽数吞噬而下。而随着其将这些残留异火吞噬，那本来无形的体形，悄悄地变得略微实质了一点。

天空上，火莲与火焰三叉戟碰撞之处的空间已经扭曲不堪，三种异火在此碰撞，即使是萧炎与韩枫，都看不清那碰撞间的确切情况。

“三叉戟的能量越来越弱了，那火莲释放了如此庞大的能量，想必也应该到达极限了吧?”韩枫此刻的脸色同样煞白，显然那海焰戟对他的消耗也极大。

在韩枫自语间，萧炎嘴角却缓缓掀起一抹充满冷意的弧度：“这就想抵御佛怒火莲，那也太容易了吧。”

话音刚落，那能量对碰处扭曲的空间犹如绷紧的绳子突然释放开来一般，再度回复原形，一点青白毫光如闪电般自其中暴射而出，几个闪掠间，便在韩枫震惊的目光中，出现在了其面前。

“爆！”

手中印结悄然一变，淡漠的字音，轻轻地从萧炎嘴中吐出。

话音刚落，那在与海焰戟的对碰中变小了好几圈的佛怒火莲，在一胀一缩之后，终于如同一枚被点燃的炸弹，在韩枫惊骇欲绝的目光中，轰然爆裂！

第十五章
吞噬异火

“轰！”

庞大的火焰风暴犹如蘑菇云一般，在天空上猛然浮现，惊天动地的爆炸声响让无数人双耳嗡鸣，那股从天空扩散开的狂暴温度，更令众人脸庞上涌上一抹惊骇。

青白蘑菇云升起的一霎，一道身影便犹如被重锤狠狠击中的圆球，从空中飙射而下，沿途洒下猩红的鲜血，犹如一条鲜艳的血虹。

望着那道冲着地面落下的身影，那些黑角域的强者们脸色大变，虽然那股气息此刻极其微弱，但的的确确是韩枫不假。

众人面面相觑，额头之上皆渗透出些许冷汗，目光转向另外一处天空，那里，一道黑色身影正急促地喘着粗气，其身后的青火双翼也变得若隐若现。显然，这是体内虚弱的缘故。

“这个家伙……竟然打败了韩枫？”

众人喃喃自语着，语气中的震撼分外明显。韩枫实力早已至斗皇巅峰，再加上有异火助阵，即使遇见斗宗初级的超级强者，那也能有一战之力，放眼整个黑角域，也唯有那联手的金银二老方才能与之匹敌。但今日，这个在黑角域中拥有极高声望的强者，却在一个看似只有二十多岁的青年手中，败得如此狼狈。

满场寂静，所有人都明白，打败了韩枫这个在整个大陆都有不小名气的强者，将会得到何种的声望。至少，日后在整个黑角域，萧炎之名将会如雷贯耳。

寂静天空中，突然有两道破风声响起，旋即两道身影闪现在急速坠落的韩枫身旁，将之一把抓住，这才免去了后者脑袋落地变成裂西瓜的下场。

出手的两人，自然便是那所谓的金银二老。韩枫不像范痨，死了就死了，韩枫的价值可难以估量。况且这次帮他出手的报酬，这家伙还没兑现呢，哪能轻易让他死去？

一把抓住满身鲜血的韩枫，银袍老者手掌在其胸口处摸了摸，感受着那虽然极为微弱，却仍在跳动的心脏，这才松了一口气。

“还活着吧？”金袍老者皱眉道。

“嗯，还有一口气，幸亏这家伙有异火护体，不然的话，是绝对不可能在那种爆炸中活下来的。”银袍老者点了点头，旋即一咂嘴，抬头望着远处的黑袍青年，道，“这小子是从哪儿冒出来的？怎么从没听说过迦南学院有如此强横的家伙？”

“不知道。”金袍老者沉着脸摇了摇头，看了一眼天空上那庞大的青白火焰蘑菇云，再瞧瞧损失惨重的黑角域强者，低声道，“现在事已不可为，我们还是尽快走吧，这家伙都已经重伤昏迷了，想抢到异火已经不可能了。”

银袍老者眼珠转了转，微微一点头，冲着那些黑角域强者打了个手势，旋即那些家伙便飞快地闪掠而来，最后簇拥在一起，警惕地望着四面那些虎视眈眈的内院强者。

“萧炎，你没事吧？”见到韩枫重伤昏迷，苏千暗中松了一口气，失去了这个领头者，黑角域的这些家伙已经不足为惧了。

听得苏千的喝声，萧炎冲他露出勉强的笑容，苍白的脸庞显示着他内心的虚弱。虽然对于那韩枫竟然还残留一口气有些遗憾，不过却也再无其他办法，现在最重要的事，还是那陨落心炎！

对了，陨落心炎，萧炎心头突然一震，目光急忙扫向先前前者所在的方位，眼瞳，顿时紧缩！

天空上，那团一直保持着不动的陨落心炎，在众人分神间，不知何时，已经悄悄地出现在了天空上那团由佛怒火莲爆发而产生的青白蘑菇云处，而随着其接近，一股庞大的吸力，突然自其中暴涌而出！

随着那股吸力的出现，那硕大的火焰蘑菇云犹如遇见了黑洞一般，急速涌动着，源源不断地灌注进那团无形火焰中。

萧炎看见陨落心炎吞噬火焰蘑菇云的那一幕，心中的不安顿时加剧了。虽然他并不太清楚陨落心炎的意图，不过看其这般举动，倒也能大概猜测到一些。身为一种纯粹的异火，陨落心炎能够吞噬别的异火来提升自己的能量，而那火焰蘑菇云中正蕴含着极为狂暴的异火能量，这对于陨落心炎这等灵物来说，简直就是天生的大补品！

在吸力自陨落心炎体内爆发而出时，苏千等人也有所察觉，当下皆急忙望过去，旋即，脸色大变。

“拦住它！”

萧炎大喝，由于刚刚释放出了佛怒火莲这等杀招，其体内的斗气出现了短暂的真空时期，因此，他只能出声提醒。

萧炎声音刚刚落下，那苏千便立刻有了动作，只见其身形一闪，便如鬼魅般出现在了那陨落心炎身前十米处，不过他还来不及有所动作，一大团炽热的无形火焰便冲着他面门暴射而去，他急忙闪身躲避。

陨落心炎吞噬的速度极为恐怖，在苏千闪避的顷刻间，那庞大的火焰蘑菇云便犹如泄了气的气球一般，眨眼间，便被全部吞进了那团不足丈许宽的无形火焰之中。

随着如此磅礴的火焰能量进体，那陨落心炎无形的躯体似乎变得越加光润起来，一股比先前更加狂暴的能量，缓缓地自其体内席卷而出，旋即蔓延整个内院。

感受着陨落心炎那再度狂暴起来的能量，在场所有人都惊慌失措，那金银二老更不敢在此多加停留，一声吆喝，旋即大批人群便近乎逃窜般地对着内院之外暴射而出，留下挑衅的阴笑声，在天空上徘徊着。

“苏长老，现在这东西还是留给你们自己解决吧，希望明天不会听见内院全部覆灭的消息。”

脸色阴寒地望着趁机逃离的黑角域众强者，苏千转头冲着不远处的无数学员厉声喝道：“都给我离开内院，进深山去！”

听得苏千喝声，那些簇拥在楼顶各处的内院学员顿时骚乱起来。天空上那团并不庞大的陨落心炎，却释放着一股恐怖的毁灭性力量，他们丝毫不怀疑，若是它落下来，怕整个内院都会在顷刻间被焚毁！

“等等，萧炎还在那里呢。”紫妍扯了扯林焱，她指着遥远天空上的那道黑影，有些焦急地道。在陨落心炎的压迫下，那张粉雕玉琢般的小脸显得有些发白。

“放心吧，他能保护自己的，连黑角域的药皇韩枫都被他打败了，他会比我们更安全的。”望着那犹如逃难一般的人海，林焱只得劝了一声，然后方才跟着众人朝内院处跑去。

“所有长老，再次结阵！内院存亡，便看诸位的了！”

望着学员们如潮水般逃出内院，苏千冲着众位长老沉声喝道。

闻言，众长老也一脸凝重，身形闪掠而上，形成奇异阵形，将那团陨落心炎围在其中。

“萧炎，快离开这里！”

苏千站在阵心的位置，对着那也在阵形之内的萧炎大喊道。

苏千的喊声刚刚落下，那在吞噬了异火蘑菇云之后一直安静的陨落心炎，却猛然发出一道尖利的嘶鸣声，如玉制般的表面上，一对青色光芒缓缓浮现，犹如一对眼瞳般。

嘶鸣声落下，陨落心炎骤然间在众位长老惊骇的目光中暴射而出，看其路线，目标赫然便是停留在天空的萧炎！

被陨落心炎再次锁定，萧炎脸色也有些慌张，急忙调动体内所有斗气，转身便对着阵外闪掠而去。然而在施展了佛怒火莲之后，萧炎的速度明显降低了不少，而反观陨落心炎，在吞噬异火蘑菇云后却更加强大，此消彼长，眨眼间，萧炎便即将被陨落心炎追上。

“大长老，快结阵，否则那畜生出去后便再也拦不住了！”

望着那对着萧炎暴射而去的陨落心炎，一名长老急忙喊道。

苏千面沉如水，低喝道：“再等等，等萧炎出去！”

“来不及了！”又一名长老脸色一变，急声道。

苏千手掌微微颤抖着，只是拿眼睛死死地盯着那与萧炎距离越来越近的陨落心炎。

拼命逃窜间，额头上的汗水如溪水般滚落而下，感受着身后炽热的温度，萧炎的心就如同被紧绷起来的线一般，丝毫不敢有所放松。他的目光紧盯着不远处的阵形边缘，只要出了那里，便能够摆脱那如影随形的死亡之火！

“再快一点！”心中不断地喃喃着，然而，就在萧炎距离阵形边缘不足十米处时，身后温度猛然大涨，他骇然地回转过头，漆黑眼瞳中，那团无形火焰迎面扑来，旋即火海涌动，将之吞噬！

“呵呵，这猎人与猎物的位置，果然被调换了啊，只是最后依然没杀了那韩枫。老师，对不住了啊，这次也连累您了。”昏迷之前，萧炎心中发出最后一道苦涩的喃喃自语。

漫天寂静，整个天地都似乎在这一刹那凝固了一般。

内院之外的树顶上，无数学员望着萧炎被陨落心炎吞噬，突然间寂静无声，不少女学员更是捂着嘴，发出一道道惊呼声。

琥嘉、吴昊、林焱、紫妍等人的心，皆在此刻缓缓沉了下去，一些磐门成员更是目光呆滞，显得极为无措。那一直在他们眼中未曾失败过的首领，今日，却在众目睽睽之下，被那火焰吞噬焚毁！

磐门最大的倚仗，似乎在此刻完全崩塌。

“嘭！”

吞噬掉萧炎之后，陨落心炎刚欲直接冲出阵形包围圈，一道能量壁便突兀地闪现在它面前，将其震退。

天空一片沉默，苏千脸色一片阴冷，众位长老也都默然不语，只是拼命地输出体内斗气，维持着能量壁。在这场关乎内院存亡的大战中，萧炎的付出几乎无人能及，若非他出手击败两名斗皇强者，说不定，今日内院还真会被黑角域突袭成功！

然而，那作为内院的一大功臣，却在最后的时刻，在众目睽睽之下，被那异火无情吞灭。

“诸位维持好能量壁吧，封印的事，交给我来。”苏千缓缓地回过神来，面无表情地淡淡说了一声，旋即不待众人回话，一圈异样的璀璨光芒自其体内涌出。

“大长老……”望着苏千的举动，一些长老先是一怔，旋即似是明白了什么，顿时惊呼出声。

没有理会周围的惊呼声，那自苏千体内暴涌而出的光芒越来越强烈，不过随着那光芒越加强烈，苏千的脸庞却迅速变得苍白，乃至透明。

“畜生，今日拼得我这条老命，也要将你永世封印！”

阴寒的声音，带着如火山喷发般的怒火，自苏千嘴中暴吼而出，旋即，一道丈许长的异样黑芒，自苏千体内迅速涌出，最后在天空上形成了一道厚实的能量黑网。黑网凝成，微微一颤，再次出现时，已经极为诡异地套在了那团陨落心炎之上！

黑网一套上，一丝丝烟雾顿时从陨落心炎之上袅袅升起，凄厉的尖鸣声，在天空响彻不休。

苏千脸色惨白，气息如游丝般微弱，手指轻移，那团不断挣扎的陨落心炎，便缓缓对着天焚炼气塔落下，在到达塔尖位置处，陨落心炎似乎感受到了什么，顿时拼命挣扎，而在其剧烈地反抗下，那诡异的黑网停滞在了塔尖处，再难以下移。

“噗！”

瞧见陨落心炎竟然还能僵持，苏千眼中闪过一抹狠厉，狠狠一拳砸在胸口，一口鲜血狂喷而出，他猛然一压手掌，一道异常深邃的黑暗能量柱，自其掌心中暴射而下，旋即重重地砸在那团陨落心炎之上。

“叽！”

遭受苏千拼命一击，凄厉的尖鸣声再度从陨落心炎中传出，旋即再也坚持不住，在那黑网的包裹下，被狠狠地砸进天焚炼气塔地底深处的岩浆世界之中！

“封印！”

感受到陨落心炎已经落进地底深处，苏千手印一动，诡异的黑芒从塔中涌出，最后在塔尖处凝聚成深邃黑暗的能量罩，在其上，奇异的能量纹路如小蛇般蜿蜒。

在塔尖处封印凝结时，天焚炼气塔最后一层连接地底深处的洞口处，浓郁的黑芒缓缓涌动，最后，黑芒犹如一片黑海，将整个底层空间完全封住。日后，这里将再无人进入，而那被封印在地底深处的陨落心炎，也再无机会出来！

随着封印的凝固成功，天空上的苏千身形一歪，顿时一头对着地面栽了下去，不过好在一名长老眼疾手快，迅速地将他一把抓住，帮他稳住了身形。

缓缓地睁开视线模糊的眼睛，苏千此刻的气息与寻常老人没有丝毫差别，他看了一眼已被封印的天焚炼气塔，知道这内院的一场浩劫终于是避免了。不过，那位本来能在大陆上取得巅峰成就的青年，却也在此陨落。

“日后，封锁天焚炼气塔最后一层，任何人都不许进入，包括我。”虚弱苍老的声音，在空中缓缓地徘徊，狼藉的内院令所有人陷入了沉默。

“还有，请记住那个为了内院牺牲的小家伙，没有他，内院将不复存在，你们，说不定也会在那陨落心炎爆发中化为湮粉陪伴这片废墟。

“他是迦南学院有史以来最出色的学生，空前，或许也能绝后……

“记住那个名字吧，呵呵，一个年轻固执的小家伙……

“萧炎！”

导致萧炎从昏迷中苏醒过来的是疼痛，深入骨髓的疼痛！

艰难地睁开有些模糊的眼睛，入眼处，是犹如鲜血般的赤红，眼睛缓缓睁大，他这才看清，原来那赤红是无数缓缓流动的岩浆。

岩浆？

萧炎猛然一个激灵，瞬间回过神来，目光一扫，却惊愕地发现，自己此时正身处茫茫岩浆之中，而且明显是岩浆深处。因为不管是上下还是左右，入眼处，皆是赤红的岩浆。

目光茫然地四顾，旋即萧炎发现，在自己周身约莫一丈远的位置，一团无形火焰正熊熊燃烧，而自己似乎正处于这团无形火焰之中。

使劲地甩了甩头，有些迷糊的脑子缓缓清醒过来，萧炎这才隐约记起，自己好像被陨落心炎击中，然后便失去了神智……那，现在这是哪里？

“这是地底深处，陨落心炎出生的地方。”有些微弱的苍老声音，忽然在萧炎心中响起。

“老师？您怎么样了？”无措时突然听见这熟悉的声音，萧炎顿时犹如抓住了救命稻草的溺水者一般，急忙在心中问道。

“还能支撑一段时间，小家伙，你被陨落心炎拖到这里将近有半个月时间了，这期间，它一直在尝试着炼化你，或者说是炼化你体内的青莲地心火。而在你昏迷时，我一直在使用骨灵冷火替你防御着，不过消耗太大，我或许坚持不了多久，而到时，便只能依靠你自己了。”药老的声音，微弱而急促。

闻言，萧炎一怔，目光一扫，这才发现，在自己的身体上，正笼罩着一层森白色的火焰。而在那火焰外围，大团的无形火焰犹如小蛇般来回盘旋，恐怖的温度即使有骨灵冷火的隔绝，也让萧炎皮肤袭来阵阵剧烈的灼痛。而先前将他从昏迷中唤醒的，正是这深入骨髓的灼痛。

心中涌上一片慌乱，旋即萧炎强迫自己冷静下来，声音干涩地问道：“怎样才能逃离这里？”

此话一出，却是一阵沉默。许久，药老那同样有些苦涩的声音方才响起：“不知道，这里是地底深处，在这里，陨落心炎的力量几乎源源不绝，除非我恢复巅峰力量，或许才有可能突破它的封锁。而且，我们现在所处的位置，定然是在岩浆深处，若是陨落心炎将周围的火焰一放开，恐怕你立刻会被这些炽热岩浆吞噬，即使你有异火，怕也支持不了你到达岩浆之外。”

“那我们岂不是只能等死了？”萧炎身体微微一颤，喃喃道。以药老的本事，在如此绝境下都没有丝毫办法，那岂不是说……

药老轻轻地叹息了一声，没有回答。若非有骨灵冷火的存在，萧炎早就在昏迷之时，被陨落心炎焚烧得连骨头渣子都不剩了。

萧炎拳头紧握，漆黑眸中闪烁着不甘，还有很多事等着他去做呢。萧家的耻辱，需要他去洗刷；失踪的父亲需要他去寻找；还有，自己答应了一个少女要变成强者出现在她面前，所以……

“我可不能死在这里！”

充满着执意与倔强的话语，缓缓地从青年嘴中吐出。这么多年来，那么多苦难都经历过，若此时放弃，那些苦难岂不是白受了？这些年犹如苦行僧般的修行，不仅提升了实力，也同样令他具备了坚韧的性子与坚硬的根骨！

“呵呵……”感受着萧炎那股强烈的求生欲望，药老也轻轻笑了笑，道，“小家伙总是这么斗志激昂，既然如此，那我拼了这把老骨头，也会为你出一分力。记住，我的骨灵冷火或许还能坚持三天的时间，三天之后，我便会把仅剩的灵魂力量完全灌注给你，然后，我便会因为灵魂力量枯竭而陷入沉睡，剩下的，便全看你自己了。希望我苏醒之时，能够见到一个活蹦乱跳的学生。”

萧炎沉默，半晌，咬着牙微微点了点头，眼圈略微有点泛红，低声道：“老师，放心吧，弟子答应了您，一定会给您炼制可容纳灵魂的躯体，所以怎会将这条命丢在这里？”

“呵呵，小家伙，加紧休养吧，三天之后，一切都只能依靠你自己了！”药老笑了一声，轻声道。

萧炎重重点头，旋即不再废话，双腿一盘，刚欲进入修炼状态，却略一沉吟，从纳戒中将一朵极为精美的青色莲台取了出来，身形一扭，一屁股坐了上去。

随着屁股坐上青色莲台，那股炽热灼痛感顿时减轻了许多，看来这孕育了青莲地心火的莲台，对于温度的隔绝效果，还是极其不错的啊。

“倒是忘记了你还有这些宝贝，有了这莲台，或许逃生的可能性，将会大一点。”感受到降低了一些温度，药老也略感诧异地笑了一声，略微沉吟，道，“在我沉睡之后，你若是也坚持不住了，就服下那枚地灵丹吧，那能让你多扛一些时间。本来这东西是用来炼化陨落心炎时所用，可看现在这情况，究竟谁被谁炼化，都还说不准呢。”

萧炎苦涩一笑，点了点头，然后缓缓闭目，开始吸收周围游离的火属性能量，修复着大战之后虚弱的身体。

望着逐渐进入修炼状态的萧炎，药老沉默了许久，方才轻轻叹息了一声。

“小家伙，这或许是你的一个劫难吧，我能预感到，若你能从此处顺利逃出，必然将会蜕茧化蝶，届时，你将会成为真正的强者！”

距离当日那场惊天大战已经足足过去半个月有余，原本在战斗中变成一片废墟的内院，也逐渐被整顿一新。那天焚炼气塔依然开启，而且最令人欣喜的还是，这里依然具备着提升修炼速度的效果。这种收获，倒是让包括大长老苏千在内的所有人惊喜不已，然而当他们想到，在这塔底深处却有一个或许已经化为湮粉的青年时，惊喜的心情便会被遮掩上一层灰霭。

大战虽然已过去，不过正如大长老苏千所说，那个名字，那个青年，却如烙印般令所有人难以忘怀。或许，在多年以后，学员毕业并且成为一方强者，依然会偶尔想起，当年那场在迦南学院爆发的惊天大战以及那道身影。他，拯救了他们。

失去了萧炎的磐门，虽然一直笼罩着一层黯然的气氛，不过这个势力的实力，却犹如雪球一般越滚越大。虽然失去了萧炎这位首领，但是当紫妍宣布加入之后，磐门这个建立不到一年时间的势力，便已真正能与林修崖、柳擎二人的超级势力相比肩。从磐门那种特殊的氛围来看，随着时间的推移，这个年轻的势力，或许不久之后便会傲立内院之巅，再无任何势力能与之相抗衡。

当然，如今的磐门，在失去了萧炎之后，自然由吴昊、琥嘉等人掌管，不过自始至终，两人都只居副首领之位，每一位加入磐门的成员，都会被明确告知，磐门真正的首领，是一位拯救了内院所有人的英雄，他的名字，叫作萧炎！

这个规矩，一直随着时间的推移沿袭而下，或许多年以后，有人会忘记学院中的导师，但那个名字，却会成为他们心中烙印般的难忘存在。

天焚炼气塔，第八层。

一大群在内院身份极高的老者簇拥在此，在他们领头处，一名老者坐在轮椅上，白发苍苍，显得格外苍老。

“大长老，这里已经按照您的吩咐完全封闭，进入最后一层的大门也被下了封印，不会有任何人闯进去。”一名老者对着前方轮椅上的老者微微弯腰，恭声道。

听其称呼，那白发苍苍的老者便是苏千大长老，然而看他此时的模样，却比以前显得更加苍老。若非是那对眼瞳中偶尔闪过的凌厉寒芒，任谁都会以为他只是一个毫无反抗之力的老人。

“参加袭击内院的那些黑角域强者的来路，都调查清楚了吧？”目光停顿在那扇进入最后一层的漆黑铁门上，苏千嘶哑的声音，缓缓响起。

“已经全部调查清楚了。”

“吩咐下去，一个月后，聚集人手，一个个地找上门去，内院的耻辱，需要他们慢慢来洗刷。”挥了挥手，苏千冷漠地道。

“是！”众位长老齐声应道，眼中闪过愤怒。当日黑角域众强者突然袭击的消息，如今不仅已经传遍黑角域，而且还已经传到了大陆之上，若不回击，日后，迦南学院有何立足之地？

缓缓点头，苏千冰冷的脸色忽然缓缓解冻，干枯的十指轻轻交叉，他喃喃道："你们说……他还活着吗？"

众人面面相觑，皆不敢开口，被陨落心炎一口吞噬并且拖进地底深处，就算是斗宗强者，怕也是凶多吉少啊。

似是清楚众人心中所想，苏千也轻叹了一口气，道："听说萧炎有个二哥曾经来过迦南学院，后来似乎去黑角域了，派人查一下，暗中保护，就当是还那小家伙的恩情吧。"

语罢，苏千手一挥，轮椅自动转身，旋即带着细微的碾动声音，缓缓地消失在黑暗之中。

望着苏千逐渐消失的背影，众位长老皆叹息了一声，目光转向那漆黑铁门，微微弯腰，旋即退去。

在众人退却间，却无人知道，就在他们脚下不知道多深的地方，青年体表的森白火焰正在悄然减弱，真正的煎熬与磨炼，缓缓来到。

在那岩浆深处，青年正在蜕变与毁灭中挣扎，究竟是蜕茧化蝶，还是化为湮粉，无人可知。因为，那里是一个绝境！

第十六章 生死之段

将萧炎从修炼状态中惊醒的，是那在其心中响起的微弱苍老的声音。

而在听见那苍老声音后，萧炎紧闭的眼眸便紧跟着缓缓睁开，目光瞥了一眼身体之上越加虚薄的森白火焰，心头不由得微微下沉。

“小家伙，我已经即将到达极限了。”似是感应到萧炎苏醒，药老叹息声缓缓响起。

萧炎微微点头，轻声道：“老师，辛苦了！”

“呵呵。”药老笑了笑，笑声中有难以掩饰的虚弱，“再过几分钟，便需要你自己来抵御陨落心炎的炼化了，希望你能熬过去。”

萧炎默然半晌，方才苦笑道：“尽人事，听天命吧。”

身处这种连药老都感觉不到有多少生存机会的绝境，萧炎即使再如何充满信心，也对自己逃出去不抱太大的期望。现在他唯一能做的，便是倾尽全力使自己在陨落心炎的炼化中，多坚持一些时间。

药老也陷入了沉默，他清楚，或许这一次的沉睡，将会成为一种永别。他的灵魂虽然可以躲进那经他特殊打造的戒指之中，不过陨落心炎却刚好能够克制他，在这种火焰的灼烧中，即使是灵魂，也只有被焚烧成虚无的下场。

在药老沉默间，萧炎微微抬头，目光扫视着这团硕大的无形火焰，难以想象，这团火焰竟然有自己的灵智。在萧炎扫视间，那团无形火焰的某处，两点幽幽绿芒突然浮现，犹如一对眼瞳般泛着贪婪之意，望着萧炎所在的方位。绿芒微微一闪，便有一大团无形火焰突然浮现，最后黏附在萧炎体表那若隐若现的森白火焰上，将森白火焰焚烧、侵蚀。

“小家伙，准备吧。”

药老轻叹声音突然响起，萧炎知道，老师已经到达了极限，接下来，便需要自己来了。

嘴角勾起一抹苦涩，旋即深深地吐了一口气，萧炎手印一动，体内青火顺着经脉涌动，最后缓缓渗透而出，将整个身体都包裹而进。

随着青莲地心火的浮现，外面一层的森白色火焰越来越淡，片刻后，终于突兀消失。而随着后者的消失，那最外面一层的无形火焰急速涌进，刚欲将里面的人焚烧，便被一团青色火焰抵挡住。

“小家伙，接下来，便要靠你自己了，希望你能顺利熬过去吧，我们师徒的命，全在你手上了。”药老虚弱的声音越来越远，片刻后，终于完全消失。

随着药老声音的消失，萧炎能够感觉到，药老的意识正飞快地退出自己体内，而就在药老意识完全退出的刹那，一股雄浑力量悄然自体内涌出，令萧炎气势暴涨许多。

“老师，学生不会让您失望的。”

感受着那股雄浑力量的充盈，萧炎紧咬着嘴唇，眼圈泛上红润。他清楚，那是药老将最后的力量全部给了自己，而药老则因为灵魂力量的枯竭，再度躲进戒指中，陷入了沉睡。

接过药老先前的工作，萧炎这才明白，与陨落心炎相对抗的消耗，是何等的庞大。而且，或许是由于他与药老的实力差距太大，虽然青莲地心火与骨灵冷火同为异火，不过这两种火焰的庇护效果却有很大不同。

先前有药老施展骨灵冷火，虽然萧炎依然会感受到一些灼痛，却并非不能忍受，然而当萧炎现在依靠自己来抵御陨落心炎时，那种灼痛却骤然加重了许多。甚至连其身体上的袍服，也在那高温下被炙烤得越加脆薄，乃至于在一次身体微动间，袍服竟然轰然爆裂成一大堆粉末，留下那具光溜溜的身体盘坐在青莲上。

“咝……”

脸庞抽搐着，丝丝冷气不断地自萧炎牙缝中泄漏而出，白皙皮肤因为炽热而变得红润起来，某些地方甚至都悄悄冒出了一些水泡，看上去颇为瘆人。

强行压制着钻心的灼痛，萧炎艰难地从纳戒中取出一瓶回气丹，然后全部塞进口中。身处这陨落心炎中，周围虽然依然有火属性能量飘荡，不过在陨落心炎的控制下，萧炎却颇难吸取这些能量。所以，萧炎想要多坚持一些时间，唯有使用丹药！

“没想到这陨落心炎竟然如此可怕，难怪连老师都忌惮不已，不过照这般消耗，我恐怕连一周时间都坚持不了。”嘴里被丹药塞得满满的，萧炎望着外面那似乎无穷无尽的无形火焰，心中一阵苦涩。这绝境，当真是令人上天无路，入地无门啊。

“看来只能期待奇迹出现了。”

干燥的嘴唇微微抖动着，感受着那种深入骨髓的灼痛。许久，萧炎缓缓闭上了眼睛，他已尽全力，接下来，是生是死，便听天由命吧。

绵延无尽头的岩浆世界中，没有时间的概念，而在那种非人折磨中，萧炎也分不出半点心思去关注时间过去了多久。他只知道，自己似乎随时都会在那炽热高温下，犹如衣袍般化为一堆粉末，消失在这岩浆世界中。

在这等煎熬之中，萧炎内心深处也涌上一阵难以言明的寂寞与孤独。岩浆世界深处，除了那岩浆流动时发出的声响外，再无半点其他声音，整片世界，仿若与世隔绝。那种茫茫天地间的孤独与沉默，令那饱受高温折磨的萧炎，再度感受到一种心灵上的疲倦与茫然。

或许这样的日子过得久了，他会忘记喉咙振动时发出的声音是如何动听，甚至，或许他还会忘记自己是一个人。寂寥、孤独一旦侵入骨髓深处，便挥之不去。

萧炎并不知道坚持了多长时间，随着时间的推移，他只能感觉到外界越加炽热的温度，不过好在经过如此长久的熏烤，他的身体似乎隐隐中对火焰的炙烤有了一些耐受性，因此那种片刻不停的灼痛，方才未能让他发疯。

陨落心炎拥有灵智，似乎还拥有着远非人类可比的耐心，想想也释然，在这种地方待了那么长的岁月，耐性不好那才有些奇怪了。而也正因为此，它并未选择用最猛烈的方式在极短时间中解决萧炎，而是选择用这种慢火炼化。不过，这种缓慢炼化，却让萧炎真正地体会到何谓生不如死的感觉。

在陨落心炎源源不绝地炙烤下，萧炎整个人都处于一种迷糊状态，他只能机械化地调动着体内青火不断地抵御着火焰焚烧，然后再机械化地吸收着周围那些难以汲取的能量，以补充本身的需要。

不过，这般机械化的操作，倒令萧炎隐隐感觉到自己对异火的操纵越加熟练，但这除了令他能够节省一些不必要的异火消耗之外，似乎并不能让他逃出去。

按照这种情形，或许要不了多长时间，萧炎便会彻底被炼化，而其体内的青莲地心火，也将会被陨落心炎吞噬。

在这没有时间概念的世界中，不知道又坚持了多久，或许是两天，一周，半个月，几个月……

某一刻，将萧炎从那种迷糊状态中惊醒的，是从手臂上传来的阵阵温凉感觉。这股温凉，就犹如是干旱了无数年的土地突然遇见倾盆大雨一般，令萧炎整个灵魂都颤了一颤，他猛然睁开双眼，脑袋一偏，旋即看见了那缠绕在其手臂上，不知道被遗忘了多久时间的七彩小蛇。

“吞天蟒？”混沌的脑子恢复了一些清醒，萧炎精神一振，惊喜地失声叫道。或许他自己都没察觉到，声音变得比以前干涩嘶哑了许多。

在这种孤独安静得令人发疯的地方，突然看见一个能与自己谈话的东西，可以想象，此刻萧炎的心情是何等激动。

不过，在激动之余，萧炎目光扫过吞天蟒的那对妖艳蛇瞳，心头却突然一惊。

此时吞天蟒的一对眼睛，正不断地变幻着颜色，时而冰冷，时而充满生机，显然，这具小身体里面的两个灵魂，似乎正在剧烈地争夺着身体的控制权。

对于这般争夺，萧炎没有半点办法，所以，他只能眼睁睁地干看着。

争夺，持续了将近十分钟，旋即，一道璀璨七彩光芒自吞天蟒体内涌出，它狠狠一甩尾巴，细小的身躯直接暴射而出，旋即飞快地窜出了萧炎青火的包裹范围。

吞天蟒刚出青莲地心火的包裹，那游离在外面的陨落心炎便迅速扑上，然而就在火焰即将沾到其身体时，吞天蟒突然在那七彩光芒之下，急速地蠕动了起来，旋即，一具赤裸如白玉般完美的娇躯，缓缓地出现在了萧炎目光之下。

望着那凭空浮现，并且拥有无比诱惑的妖艳美人，萧炎的心，却缓缓地沉了下来。

出现在面前的赤裸美人，妖艳而充满诱惑，足以令无数男人为之疯狂。当然，若是美人那张冷若冰霜般的脸颊能够稍稍多一点人情味，那就更完美了。

可是，不管面前的美人是何等完美，对于萧炎来说，都算不得什么太好的消息，毕竟这个女人实在是太过恐怖了。虽然当初与她有约定，不过对这个喜怒无常的美杜莎女王，萧炎心中始终保持最高警戒。

美杜莎女王刚一现出身形，那陨落心炎便有所察觉，一大团无形火焰突兀涌现，旋即对着她席卷而去，炽热的温度，即使以美杜莎女王的实力，脸色都略微有些变化。

纤手轻挥，璀璨的七彩光芒自美杜莎女王体内暴涌而出，将那无形火焰抵御而下。虽然她并没有异火，但是凭借着本身强悍的实力，即使是陨落心炎，想要炼化她也不是那么容易的事。

将无形火焰抵挡住后，美杜莎女王这才感觉到身处的环境有些不对，目光四处一扫，当瞧得陨落心炎之外那无尽岩浆之后，黛眉顿时蹙了起来，特别是当她目光停留在包裹在四周的陨落心炎时，冷漠的脸色终于沉了下来："异火？"

“嘿嘿，女王陛下，真是不好意思，我竟然把您给忘记了。”一道笑声突然响起，美杜莎女王那充斥着诱惑的美眸缓缓移向了盘坐在青莲上的萧炎，冷艳脸颊顿时一寒，对这个一直依靠着吞天蟒来要挟她的家伙，她从未抱太大的好感。

察觉到美杜莎女王那略有些冰冷的目光，萧炎不着痕迹地向后倾了一点身子。对于这个女人，他一直格外忌惮，以前有药老在倒还能有点底气，如今药老已经陷入沉睡，若是她想要对自己做点什么，还真反抗不了。

萧炎的目光虽然只是流连了一瞬便飞快转移，不过这并未逃过美杜莎女王的感应，当下红润嘴唇挑起一抹泛着冷意的浅浅弧度：“眼睛不想要了？”

萧炎干笑了一声，却不敢接过话头，谁知道这喜怒无常的女人，会不会一个不爽，将自己给就地解决？

“这里是哪儿？”纤手一挥，璀璨七彩光芒微微涨动，旋即便在美杜莎女王赤裸娇躯上化成一套红色衣裙，将那乍现的春光尽数遮掩而下。修长玉葱指捋过飘散在额前的一缕青丝，她淡淡地开口问道。

萧炎挠了挠头，迟疑了一下后，将两人处境简略地说了说。当他说到最后时，分明看见了美杜莎女王那缓缓竖起来的一对柳眉，当下声音也悄悄减弱了许多。

“我真后悔当初没直接杀了你！”美杜莎女王咬着一口银牙，气得浑身发抖，这个家伙竟然将自己带到了这种几乎是死境的地方。虽说她自诩实力超强，但经过上次在青莲地心火中的进化，她对于异火已经隐隐有些恐惧，可她没想到，再次掌控身体时，居然会被萧炎带到这地底深处，外面还有一个具有灵智的异火正对他们虎视眈眈！

萧炎尴尬地笑了笑，小心翼翼地道：“我也不想来这里的，女王陛下，您看，我们现在说什么都没用了，还不如联手突破这陨落心炎，然后逃生，如何？”

美杜莎女王阴寒着俏脸，却理也不理他，美眸盯着陨落心炎，片刻后，纤手一挥，一道七彩能量匹练暴射而出，旋即轰然砸在火焰之上。然而，这等强悍攻击，除了令陨落心炎泛起一阵涟漪外，似乎没有多大的用处。

见自己的一击竟然没有半点实质效果，美杜莎女王那对冷漠眸子中也闪过一抹凝重，先前一击虽然不是全力，可也不容小觑，没想到……

“这里是陨落心炎诞生的地方，它在这里的能量几乎源源不断，想要突破，可不容易。”一旁的萧炎望着美杜莎女王的举动，不由得出声道。

美杜莎女王柳眉一竖，刚欲冷叱，那被突然攻击的陨落心炎似乎有些愤怒，一团团无形火焰急速涌现，旋即对着美杜莎女王包裹而去。在那无形火焰恐怖高温的炙烤下，美杜莎女王身体表面的七彩光芒似乎也变得虚薄了。

体表斗气被焚烧变薄，美杜莎女王也有所感应，俏脸微微一变，纤手陡然结出奇异印结，旋即一圈七彩光芒暴涌而出，将那附体而来的无形火焰弹射开去。

刚刚弹开无形火焰，不等美杜莎女王松口气，便发现越来越多的无形火焰突兀涌现，铺天盖地地对着自己席卷而来。

脸色微沉，美杜莎女王只得将七彩斗气回缩，与那无形火焰形成僵持局面。

“你体内的那个老家伙呢？让他出来，凭你的实力，就算我们联手也破不开这异火！”再度与火焰僵持了一会儿，美杜莎女王终于知道这不是长久之计，美眸一转，看向萧炎，冷喝道。

“老师已经沉睡了。”萧炎苦笑着摊了摊手。

“该死的！”闻言，美杜莎女王更是怒火大盛，手掌扬起，掌心中七彩能量翻滚不休，看那模样，似乎恨不得一掌拍死萧炎。

“杀了我你也出不去。”到了这地步，萧炎也懒得再顾忌会不会激怒这女人，摊了摊手，道。

“本王什么险境没遇见过，这异火想要将我留下来，可没那么容易！”美杜莎女王冷笑了一声，旋即身形一动，便犹如鬼魅般出现在火焰边缘，纤手之上，恐怖劲风急速酝酿，旋即狠狠地砸在陨落心炎之上。

“嘭！”

低沉的响声，在这片区域回荡着，令萧炎额头之上涌出些许汗水，这狠女人，一旦真打破了陨落心炎的封锁，恐怕外面那岩浆海洋就会立刻涌进来了，虽然她或许不怕，但自己肯定支撑不了多长时间。

恐怖劲气砸在火焰之上，涟漪急速涌动，一个凹槽痕迹凸显而出，不过犹如橡胶泥一般，随着美杜莎女王手掌的离开，便缓缓复原，在这个地方，陨落心炎的确拥有着取之不竭的力量。

如此凶悍一击竟依然未取得多大效果，这下美杜莎女王的脸色终于变得极其严肃，这绝境的险情，比她想象中要高许多。

“本王就不信打不破你！”

冷艳动人的脸颊上闪过一抹煞气，美杜莎女王双掌间光芒再度大盛，然而就在其即将发出攻击时，陨落心炎却突然间变得犹如玉般光润起来，两点幽幽绿芒浮现，充斥着怒火的异样尖鸣声，在萧炎与美杜莎女王耳际响彻。

瞧得陨落心炎这般变化，萧炎心头陡然下沉，这个蠢女人，似乎将它激怒了。

美杜莎女王一对美眸充斥着杀意与冰寒地盯着那两点幽幽光芒，刚欲有所动作，脸色却陡然一变，白皙脸颊，涌上一阵异样红润，丝丝白雾，从其体内渗透而出。

“该死……这究竟是什么东西？它什么时候进入我体内的？”纤手捂着心脏所在的部位，美杜莎女王银牙紧咬，体内斗气爆发，将那团突然出现在体内的火焰，团团包围。

目光诧异地望着突然间脸色异样红润的美杜莎女王，片刻后，萧炎似乎明白了什么，心中顿时暗叫一声不妙，就在这瞬间，他清楚地感应到，一团极其炽热的心火，突然在体内浮现。

这团心火，极其浓烈与庞大，几乎是眨眼工夫，便笼罩了萧炎体内的各个角落，霎时，萧炎如同整个身体被投入了烤炉一般，那体表的青火似乎已经没有了半点作用，因为那温度，正在从萧炎体内扩散而出。

“这次……真的是要完蛋了。”感受着体内那股令人难以忍受的剧烈炙痛，萧炎不由得苦笑了一声。他能够感受到体内越来越炽热的温度，按照这种上升速度，过不了多久，他体内的五脏六腑，都会逐渐地被融化掉。

“啊！该死的火焰！”

就在萧炎因为体内高温而脑子陷入混沌时，突然一道凄厉的尖叫声响起，他挣扎着睁开眼，却见到美杜莎女王正抱着脑袋，一脸痛苦之色。在其头顶半寸处，两个有些虚幻的人影与蛇影，正在无形火焰的炙烤中不断纠缠。

“这个白痴女人，难道不知道陨落心炎对灵魂体有巨大的伤害吗？灵魂未能彻底占据躯体，那火焰，可是能直接灼烧灵魂的。”

若是美杜莎女王的灵魂彻底地占据了吞天蟒的身躯，陨落心炎那对灵魂有特殊灼伤的效果自然对其无用，而再凭借着她本身的实力，就算突破不了封锁，可陨落心炎想要炼化她，也是极其困难之事。不过可惜，不巧的是，不管是吞天蟒还是美杜莎女王，对于这具身躯都没有绝对的控制权，因此，她们几乎遇见了真正的克星！

在陨落心炎的这等倾力炼化之下，萧炎与美杜莎女王，皆真正地进入了生死的关头！

此次在萧炎体内出现的心火，比以往任何一次都要猛烈，甚至当初在接近陨落心炎本源炼体时，那心火强度都要比此刻弱上许多倍！

萧炎脸庞涨得发紫，皮肤上不断地泛起水泡，那从体内铺天盖地涌出的恐怖高温，犹如要将他的整个身体焚化一般。身处这般高温炙烤，若不是萧炎本身便掌控着异火，对这些火焰或多或少有一些抗性，再加上前段时间的心火锻体，恐怕在那恐怖心火出现的一刹那，他就会直接如同先前的衣袍般，嘭的一声化为一堆粉末。

不过饶是如此，那蔓延至体内每一处角落的高温，也将萧炎折磨得生不如死。他甚至都能够清晰地感觉到，体内血液在沸腾，经脉在扭曲，骨骼在发出不堪重负的呻吟声，照这样下去，用不了多久，萧炎这具身体便会彻彻底底地消失在这个世界。

“嘭！”

随着体内蔓延的心火越来越猛烈，萧炎一头黑发突然间爆发出一阵火花，旋即竟然尽数化为漆黑粉末，飘散而下，留下一个光溜溜如同灯泡般的脑袋。

萧炎并不关心头发已被焚毁，此刻，他正强忍着钻心的剧痛，控制着青莲地心火不断地驱逐着体内升腾起来的心火。不过这种举动似乎只是徒劳。陨落心炎在这岩浆世界中所拥有的力量，连美杜莎女王与药老都感到极为棘手，虽然萧炎倾尽全力地四处压制，却只能让心火升腾得越加厉害，而高温也越来越恐怖。

“这次真的是要完了！”

心神注视着宛如火炉般暴动的体内，精神缓缓传来一阵虚弱的感觉，一股无力的疲倦，悄然遍布了萧炎内心。

陨落心炎并没有仁慈之心，因此它自然不会去顾及萧炎的感受，反而逐渐地加大心火温度，它似乎已经能够感觉到，再过不久，便能够将青莲地心火吞噬了。

在萧炎陷入即将被炼化的绝境时，一旁的美杜莎女王似乎也不太好受，虽然凭借着本身强悍实力强行坚持着，不过其头顶上不断纠缠的两个灵魂，却显示出她也在忍受着极其剧烈的疼痛。而且，这剧痛还是自灵魂深处蔓延而出，丝毫不会比萧炎所受的折磨轻多少。

随着时间的推移，美杜莎女王脸颊上的痛苦突然间像减轻了一些，其头顶上那团无形火焰中的人影与蛇影，似乎悄然地有融合的迹象。

看样子，美杜莎女王虽然受到灵魂灼烧的折磨，但那陨落心炎，似乎在误打误撞间，将美杜莎女王与吞天蟒的灵魂，炙烤得悄然融合了起来。虽然这种融合极为缓慢，不过可以想象，一旦她坚持到两个灵魂彻底融合，便能够彻底掌控这具身体，而届时，陨落心炎对她的克制便会自动失效。

陨落心炎虽然具备一些灵智，但明显对这种情况也不清楚，因此，它不知，在它加大心火炼化时，却暗中帮了美杜莎女王一个大忙。

当然，这只是美杜莎女王的处境，与之相比，萧炎则要凄惨许多。因为随着体内温度的持续升高，再过不了多久，他这具肉体便会在高温中缓缓融化。

脸庞赤红，萧炎此刻的形象，极为骇人。而随着体内温度的升高，其皮肤竟然也悄悄地崩裂开来，滚烫的鲜血涌出，转瞬间便将他浸染成一个血人。

外表形象骇人，萧炎体内更是惨不忍睹，经脉干枯而扭曲，犹如被火焰烧过的塑料管子，体内各种器官也严重变形，若非有青莲地心火的倾力保护，恐怕他就直接被高温给蒸发了。

当然，变得凄惨的还不止这些，气旋之中的那海胆斗晶，也在此刻变得如被丢进油锅中，红通通的不断冒着热气，里面所充斥的斗气，似乎都变得沸腾了起来。

体内体外这般凄惨状况所导致的直接结果，便是令萧炎瞬间处于濒临死亡的重伤状态，一丝混沌意识在体内缓缓飘荡，随时都有消散的危险。而一旦这丝意识消失，那么便宣告他的死亡，同时，也宣告了陨落心炎的炼化成功，其体内的青莲地心火，将会被它完全吞噬。

似乎感受到自己的目的即将达到，陨落心炎略有些亢奋，两点幽幽绿芒牢牢地盯着满身鲜血的萧炎，绿芒涨动间，那在萧炎体内四处游走的心火所释放的温度也越加恐怖。

“老师……对不起了，我……尽力了……”

越来越稀薄的意识，令萧炎犹如步入了一个黑暗的世界，极其虚弱的喃喃声，带着最后一道意识，悄悄消散。

在萧炎意识步入黑暗的那一霎，他盘腿而坐的青莲，突然间散发出淡淡的绿芒，最后犹如忍受不了那种高温一般，居然开始融化了。

随着融化的加剧，整个青莲迅速地融化成一大团青色液体，液体蔓延，旋即将萧炎赤裸的身躯完全包裹进去。

“咔！”

在青色液体包裹萧炎时，其手指上的纳戒，也在这等高温中崩裂出了些许缝隙，片刻后，终于轰然爆裂，一大堆各种各样的东西，突兀浮现。

青色液体将那些从纳戒中掉出来的物品全部包裹，缓缓流转，随后将那些卷轴等等杂七杂八的东西全部剔除，所遗留下来的各种东西，则都是药材以及各种各样的丹药。

液体流转，那些被萧炎储存在纳戒中的所有药材与丹药，都在青色液体中缓缓融化，最后，一道道色泽不同的药液浮现，将青色液体渲染得五颜六色。

纳戒中的药材与丹药，是萧炎所有的收藏，而此刻，那青色液体由于没有什么灵智，就犹如煮大杂烩一般，将它们乱七八糟地汇聚在一起。那些丹药之中，有不少高阶级别的，而那枚药老辛苦炼制出的地灵丹也正在其中。不过此时它也化为一道最为雄浑的暗红药液，与五颜六色的液体掺杂在一起。

这些乱七八糟的东西汇聚在一起，究竟是毒药还是补药，没人能知道。因为这本来就只是一种巧合，高温使青莲融化，再将纳戒炸裂，然后各种药材以及丹药便莫名其妙地汇聚，然后，就是更莫名其妙地浸润着萧炎那副被摧残得体无完肤的身体。

色彩斑驳的液体将萧炎整个人都牢牢包裹，不断地顺着毛孔与伤口流进萧炎体内。

这些融合了无数丹药、药材的液体流进萧炎体内，一丝丝地流转至全身每个部位。而随着它们的侵进，那些原本即将濒临毁灭的经脉、骨骼、血液，却奇异地缓缓泛出了光泽，并且犹如遇见春雨的小树般，再度顽强生长！

萧炎体内突然泛起的一丝生机，也引起了陨落心炎的注意，当下绿芒闪动，那充斥萧炎体内的心火，再度爆发出恐怖的温度！

突然爆发的高温，令那些刚刚才有些生机的经脉、骨骼、血液、肌肉等等再度继续萎缩，不过当那斑驳而雄浑的液体继续流淌而过时，生机诡异地再度浮现！

心火不断破坏，斑驳液体不断修复。

两种东西，在萧炎体内犹如拉锯战一般，每当心火将一处经脉或者骨骼、肌肉等焚烧得即将爆裂时，那奇异液体便会立刻将之浸润得散发生机，然后如此重复、循环，永无止境……

这种拉锯战所产生的剧痛，几乎无人可以忍受，不过好在此刻的萧炎，已经因为濒临死亡，而进入了一种假死状态，因此那种非人剧痛，他倒没有半点感觉。不然的话，就算那混合了无数东西的奇异液体能够修复身体，他也会在那种剧痛中，被折磨成一个疯子。

茫茫岩浆深处，一团略有些偏白的无形火焰飘荡其中，而在无形火焰内，赤裸的一男一女，皆在经历着一种对各自来说几乎是翻天覆地的缓慢蜕变。

蜕变极其缓慢，而且没有谁知道究竟会持续多久，或许一月，或许半年，也或许一年，或许更久……

不过有一点却毋庸置疑，若他们能够在这等蜕变中熬下来并且醒来，定然将实现真正的脱胎换骨！

蜕变，在缓慢进行着！

第十七章
晋阶斗王

岁月如梭，春去秋来，不知不觉间，距当初发生在内院那场惊天动地的大战，已经过去了一年时间。

当年大战中几乎变成废墟的内院，再度焕然一新。一年中，有的老生走了，也有更多的新生来了，整个内院依然充满活力，每天有无数的新生为了获得那强榜的荣誉而挥汗如雨地努力奋斗着。

当时光自指尖划过时，偶尔有人会将目光投向耸立在内院一角的天焚炼气塔，想起逐渐掩埋在记忆深处的那场惊天大战，想起在那场战斗中宛如神灵般，最后却黯然陨落的青年，旋即唏嘘不已。若那人还活着，他定然已经成为内院除了大长老苏千之外的最强者了吧。

一年时间，红了樱桃，绿了芭蕉。在这一年中，或许是因为想要提升竞争力，内院吸纳新生的速度倒比以往快了许多。因此，这内院之中的人气越来越高，而且随着人数的增多，各种各样的小势力也犹如雨后春笋般，络绎不绝地涌现而出。内院从来不缺少天才似的人物，短短一年时间中，便有不少新生势力脱颖而出，挤入内院一线势力之列。

新生容易骄狂，特别是在取得一些成绩后，这种骄狂更滋生得厉害。不过，不管这些新生势力何等狂妄，在面对着一个如今已经成长为庞然大物的势力时，却依然没有半点挑战的勇气。虽然他们也知道，这个势力在内院成立的时间，满打满算也就两年而已，但是其实力却已傲视全院。这等声势，就算是内院长老层，都为之侧目，只是因为那势力名为磐门！

它的创建者，是当年那个拯救了整个内院的青年，他的名字，即使如今，也依然是所有人嘴里颇为熟悉的名字。

萧炎！

当时间在外面那个丰富多彩的世界中流动时，地底深处的岩浆世界中，时间却犹如凝固以及不存在一般，在这种了无生机的地方，似乎没有谁会理会时间的流逝。

当然，好像也有例外。

岩浆深处，一大团略微偏白色的火焰缓缓游荡着，那团白色，在这满是赤红的世界中，显得分外刺眼。

视线拉近，瞧得仔细，方才能够发现，在那团白色火焰之内，似乎隐隐有两具赤裸的身体，只不过这两具身体皆极其安静，纹丝不动的模样，宛如死尸。

岩浆世界，没有时间概念，这团火焰也漫无目的地缓缓飘荡着，直到它达成目的的那一刻。虽然它也感觉到了这两个人很难炼化，不过它的耐心很强，一年时间，对于它漫长的岁月来说，简直就是弹指间而已。

这里是一片黑暗的空间，黑暗得极其纯粹，甚至没有哪怕一丝的光亮，只有一道混沌的意识，犹如梦游一般，缓缓地在其中游荡，没有起点，也没有终点。

黑暗中的游荡不知道持续了多久，或许一年，或许几十年，没有人清楚。只是，似乎在遥远的某一刻，黑暗世界中突然出现了一点淡青色的光芒，受那淡青光芒的指引，飘荡且混沌的意识犹如柳絮般，不由自主地缓缓飘飞过去。

在混沌意识接近淡青色光芒时，方才能够发现，原来这是一簇不断摇曳的青色火焰。

火焰不大，却散发着一股浸润灵魂的温暖感觉，而在这温暖光芒的照耀下，混沌的意识，似乎在缓慢地恢复清醒，潮水般的记忆急速涌现，令那道意识，终于寻回了原本属于自己的东西。

“我……还活着吗？”

极为细微的喃喃声音，悄然在这片黑暗的世界中响起。旋即，整个黑暗世界突然泛起阵阵涟漪，突然间，有几缕光束穿破黑暗，照耀在了那道意识之上，令他缓缓地睁开了眼睛。

入眼处，依旧是记忆中的赤红，以及那团曾经最为忌惮的火焰。不过，从无尽黑暗中苏醒或者说复活的人，却略有些茫然地低头看着自己的身躯，白皙健硕，没有半点损坏，五指略有些陌生地缓缓紧握，一股前所未有的充实力量悄然涌现！

如墨般漆黑的眼睛中，茫然缓缓退去，赤裸着身躯的青年心神一动，未进入修炼状态，便瞬间将体内所有东西看得清清楚楚。

那在失去意识之前，已经变得扭曲与干枯的经脉，此刻正犹如一根根晶莹剔透的宽敞管道般，在体内散发着淡淡的荧光，虽然未有什么动作，可他能够清楚地感觉到，如今体内这经脉，与以往比起来，不管是韧性还是容纳度，皆有一种飞跃的蜕变！

心神从经脉上转移开去，缓缓扫遍全身，并未发现任何一处虚弱的地方，反而，如今的这副身体，与其失去意识之前相比，几乎是天壤之别！

甚至，他在想，恐怕光是这具肉体所发挥出来的战斗力，便会比以前使用斗气之后，更加强悍与恐怖！

对了，斗气！

心头猛地一动，心神瞬间便出现在气旋之内，望着那空荡荡的气旋，整个人突然间呆滞了。

“斗晶呢？斗气呢？”

刚刚有些血色与红润的脸庞，在此刻再度变得煞白，曾经体验过那种没有斗气生活的他，非常清楚地知道，若是失去了斗气，对他来说将会是一种何等可怕的打击。

就在他为斗气的诡异消失而有些精神恍惚时，体内却突然传来一阵轰隆的声响，旋即，他便极其惊愕地看见，一股股犹如洪水般的雄浑斗气，突兀地从身体各处部位奔涌而出，流淌在晶莹的经脉之中。而在斗气奔涌间，那晶莹剔透的经脉，则犹如早就修建好的河坝被汹涌大水灌满一般，经脉一缩一胀，发出一种听不见的欢愉声音。

“这些斗气……”

错愕地注视着那些如洪水般奔涌的斗气，他分明瞧见，这些斗气似乎是直接从体内各处部位涌出来的，而并非是像以前那般，经过气旋的运转方才出现。

眼睛眨了眨，恢复了清醒的青年隐隐间似乎明白了一点什么，心神从体内退出，缓缓地摊出手掌，旋即，猛然一握！

随着其手掌紧握，其面前的空间突然一阵波动，一团火红能量诡异地涌现而出，最后悬浮在其掌心上。

漆黑眸子闪烁着异样光芒，青年随后散去手掌上的能量，肩膀轻轻一颤，体内斗气突然沿着一个奇异的经脉路线，从其后背暴涌而出。

“嘭！”

青色的火焰双翼，猛地自背后弹射而出，宽约一丈多长的弧度，宛如凤凰之翼，华丽而惊艳。

“斗气化翼……”

微微偏头，眸子望着那从背后伸展开来的青色火焰双翼，他现在没有动用飞行斗技，也没有施展秘法，更没有借助别人的力量，他是完完全全靠自己施展出了斗气化翼！

微微失神，青火映照在那张添了一分成熟的清秀脸庞上，旋即，一丝弧度悄悄地从其嘴角蔓延而起，他非常清楚完全依靠本身实力形成斗气化翼代表着什么。这代表着，从此以后，他萧炎，真正地踏足了大陆强者的阶层！

“老师，看来天不绝我们师徒啊！”萧炎低头抚摸着手指上那枚漆黑戒指，轻声笑道。

目光瞟过手指，萧炎手掌突然一僵，旋即疑惑地喃喃道：“纳戒……不见了？”

微微皱眉，萧炎抬起目光，飞快地在周围扫视一圈，旋即眉头一挑，手掌微旋，一股吸力爆发而出，一堆东西立刻暴射而来，最后悬浮在其身前。

眼睛瞟过面前的玄重尺以及卷轴等物品，萧炎发现，似乎他纳戒中的所有丹药与药材，都消失不见了。

“我能复活，便是这缘故吧。”萧炎若有所思。因为他发现，原本屁股下面的青莲也同样是没了踪迹，看来这些东西的失踪，应该和他能够复活有关系。

暂时不去理会这些，萧炎将目光投向了另外一处。那里，浑身赤裸的妖媚美人正紧闭着双目，而在其头顶处，原本一蛇一人的两道灵魂，此刻几乎已经融合了大半之多。看来，再给她一些时间，她便能够彻底地将灵魂融合并且占据这个身躯。

“看来这灵魂融合，还是美杜莎女王占据上风啊。不过她们本就一体，吞天蟒因她而生，她因吞天蟒而活。”望着融合得颇为顺利的美杜莎女王，萧炎略一迟疑，终于还是放弃了打断她的念头。这个女人虽然喜怒无常，但日后对他说不定有一些帮助，若说以前，药老沉睡，萧炎自然对她极为忌惮，可如今自己实力也暴涨，已经可以自保，就算以美杜莎女王的实力，想要击杀他，也不可能像以前那般轻松。

而这，便是斗王与斗灵之间的差距。在真正的强者眼中，只有到达斗王，方才能够称为强者。

斗王之下皆蝼蚁，这话并不假！

就在萧炎沉吟间，那团陨落心炎，却突然一阵颤动，旋即一对幽幽绿芒，缓缓浮现而出。

当那对绿芒扫中再度活蹦乱跳的萧炎时，愤怒的尖鸣声，顿时响了起来，旋即，幽光大盛，一团极其猛烈的心火，再度诡异地出现在萧炎心中，然后开始疯狂地肆意破坏。

体内心火再度出现的刹那，萧炎脸色也微微一变，有那差点被陨落心炎搞死的经历，他现在对这心火也极其忌惮。不过，就在他急忙调动体内斗气准备压制心火时，却惊愕地发现，那团心火虽然竭尽全力地释放着恐怖高温，可对他并未造成想象中的破坏与剧痛，反而令他浑身充满了一种暖洋洋的感觉。

挠了挠已经再度生长出来的黑发，萧炎一脸茫然："难道被烧习惯了？"

药老已经沉睡，自然没人来回答他的问题，不过既然发现陨落心炎的心火对自己已经没有太大的效果，那么是时候讨债了。

缓缓抬起头来，萧炎注视着那两点幽幽绿芒，一抹森然笑容，在其嘴角迅速扩大。

第十八章
异火相融

似是感应到那自萧炎体内缓缓溢出的杀意，陨落心炎顿时犹如被激怒了一般，发出尖锐刺耳的尖鸣声，游荡的幽幽绿芒，也变得浓郁了许多。

萧炎懒懒地伸直身子，抬头望着那对绿芒，笑道："怎么？烧了我这么久，还不满意？"

幽幽绿芒，越加强盛，而当愤怒的尖鸣声再次响起时，陨落心炎表面突然浮现一圈犹如玉石般的光芒，玉光缓缓流动，仿佛具有灵性一般。在玉光出现之后不久，一团团炽热无形的火焰突兀地自火焰四壁上涌出，最后从四面八方对着萧炎包围而去。

与此同时，在外部开始大肆进攻时，陨落心炎也再度在萧炎心中召唤出了猛烈心火，看其举动，明显想在这内外夹攻之下，将萧炎这顽固的家伙给彻底干掉。

"还是这些把戏……"

望着那些涌来的无形火焰，萧炎笑着摇了摇头，屈指一弹，比以往雄浑了不知道多少的青色火焰突然自体内暴涌而出，将那些无形火焰尽数抵挡。而至于体内那些最具破坏力的心火，在他刚欲指挥斗气包围时，便略有些错愕地发现，在心火蔓延那一霎，体内突然爆发出一阵奇异的荧光，而在这荧光的照射下，那泛着恐怖高温的心火就如同遇见了克星一般，急速退缩，眨眼间，便完全消散不见。

“这是？”惊疑了一阵，萧炎望着体内那些奇异荧光，有些茫然。这东西是从哪里冒出来的？竟然连陨落心炎的心火都惧它？

沉睡了那么久，萧炎自然不知道体内发生的那些事，那融合了青莲以及无数药材、丹药的奇异液体，在与心火的循环对峙中，不仅将萧炎那残破不堪的身体尽数修补并且强化，而且随着时间的推移，对心火的抗性也越来越强，甚至到后来，几乎完全抵抗住了心火的攻击。而随着心火的逐渐失效，那些奇异药液也缓缓地浸润进萧炎体内各处角落，而先前的那些荧光，则是它们在遇见老对手时发出的。

这些荧光对于陨落心炎心火的抗性，是在漫长时间中逐渐磨合得来的，毫不客气地说，只要萧炎体内有这种荧光的守护，那陨落心炎的心火焚烧效果，对他便得大打折扣。

而这，便是他对陨落心炎进行反攻的最大倚仗！

周身火焰熊熊燃烧，释放着惊人的温度，而其中赤裸着身躯的青年，却一脸温和笑容，难以想象，在他苏醒之前，还曾经在这种火焰的炙烤下生不如死。

感受着体内在奇异荧光的照耀下逐渐消退的心火，萧炎终于放下了心中的大石，虽然他并不十分确定在他沉睡时发生了什么奇怪的事，但是现在他却明白一点，那便是陨落心炎对于他来说，已经不再恐怖。

“三十年河东，三十年河西，接下来，就让我们来换换吧！”萧炎抬头，冲着那两点幽幽光芒咧嘴一笑，白灿灿的牙齿透着一抹森然。

“叽！”

尖鸣声带着怒火响彻而起，两点幽幽绿芒猛然大涨，旋即一大团略微偏白的无形火焰突兀浮现。随着这团火焰的出现，外面的赤红色岩浆也突然间沸腾了起来，无数气泡翻滚不休，紧接着爆裂开来，释放出一股淡淡的火毒与炽热。

“冥顽不灵……”

瞧得陨落心炎这般剧烈的反抗，萧炎微微冷笑，手印一动，那缭绕在其体表的青色火焰突然迅速回缩进体内。随着青火的回缩，那围绕在外面的无形火焰便犹如饿狼般地扑上，就在它们即将接触到萧炎身体时，一束奇异荧光，却自萧炎体内，缓缓散发而出。

无形火焰一接触到那奇异荧光，便犹如老鼠见到猫，残雪遇见沸油般，急速地向后窜去，甚至那团刚刚被陨落心炎召唤出来的偏白火焰，表面也泛起了一阵阵剧烈的涟漪波动。显然，它们极其忌惮那束荧光。

奇异荧光，在与陨落心炎漫长的对峙中，依靠着本身奇特的兼容性，逐渐地衍变成了后者真正的克星。

望着那些急速缩退的无形火焰，萧炎轻轻眨动眼睛，漆黑眸子中，竟然也泛上了一缕奇异荧光。

随着荧光充斥萧炎眼睛，那出现在他面前的世界，顿时大变。

虽然依旧是一片赤红的世界，不过周围的陨落心炎却缓缓变得透明了起来，一团巴掌大小、有些偏向乳白色的火焰小蛇，正不断地闪动着。小蛇眼瞳中充斥着无形火焰，眼珠转动间，看上去颇为灵动，很明显，这个小蛇具有灵智。

而在萧炎注视火焰小蛇时，小蛇似乎也发现了他，当下那对蛇瞳中便泛起了凶芒，一股股恐怖的无形火焰，缓缓自其体内升腾而起。

“这便是陨落心炎真正的本源所在吗？”

萧炎轻笑了一声，虽然周围的那一大团火焰看上去似乎都是陨落心炎，不过想要将之破解，就必须寻找出最核心的部位，这条火焰小蛇正是核心所在！

只要将它抓住，便能真正地将陨落心炎捕获！

缓缓伸出修长的手掌，萧炎嘴角一挑，熊熊青火，将手掌包裹得严严实实，随即，再度在青火之上覆盖了一层浓郁的荧光。

手掌呈爪形，微微卷曲，萧炎冲着那火焰小蛇隐藏的方位嘿嘿一笑。

瞧得萧炎的笑容，那用肉眼根本瞧不见的火焰小蛇似乎察觉到有些不妙，尾巴一甩，细小的身躯便犹如闪电般，四处乱窜，想要借此来躲避萧炎的视线。

不过不管它如何乱窜,却始终都在周围火焰的范围之内。若是它想要真正逃离,就只能操纵周围火焰一起离开，不过这样的话，想要吞噬炼化萧炎体内异火的目的就得泡汤了，这对于它来说，是绝对不可能的事。

陨落心炎虽然具备灵智，可想要真正像人类那般思绪豁达通畅，依然还需要更长久的进化方才有可能。

“想跑？”

在布满荧光的眼睛视线中，火焰小蛇的一举一动都格外清晰，萧炎笑着摇了摇头，身体保持不动，而其脚底处，淡淡的银色光芒，带着细弱的雷鸣声悄然浮现。

身体寂静了半晌，猛然间，萧炎身体微微一颤，一道犹如实质般的残影驻留原地，而其身形，却宛如鬼魅般地出现在了一处火焰壁前，被青火与荧光重重包裹的手掌狠狠探出，一把钻进火焰壁之中，旋即用力一握，飞快地闪身而退！

“叽！”

萧炎身形快若鬼魅，眨眼工夫，其身形便闪回先前之地，与那道还未完全消散的残影完全融合在了一起，只不过，这一次，在其右手上的荧光包裹中，一条火焰小蛇正疯狂地四处乱窜，不断地发出尖利的嘶鸣声。

随着火焰小蛇被抓住，那周围的火焰壁变得虚薄了许多，不过并未就此破裂。

萧炎眼睛泛起一股狂热，死死地盯着手掌中那条乳白色的火焰小蛇，一抹狂喜之色，浮现在脸庞。没想到这必死之局，不仅没有让他丢掉小命，反而在误打误撞中直接晋阶斗王，而且如今，还能如此轻易地将陨落心炎捕获到手！

所谓险中求富贵，这话当真不假！

虽然有青火与荧光的两重隔绝，但那从陨落心炎上所散发出的温度，依然令萧炎手掌有种不太剧烈的灼痛，这让萧炎有些庆幸。若是那奇异荧光与青莲地心火缺少任意一种，恐怕他都拿陨落心炎没有办法，毕竟，那经过无数岁月积累的火焰，实在是太恐怖了。

不过如今既然已经抓捕成功，那么接下来，便是最重要的炼化与吞噬了！

目光紧紧望着那在荧光中疯狂蹿腾的火焰小蛇，萧炎眼中逐渐地涌出一抹森然，手掌紧握，低头望着手指上的那枚漆黑戒指，轻声喃喃道："老师……保佑学生炼化成功吧……成与败，便看此举了！"

想要逃离这无尽岩浆世界，便必须将陨落心炎搞定！

话音落下，萧炎不再有丝毫的迟疑，身形一坐，便盘腿悬浮，手掌之上，青色火焰猛然大盛，而在青火疯狂煅烧中，那火焰小蛇则缓缓下沉，最后，顺着萧炎的手掌，涌进了其身体之中！

随着陨落心炎入体，萧炎身体瞬间便僵硬了！

真正的大战与对峙，终于拉开了序幕。萧炎若是能够将这第二种异火炼化吞噬，恐怕他的实力，将会再度呈飞跃似的提升，而那神秘的焚诀也将会真正地进入成熟阶段！

熬过这一次，萧炎得到的好处，将不可计量！

熬不过，说不定就会在两种异火碰撞所产生的余波中，彻底化为粉末，而到时，不管再出现何等奇迹，怕都再难以将之挽救！

陨落心炎一进入萧炎体内，便立刻爆发出极其恐怖的温度，在这般高温下，即使萧炎体内有异火以及那奇异荧光的保护，也逐渐变得滚烫乃至灼痛了起来。这陨落心炎本源虽然体积不大，却积累了无数年方才成形，自然非同凡响。

然而体内虽然再度出现灼痛之感，但经历过上一次那种生不如死的剧痛后，现在却并非不能忍受，萧炎当下强稳住心神，澎湃的青色火焰从体内暴涌而出，旋即形成天罗地网，对着那在体内肆意破坏的陨落心炎包围而去。

此刻的陨落心炎，虽然被萧炎吸收进了体内，不过明显还具备自己的意识，因此对于萧炎的围剿，它却颇为狡猾地四处窜动，恐怖的高温虽然已经不再能够令萧炎痛不欲生，可久而久之，难免让人心生烦躁。

抓捕持续了十分钟左右后，萧炎终于停止了这无谓的举动，如此拖延，毫无成效。

“我就不信抓不住你。”

心神缓缓沉寂，一丝丝浓郁的荧光，突然自体内各处渗透而出，最后蔓延至身体中的每一个角落。

在那荧光的映照下，行迹诡异的陨落心炎，终于变得略有些缓慢了起来，而萧炎则趁机抓住一个机会，使用青莲地心火，将之团团包围。

体内，在青火的重重包围中，那团陨落心炎并未就此放弃，反而困兽犹斗般的剧烈挣扎，不断地释放着恐怖温度，而在那愈加强烈的温度下，萧炎原本平静的脸色，也缓缓浮现出一抹痛楚。

强忍着灼痛，萧炎心神一动，青火在体内呼啸，急速涌动间，凝聚成一个碧绿的火球，而在火球内部，则是那拼命想要挣扎逃脱的陨落心炎。

心神透过火焰，泛着狠厉地注视着其中的陨落心炎，萧炎心神一转，火焰翻滚，旋即一股股青火延伸而出，犹如一条条管道般，插进了那团巴掌大小的乳白色陨落心炎之中。

随着青色火焰的灌注，那团陨落心炎似也感觉到不妙，立刻剧烈地翻腾了起来，不过由于周围有青莲地心火的重重拦截，因此不管它如何蹦跶乱窜，都难以逃出这对它来说宛如天罗地网般的封锁。

因为陨落心炎具备自己的意识，所以萧炎若想将之吞噬炼化，那就必须先抹去它的意识，不然的话，强行吞噬，只能引起两种异火的抗拒，届时一旦爆发，最先倒霉的便是他。而现在萧炎的举动，便是在控制着青莲地心火侵进陨落心炎之中，彻底消除其中的那份意识！

陨落心炎也清楚萧炎的意图，所以它也拼了命地反抗着，不过到了此时，它几乎已经沦为砧板上的鱼肉，是杀是剐，全看萧炎的意愿。

世间之事，本就是风水轮流转，在前面，陨落心炎本可炼化萧炎，然而却因为种种关系而失败，而此刻，占据上风的一方转到了萧炎身上，他自然不可能轻易放过陨落心炎！

陨落心炎的反抗，并未取得太大的作用，随着源源不断的青莲地心火灌注而进，陨落心炎的反抗也越来越微弱。虽然变微弱的迹象很缓慢，不过这至少向萧炎传达了一个消息，那便是陨落心炎的意识已经开始被青莲地心火侵蚀。

萧炎却突然隐隐听见一种从陨落心炎中传来的声波，虽然并不清楚这声波是什么意思，不过那其中的求饶意味却分外明显。

“求饶吗？”嘴角掀起一抹森冷，萧炎冷笑道，“当初炼化我们师徒俩时，怎不见你饶我们？若非是我好运，怕此刻早就被你吞噬了吧！”

话音落下，萧炎心神一动，输送青火的速度便变得越加迅猛，面无表情的他，丝毫不为陨落心炎的求饶而有半分动摇。

侵蚀进行得极为缓慢，不过萧炎并不急。毕竟异火是天地间最具毁灭力量的东西，凝聚出自己的意识所需要的岁月，可是一个极为恐怖的数字，如今想要将之抹去，就算不需要那等悠久岁月，可短时间内就想将之搞定，明显是在痴人说梦。

时间，在这等枯燥的侵蚀中缓缓流逝，萧炎也犹如老僧入定般，丝毫不为外物所动，他凝聚着心神，将所有的关注全部都投到那团乳白色的火焰之中。

这般缓慢侵蚀，不知持续了多长时间，或许是一月，或许是更久，时间的概念在这里变得极其模糊。

青色火球内，那团乳白色火焰，已经从以前的剧烈挣扎反抗变成了现在的安静温和，这显示着，陨落心炎之中的意识，已经逐渐地消失殆尽。

“咔！”

宁静的体内，突然间传来一道细微的声音，而随着这声音的响起，萧炎安静的心神也狠狠跳了一跳，转向被青火重重包围的陨落心炎。此刻，陨落心炎正悬浮在其中，乳白色的火焰光芒，温暖而祥和。

原本充斥着攻击与破坏性的陨落心炎，经过萧炎长时间的侵蚀，那丝意识终于彻底消散，现在的陨落心炎正如它刚刚出生时一般，不具备丝毫攻击性。

“终于成功了吗？”

随着陨落心炎意识的消散，萧炎的心神，缓缓地从那种类似休眠的状态中清醒过来，虽然他并没有确切地计算时间，可也能隐隐感觉到，这次的侵蚀，怕是消耗了不少的时间。

“不管消耗多少时间，总比永远地困在这里要好。”心中自我安慰了一下，萧炎心神一动间，那包裹着陨落心炎的青火球便迅速散去，而陨落心炎安静地悬浮着，本体的温度，也收敛得令萧炎感受不到灼痛。

“接下来，该炼化了。”

注视着那团陨落心炎，萧炎一笑，心神控制着那团陨落心炎，缓缓地将之移进经脉之中，然后，开始沿着焚诀的功法路线，悄然运转。

炼化失去意识的陨落心炎，比萧炎想象中的要轻松，或许是这具身体被那该死的火焰烧了很长一段时间，而使得两者隐约间有种默契的缘故吧。这次炼化陨落心炎，比萧炎第一次炼化青莲地心火时更加顺利。

当然，顺利归顺利，却与侵蚀陨落心炎意识时有一个共同点，那便是进程依然极其缓慢，缓慢得令人有种崩溃的感觉。

不过还好，不管那缓慢达到何等可怕的程度，但至少最终都会到达终点。

当陨落心炎被顺利炼化的那一刻，萧炎再度从休眠状态中苏醒过来，心神望着那安静流淌在经脉之中的陨落心炎火种，一股喜意缓缓地从内心深处攀爬而出，最后在年轻的脸庞上布满愉悦笑容。

萧炎并未急着立刻控制它与青莲地心火相融合。他清楚，这一步融合，是修炼焚诀中最重要，也是最危险的一步。

缓缓睁开眼睛，萧炎望着那包裹在外面的偏白色火焰，轻轻一笑。这些原本对自己极具攻击性的火焰，如今却犹如变成了自己的手臂般，指挥起来，得心应手，没有丝毫的迟滞之感。

目光转向火焰中的妖媚美人，美杜莎女王依然处于灵魂融合状态中，只不过看她头顶上已经越加凝实的灵魂，明显已经进入了尾声，或许要不了多长时间，这位美杜莎女王便将会彻底地掌控这具身体，而到那时，她也会真正跃身成为斗宗阶别的超级强者！

安静地歇息了一段时间后，萧炎终于收整好心思，脸色凝重地将心神沉入体内，开始尝试那对他来说，最后也是最为重要的一项步骤——融合青莲地心火与陨落心炎！

若是能将两种火焰成功融合，萧炎不仅实力会大幅度提升，而且焚诀也会呈飞跃般的进化，届时，萧炎的战斗力，也将会再次突飞猛进！

若是失败的话，那下场，将会比上一次更加凄惨。

焚诀能够给予人掌控几种异火的力量，但是，得到这种力量的人，也将付出比寻常人多出无数倍的艰辛。

晶莹剔透的宽敞经脉中，乳白色的火焰如潮水般疯狂涌动着，陨落心炎在被萧炎彻底炼化之后，犹如一个乖宝宝般，对于他的指挥没有丝毫的抗拒性，完全没有了以前的那种桀骜。

心神控制着陨落心炎顺着经脉流转着，如此经过好几圈循环之后，陨落心炎缓缓地灌注进了那已经变得空荡荡的气旋之内。

当陨落心炎完全进入气旋之后，萧炎缓缓地吐了一口气，旋即心神一动，只见气旋中心位置处，用来储存异火的纳灵中，顿时涌出铺天盖地的青色火焰。

随着青莲地心火的出现，那原本安静的陨落心炎顿时沸腾了起来，异火皆极具破坏力，若是两种异火碰撞在一起，不是吞噬对方，那便是被对方吞噬，再没有第二种选择。因此，青莲地心火刚刚出现，就算陨落心炎被萧炎压制着，可依然凭借着本能蠢蠢欲动了起来。

当然，蠢蠢欲动的并不只是陨落心炎，那一直极其听话、并且多次救萧炎于生死中的青莲地心火，也微微翻腾着，本能驱使着它要将对面的异火吞噬，那样，它会变得更加强大。

“难怪总是说炼药师顶多只能掌控一种异火，没想到它们间的抗拒性竟然这么强。”压制着青莲地心火与陨落心炎的翻腾，萧炎在心中无奈地道。

“若是没有焚诀的话，想要将它们融合在一起，怕只能引火自焚。”念叨了一声，萧炎心神微动，一股雄浑的斗气便飞快地自体内涌现，沿着焚诀功法路线运转了一圈，然后小心翼翼地灌注进气旋中，犹如一条界线般，矗立在陨落心炎与青莲地心火之间。

“接下来，便开始融合吧。”

心神狠狠地吸了一口不存在的空气，萧炎终于不再迟疑，心神发布一道命令！

命令一发布，两种异火身上的压制也尽数消散，失去了压制的它们，就犹如下山猛虎般，带着令人胆战的咆哮声，轰隆隆地暴冲而下，最后，狠狠地碰撞在了一起。

“轰！”

虽然两股火焰间有一层焚诀斗气阻拦着，不过撞击时，依然发出了一道低沉嘹亮的声响，炽热的温度悄悄地在气旋之中升高。

萧炎小心翼翼地操控着那股焚诀斗气将两种火焰隔绝开，不过即使如此，两种如此接近的异火，也犹如海浪般不断地翻滚，最后如同互相攀比般，不断地释放着高温，那架势就像是要将对方比下去一般。

一股股焚诀斗气源源不断地顺着经脉运转，然后灌注进入斗气，最后侵入两种异火之内。而随着这些拥有异样能力的焚诀斗气加入，本来犹如炸弹般一触即爆的两种异火，也逐渐变得安静了些许。

瞧得焚诀斗气效果不弱，萧炎这才松了一口气。看先前两种异火彼此间的那种恐怖排斥性，他实在不敢将它们就这样融合在一起，不过好在这焚诀不愧是连药老都感到震惊的玄奇功法，调和异火的功效的确不凡。

在见到两种异火平静了许多后，萧炎这才极为谨慎地将那隔绝在两种异火之间的斗气膜撤去。

薄薄的斗气膜缓缓消失，一青一白的两色火焰终于毫无间隔地接触在了一起。

接触瞬间，平静得没有半丝异动，然而就在萧炎刚欲松口气时，低沉的爆炸声骤然在气旋中响起，令他心脏狠狠一跳。

心神闪电般地移向气旋之内，其中那犹如大海中火山爆发的狂乱情形，令萧炎浑身毛孔霎时间便紧缩了起来。

“该死的，这异火究竟能不能融合在一起啊？”望着不断爆发出细微爆炸的两色混杂火团，萧炎忍不住地骂了一句。这两种东西相遇，就犹如火药遇见火星般，最直接的后果，便是发生最剧烈的爆炸。好在两种异火中都被萧炎混杂了不少有调和作用的焚诀斗气，否则，那爆炸恐怕将会更加猛烈。

不过看这情况，似乎爆炸也越来越剧烈，说不定再过不久，就会直接将萧炎体内炸得支离破碎了。

感受着气旋中传来的阵阵疼痛，萧炎苦笑着摇了摇头，心神一动，雄浑的斗气自体内各处宛如山洪般暴涌而出，然后全部顺着焚诀功法路线运转，最后源源不断地灌注进入气旋之中，加入那爆裂声音越加响亮的两色火团内。

此举是他唯一能够想到的办法，既然两种异火极其难以融合，那么便使劲地灌入焚诀斗气将他们调和到能够和平共处的地步吧。

这办法虽然只是临时之举，效果却颇为不错，随着焚诀斗气源源不断地灌注，气旋之内的爆炸声也逐渐弱了下来，虽然两种异火依然各不买账，可至少暂时不会爆发出太过凶悍的冲击。

瞧得这办法有些效果，萧炎紧绷的神经这才松了下来。他知道，想要两种异火完美融合绝对不是一件速成之事，现在能够让它们彼此不再爆发冲突，就已经是一个很不错的进步了。

焚诀斗气依然不间断地灌注进入气旋，萧炎也清楚这似乎又是一场持久的战争，因此，他以极快的速度进入修炼状态，然后依靠着从外界吸收的能量，来提供维持异火和平所需要的足够斗气。

若是以之前萧炎吸纳能量的速度，定然满足不了这种需求，不过好在如今他已晋阶斗王，吸纳斗气的速度与以前简直不可同日而语，因此，方才能够应付那般大额度的索取。

这是一场持久的战斗，只要能够坚持下去，必将获得胜利，前提是别出现太大的变故。

修炼状态中，时间概念同样是极其模糊，因此，萧炎并不知道究竟过去了多久。他只能从气旋之中那互相掺杂的两种异火来隐隐感觉到，这次的融合又耗去了不少时间。

不过萧炎的成果也极为丰硕，气旋之中，原本水火不容的一青一白两种火焰，此刻已经犹如两摊不同的软泥般，互相搅和在一起，虽然还没开始融合，可至少出现了融合的迹象。

萧炎身体保持着修炼状态，其心神却再次进入某种休眠状态，由于长时间的运转，体内的斗气也在源源不断地顺着焚诀路线运转，最后惯性般地灌注进入气旋之中，为那异火融合，添加一丝一毫的助力。

漫长的时间悄然流逝，某一时刻，萧炎无知无觉的心神突然一颤，旋即迅速清醒过来，第一时间，心神便出现在了气旋之内，视线一扫，一股狂喜充斥心间。

气旋之内，青白火团已经彻底纠缠在了一起，而在火焰一角处，一簇不知纠缠了多久的青白火焰，突然间散发出了淡淡的毫光。而在那毫光之中，两色火焰缓缓蠕动，最后竟然逐渐地凝合在了一起，到此时，青白颜色彻底消散，取而代之的，是一小簇宛如翡翠般的碧绿火焰。

“开始融合了吗？”

狂喜地望着那缕犹如翡翠般的碧绿火焰，萧炎的心脏在此刻激动得快要跳出来，虽然这只是非常小的一簇火苗，却代表了一个极为良好的开始，并且这也说明他并没有走错方向。

注视着那簇在青白火焰团中分外显眼的碧绿，萧炎脸庞上忍不住浮上些许轻笑，一切都有惊无险地步入正轨，接下来，便安心等待着两种异火的彻底融合吧。

虽然这种融合速度依然极度缓慢，但是，成功的曙光已经悄然露出一角，萧炎终于能够放下心中的那块大石。

或许，当那片青白颜色完全转化成翡翠般的碧绿时，便是焚诀功法进入成熟期之刻，而届时，萧炎的战斗力将会再度飙升！

而且，当两种异火完全融合在一起时，一种全新的火焰，将取代青莲地心火与陨落心炎！

取代了它们的那种火焰，自然也拥有着两种异火的特效，或许，还会更加凶悍！

对于这还未出生的新火，萧炎心中充满了期待。

第十九章
破塔而出

加玛帝国，帝都城西。

一座占地极为庞大的庄园矗立在此处，庄园极为气派，与米特尔家族在加玛帝国中的地位极为相衬。

庄园深处，一处幽静的清澈湖泊旁，一袭淡紫锦袍的女子优雅而立。女子蓝宝石般的眸子，有些失神地注视着湖中粼粼波光。一张典型的瓜子美人脸妩媚动人，被奢侈的锦袍包裹的娇躯也显得凹凸有致，散发着一种成熟蜜桃般的诱惑味道。

“呵呵，在想那个小家伙？”

突然间，有戏谑的苍老声音在背后响起。女子一惊，连忙回头，瞧得那笑眯眯走过来的老者，脸颊顿时浮现一抹绯红，娇嗔道：“海老，您又来打趣雅妃。”

听其自称，赫然便是当初与萧炎关系不浅的雅妃，而视线再转向那位蓝袍老者，正是当年萧炎的战斗伙伴，冰皇海波东！

海波东笑着走近雅妃，用干枯的手掌拍了拍雅妃香肩，旋即负手而立，目光望着湖中心，沉默了一会儿，叹息道：“不知道那小家伙怎么样了，他离开加玛帝国，似乎也快有三年时间了吧。”

雅妃轻轻点头，微笑道：“那家伙看似天真单纯，其实狡诈着呢，海老可不用太过担心。”

“呵呵，我倒不担心，我想那家伙会活得比谁都滋润。”海波东笑了笑，旋即脸色微微一沉，“不过那家伙对家族颇为看重。如今萧家在加玛帝国被云岚宗追杀得犹如丧家之犬，若非我们暗中相助，恐怕萧家在加玛帝国的族人，早就彻底消失了。”

“当初萧厉说要去迦南学院找萧炎，也不知道究竟有没有顺利抵达，以萧炎的性子，若得知家族遭此大变，恐怕会立刻杀回来，而看现在这般平静，难道萧厉没有将消息送到？”海波东喃喃道。

“唉，不回来还好一些，他虽然修炼天赋不错，可想要与云岚宗那等庞然大物抗衡，真的太困难了啊，我倒是希望他能隐忍。他还年轻，报仇有的是时间。”雅妃那对充满妩媚的桃花眸子微微虚眯，轻柔地道。

这些年，雅妃已经逐步地彻底掌控了米特尔家族的实权，除开面前的海波东之外，恐怕族中再无一人的声望能够超越她。而能够以一介女流之辈，混到这般地步，虽说其中有海波东的支持，可其能力也毋庸置疑。这些年由她发展出来的情报渠道，几乎遍布了整个加玛帝国，甚至连云岚宗的一举一动，她都了解得一清二楚。这样的女人，岂是寻常之辈？

“你也知道他还年轻，而冲动就是年轻人的特权啊。”海波东笑了笑，突然道，“我听说你把萧家一些人安排到了帝都？这里距云岚宗那么近，可有些不太妥当啊。”

雅妃如白玉般的纤手随意地摘下一旁树枝上探出来的花朵，微笑道：“其他一些城市，云岚宗都搜查得厉害，而帝都是皇室扎根最稳的地盘，就算是云岚宗，也不敢太过放肆，再加上我们米特尔家族动点手段，云岚宗应该不会知道他们的行迹。”

“随你吧，这些事你比我们这些老家伙擅长。”海波东摇了摇头，目光转向北方天空，那里，高耸入云的山峰若隐若现。他眉头紧皱道：“真不知道云山那老不死的究竟在干什么，就算萧炎和他有些恩怨，可也用不着对萧家下如此狠手吧？他这样，除了彻底激怒萧炎之外，还有何用处？”

雅妃黛眉微蹙，把玩着手中花朵，喃喃道：“经过我的调查，我发现云岚宗似乎在萧家众人身上寻找着什么。”

“寻找什么？萧家难道还能有让他们都动心的东西？”海波东皱眉道。

目光微微闪烁，片刻后，雅妃却微微摇了摇头，轻笑道：“我也不太清楚，或许是错觉吧。”

“唉，如今的云岚宗越来越诡异了，据说云韵已经被暂时撤去了宗主之位，现在的云岚宗又在云山的掌控中了。这个老不死的，似乎和以前有些不太一样了。”海波东叹了一声，沉吟道。

“的确有些变化，现在他们的动静越来越大，连皇室都有些紧张起来，派出了不少探子对云岚宗进行监视，云岚宗现在的处事方式与以前截然不同。”雅妃也点了点头，以前的云岚宗虽然势大，却丝毫不理会寻常俗事，可现在……

“不知道他们究竟是在干什么，嘿嘿，等着吧，看他们还能嚣张多久。那个小家伙，我对他信心足得很，等他再次踏足这个帝国时，怕就是云岚宗天翻地覆之刻了。”海波东抬头望向那高耸入云的山峰，怪笑道，“而且，我有预感，那一天，似乎并不远了。”

赤红的世界，依旧那般死气沉沉，除了岩浆流动时发出的声响之外，这里，犹如死域般安静。

视线透过岩浆，在那无尽深处，一团显眼的白色火焰缓缓飘动着，其中，两具身躯，若隐若现。

两种异火的融合，缓慢而漫长，不过再怎么缓慢，终归都有到达尽头的那一刻，而那时，将会春暖花开，破茧化蝶。

心神昏昏沉沉地飘荡着，某一刻，一道细微的异样声响，突然从那气旋之中悄悄传出，而随着这道异样声音的响起，体内流淌的斗气，却骤然停滞！

神智缓缓恢复，萧炎先是略有些茫然地打量了一下四周，旋即心神一动，那气旋之内的情景，便出现在了其视野之中。

心神刚一进入气旋，柔和的碧绿光芒便射将而来，心神一扫，一股深入骨髓的狂喜，缓缓自萧炎内心深处渗透而出。

气旋之内，原来的那种青白混杂火焰已经完全消失不见，取而代之的，是一种犹如翡翠般的碧绿火焰。这团火焰缓缓地流动着，一眼望去，倒更像是一种碧绿色岩浆，只不过这岩浆看上去犹如琼浆一般，貌似很可口的样子。

“成功了？”

心神怔怔地望着那团碧绿色的火焰，许久，萧炎终于深深地吸了一口气，旋即心神在体内疯狂地发出无声的咆哮，为了这一天，他付出了多少？等待了多久？

在其心中大声咆哮之际，萧炎眼圈也泛上一股红润，湿润缓缓浸润着眼角。当初犹如丧家之犬一般被追杀出加玛帝国，最后长途跋涉来到迦南学院，甚至在听到家族被毁的那一刻，却只能咬着牙将那耻辱吞进肚中，那份隐忍，为的不就是这一天吗？

心中的咆哮在体内缓缓消散，萧炎激荡的心情也随之逐渐平静，心神小心翼翼地控制着这团碧绿火焰，然后将之灌注进入气旋中的纳灵之内。

随着碧绿火焰完全灌进纳灵之中，萧炎方才彻底地松了一口气。这第二种异火，终于被他成功炼化！他心中充斥着一阵难以言明的喜悦。

然而，就在萧炎即将退出修炼状态时，脸色却猛地一变，他清晰地感觉到，刚刚被灌注了碧绿火焰的纳灵，突然狠狠地颤了一颤。

“究竟是怎么回事？难道是异火相融的后遗症？当初老师也的确略微提及过异火融合会出现一些问题，难道……”

心脏犹如被一只无形大手紧紧捏住一般，萧炎可不敢想象，若是在这最后的时刻出现一些变故，会让他陷入何等的疯狂。而就在萧炎心中极度忐忑不安时，纳灵的跳动却突然消失，但是他能够察觉到，一股异样的邪火，突然从纳灵中蔓延而出，转瞬间传遍萧炎身体每一个部位。

这异样的邪火，对萧炎没有什么特殊的伤害，不过，却令萧炎浑身有些发烫，这种状况，跟服用了某种极烈的春药有些类似。

“该死的，原来那小问题是这东西？”

低声骂了一句，萧炎体内斗气狂猛涌动，想要压制住邪火，然而这火却相当顽固，他越是压制，反弹就越是强横，因此，几个回合下来，萧炎的眼睛竟然都被赤红占据了。

在欲望的控制下，萧炎缓缓向紧闭双眸的美杜莎女王走去。似是感应到了危险，美杜莎女王睁开双眼，充斥着森寒杀气的目光，直射萧炎。

“你找死？”美杜莎女王厉喝道。

对于美杜莎女王充满杀意的喝声，已彻底失去理智的萧炎却充耳不闻。

冷冷地望着越来越靠近自己的萧炎，下一刻，杀意终于自美杜莎女王眼中闪过，纤手一挥，先是使用能量在身体表面凝成一套红色裙袍，然后一道七彩匹练自指尖暴射而出，旋即重重地砸在萧炎胸膛上，结果却仅仅让他顿了顿身形。

“该死的。”望着那竟然变弱了许多的攻击，美杜莎女王先是一怔，旋即反应了过来，因为灵魂刚刚融合完毕，她此刻发挥不出以往一半的实力，所以说，现在是她最为虚弱的时刻！

“吼！”

低沉的吼声自萧炎喉咙间爆发而出，赤红的眼瞳泛着欲火盯着美杜莎女王那足以让任何男人疯狂的娇躯，手掌一挥，一圈碧绿火焰便闪掠而出，将美杜莎女王双手牢牢捆住。

此刻的萧炎，没有丝毫怜香惜玉之心，乃至于丝毫不理会美杜莎女王那如玉般的皓腕已被碧绿火焰灼烧出红圈。

站立在美杜莎女王面前，萧炎面色潮红，居高临下地俯视着那始终未给过他好脸色的女王陛下。

“萧炎，你敢对本王做那事，等本王恢复实力，定将你碎尸万段！”

即使是这等时刻，骄傲的美杜莎女王，依然没有丝毫的软弱，她咬着银牙，语气森寒。

对于美杜莎女王的这般威胁，此刻的萧炎未有丝毫理会，喉咙间再度爆发出一阵低沉而疯狂的吼声，旋即，眼中赤红更加狂猛，身躯一跃，手掌狂舞间，撕裂衣服的“刺啦”声，在这岩浆世界中响起。

血色岩浆中一幕好戏悄然上演，可惜，却无人能有此眼福。

这是一片极其茂密的森林，虽然偶尔有阳光透过树叶缝隙倾洒而进，却依然难以驱走森林中的那份阴暗。行走在这种地域，压抑的气氛令人有些难以忍受。

安静的森林中，突然响起一阵急促的脚步声，旋即，一大批影影绰绰的黑影出现在森林一头。这些黑影行走间颇为安静，而且明显是经验丰富的老手，他们目光警觉地扫过周围黑暗角落。在黑角域中，不管你是何等身份，皆时刻要将小心二字存于心中，阴沟里翻船的事，几乎每天都在这里上演，想要活得更久，那么便需要随时都保持谨慎。

“咔！”

行走间，一道人影落地处的干枯树枝突然断裂，清脆的声响回荡在安静的森林中，显得格外刺耳。

行走的人群也因为这声音而陡然停顿，领头的一名黑袍人，目光阴厉地瞪了一眼那位踩断树枝的同伴，手一挥，刚欲指挥队伍继续前行，耳中却悄然传来些许树叶抖动的声音，当下脸色一变，厉喝道：“小心！”

喝声刚刚落下，黑暗的森林中，铺天盖地的箭矢突然暴射而出，将这支队伍的阵形射击得凌乱不堪。而在箭雨过后，周围树林突然一阵抖动，旋即一道道同样身着黑色衣袍的人影闪电般地掠出，他们扬起手中明亮的刀子，没有半句废话，只有那充斥森林的阴冷杀意。

“小心，迎敌！”

瞧得那在进攻时没有带起一丝声响，并且浑身充斥着极浓血腥味的黑影部队，那位领头黑袍人心头顿时一沉。如此训练有素的队伍，一看就是经常混迹刀丛经验丰富的人，而且看这些黑影的闪掠速度，明显实力不低。如此强横的实力，究竟是属于哪方势力的?

这些黑影速度极为迅捷，几个闪掠间，便犹如一把尖刀，径直插进了那些黑袍人的阵形中，刀锋泛着寒芒，每一次划过肉体时带起的低沉闷响，都令那领头人心头越加下沉。

他抽出腰间武器，将无声无息暴射而来的几道黑影震退，不过此举也令他受了伤，满手鲜血。后退时，他目光扫了一眼不过一分钟时间便几乎死伤殆尽的手下部队，眼中顿时闪过一抹骇然，喝道："你们连黑盟的人也敢动，找死不成?"

回答他的，却是几把泛着血迹的钢刀。

身形狼狈地在地上滚了一圈，这位黑袍领头者，脚掌一跺地面，身形便贴着地面对着森林之外暴射而去，那速度极快，以至于连其身后的那些黑影人都追不上。

就在黑袍人即将窜出森林那一刻，一道血腥风声却突然在其耳边响起，旋即后背一沉，一股凶悍劲力直接蛮横地将他的身体狠狠地踩在了地面上。

"噗!"

受此重击，黑袍人忍不住喷出来一口鲜血，艰难地回转头，却见到一个全身皆包裹在宽大黑袍中的人影。

"黑盟不会放过你们的!"黑袍人阴森森地道。

"死在我手上的黑盟人，已经有三位数了。"泛着浓郁血腥气味的声音，缓缓从黑袍中传出，旋即他脚掌轻轻一跺，一股劲气涌出，直接砸在黑袍领头人后背心处，将其一击毙命。

一脚将断气的黑袍人踢开，一名黑影飞快蹿过来，手掌在其身上快速地摸索着，片刻后，从其怀中取出了一封信件，然后恭敬地递给了那位全身泛着浓郁血腥味道的神秘人。

随手撕开信件，黑袍神秘人缓缓翻看，片刻后，阴声冷笑道：“没想到连狂狮帮都加入了黑盟，现在他们的手脚已经扩散到这边了吗？”

“近两年迦南学院的强者不断出动来寻当年参加偷袭学院的那些强者的麻烦，韩枫为了抵抗迦南学院，成立了黑盟，如今黑盟的实力更加强大，就算是迦南学院，也已经奈何不了它。看韩枫最近的举动，想必应该是想要将黑盟扩散到整个黑角域。头儿，我们不断地找他们的麻烦，他们迟早会发现的，看来我们应该再次转换地方了。”一名黑影人闪掠而出，声音略有些嘶哑地道。

“嗯。”满身血腥气息的黑袍人淡淡地嗯了一声，手掌一挥，便转身对着森林之外行去。其后，黑影闪掠，隐约看去，至少有百人之多，这些人安静地跟在黑袍人身后不远处，整齐的脚步声，犹如一人所发。

走出阴暗的森林，淡淡的阳光倾洒而下，黑袍人缓缓抬头，露出一张年轻而充满狠戾的熟悉脸庞，此人，赫然便是萧炎的二哥——萧厉！

此时的萧厉，浑身上下充斥着极其浓郁的血腥味，脸色淡漠，眼瞳中近乎毫无情感。而且，最重要的，是那从其体内蔓延而出的气势，竟然堪比斗王强者。难以想象，这短短两年时间，他竟然能从一名大斗师跃升至斗王层次，只不过，若仔细观察便会发现，萧厉眉宇间，竟然有一丝死气。这丝死气出现在这张年轻的面孔上，着实有些诡异。或许，这应该和他实力迅猛提升有一些关系。

“你们先回去。”

萧厉淡淡地说了一声，跟在后面的百多名黑影人顿时恭敬点头，身形缓缓退进黑暗中，旋即在一阵细微的声音中，完全消失不见。

当所有人都消失后，萧厉脸庞上的淡漠这才缓缓松懈，微微偏头，目光向遥远的北方眺望。那里，是迦南学院内院所在，而萧炎，正是在那里化为烟灰。

想起那个笑容灿烂的兄弟，萧厉胸口便隐隐作痛，在来黑角域时，大哥萧鼎便说过，他能死，可三弟萧炎不能死！因为唯有三弟，方才能够拯救萧家，然而如今……

眼中闪烁着如野兽般的凶芒，片刻后，萧厉嘴角咧起一抹狞笑，森然低声道："小炎子，放心吧，害你的那些家伙，二哥死也不会放过，在我还能残活的这些时间中，我会把他们全部杀光！"

森然笑声缓缓地回荡，而萧厉的身形却悄然消逝，宛如鬼魅。

死寂的岩浆世界，依旧是一片赤红，炽热的温度，令这里成为一片彻底的死域！

"嘭！"

死寂的岩浆世界，突然间岩浆爆裂，一阵白雾升腾间，两道影子自其下暴掠而出！

两道影子，一前一后，看上去似乎是后者在追杀强者，一道道极为凶悍的七彩能量匹练，带着凌厉杀意暴射而出。而对于这些极具伤害力的七彩能量，前面的那道人影明显很是忌惮，因此即使身形狼狈，可依然是险之又险地将之躲避开去。

落空的七彩能量，直接射进岩浆世界，顿时便带起惊天爆炸声，只见漫天岩浆飞射。

"你有完没完啊？我看你是女人才不和你计较，再纠缠的话，休怪我翻脸了啊！"又是险险地避开一道凌厉攻击，那穿着黑袍的青年大怒地喝道。

面对着青年的怒喝，后方的妖媚美人却丝毫不理，冷艳的俏脸布满寒霜，眼中更是充斥着杀意，看那模样，仿佛与前者有着不共戴天之仇一般。

"本王说过，一旦恢复实力，第一个，便要将你碎尸万段！"咬着银牙，妖媚美人寒声道。

"大姐，我也是受害者啊，那种状态，我根本就没有理智的，您就饶了我吧，我们可以当作什么事都没发生啊，我肯定不会对别人说的。"萧炎愁眉苦脸，对着美杜莎女王拱手道。

"做梦！"闻言，美杜莎女王顿时气得不行，掌心一动，澎湃的七彩能量便暴涌而出。

“美杜莎，你不要太过分了，你再来的话，那也休怪我不讲情面了！”萧炎眼睛怒瞪，手掌一晃，碧绿火焰犹如幽幽鬼火般，浮现掌心。而随着这团碧绿火焰的出现，岩浆世界顿时暴动了起来，岩浆翻滚，最后犹如海浪般，竟然在萧炎脚下停了下来，一眼看去，就如同萧炎在踏浪而行一般。只不过这浪，是岩浆火浪而已。

望着暴动的岩浆海洋，美杜莎女王的脸色忍不住变了变。她也清楚，面前这个浑蛋已经收服了陨落心炎，在这种环境与他对战，就算她如今已经恢复巅峰实力，怕也讨不了好。而且她对于面前的萧炎，总是难以真正地下杀手，她清楚，这应该是融合了吞天蟒灵魂而带来的一些弊端。不然的话，以她以往的性子，就算是拼得两败俱伤，也绝对会将敢如此亵渎她的浑蛋碎尸万段。

见美杜莎女王终于安静了许多，萧炎这才松了一口气，抹了把额头上的汗水，心中却是一阵苦笑。这是什么事啊，竟然稀里糊涂地把这美女蛇给……

“我们现在还是不要再继续内战了吧，你也不想一辈子待在这种地方吧？”萧炎冲着美杜莎女王耸了耸肩，指了指上面，“凭你一个人的力量，想要突破封印似乎有些困难，若是我们联手，应该能轻松许多，如何？”

眼芒一阵闪烁，片刻后，美杜莎女王寒着脸点了点头，心中却打定主意，一旦出了这该死的地方，她一定要让这浑蛋为侵犯她而付出代价！

今天是内院颇为热闹的一个日子，按照惯例，内院每月都会组织一次所有学员全部进入天焚炼气塔中修炼的活动。而对于这种活动，内院的学员们无比支持，因为这一天进入塔中修炼，并不需要支付任何火能。今天正好是本月的集体修炼日。

以前萧炎在内院时，倒也听说过这种活动，却很少参与。因为以他那“大财主”的身份，根本无须担心火能的问题，所以自然也不用去和这么多人抢修炼室。

随着这两年内院政策的一些改变，整个内院的人数逐步增加了许多，因此，如今内院的人气，自然是远非以前可以相比。

在清晨钟声响起之后不久，便开始陆陆续续地有队伍向着天焚炼气塔行去，而当耀日挂上天空时，那天焚炼气塔之外宽敞的广场处，早已经是人山人海。

如今天焚炼气塔的周围，已经被改建成了一个巨大的广场，广场中心位置，便是只露出地面一截的天焚炼气塔塔尖。在那塔门口处，还矗立着一座雕像。雕的是个年轻人，一袭黑袍，温和的笑容将那张清秀的脸庞衬托得分外英俊。

内院所有人都见过这座雕像，因此在路过时倒并未有什么惊异的表情。偶尔会有一些学员停下脚步，对着雕像微微弯身。若仔细察看的话，便会发现，这些学员的胸口上，皆佩戴着一枚底色漆黑，上面雕刻着一把尺子图案的徽章。这个徽章，便是磐门的标志。

此刻，在那雕像面前，一位身材高挑的女子亭亭玉立，目光泛着一丝复杂的神情，失神地望着雕像那熟悉的脸庞。女子容貌颇为俏丽，而且最引人注意的还是那一双修长圆润的性感长腿，凡是过往的行人，皆会忍不住地偷偷看她一眼。不过这般偷看却极为隐晦，因为他们也同样极为清楚这个女子的身份——磐门的高层，据说还是磐门创始人萧炎的表姐，萧玉。

磐门如今俨然已经成为内院真正的庞大势力，没有任何势力敢与它挑战，而作为在其中身份不低的萧玉，自然也无人敢惹。一般来说，凡是有觊觎她美貌并且语出不逊之人，第二天便会落个鼻青脸肿的下场。

“你这个傻子，总是爱逞威风，到头来立一座雕像，有意义吗？它能让你振兴萧家吗？”脸颊浮现一抹苦涩笑容，萧玉轻叹着喃喃道。

在萧玉喃喃间，那广场上的人山人海突然骚动了起来，旋即人群犹如潮水般拥进，这些人的胸口上皆佩戴着与萧玉胸前相同的徽章。

而广场上的众人，瞧得挤进来的这一大群人，喧哗声顿时低了下来。特别是当他们的目光在瞧得那领头的是甩着淡紫色马尾辫的小女孩后，赶紧转移视线。那个犹如恶魔一般的小家伙，对内院很多人来说，都是极为可怕的存在。

大摇大摆地带着一大群人挤进广场，小女孩一眼便看见了站在雕像面前的萧玉，小手一挥，身后大部队便紧跟而上。

“玉儿，你又在这里发呆了。”明明是一副小孩子模样，可偏偏要装老成，这副样子，实在是令人忍俊不禁。不过这里除了萧玉失笑地摇了摇头外，其他人皆紧闭着嘴巴，生怕传出一丝笑声，讨来那恐怖的一记小拳头。

“紫妍，你说……他还活着吗？”萧玉抚摸着雕像，突然笑着问道。

闻言，紫妍一怔，犹如宝石般的眸子微微一黯，旋即快速恢复，道：“被异火一口吞噬，活下来的几率很低。”

似是清楚这个答案一般，萧玉脸颊并未有什么变化，纤手划过雕像，却轻轻一笑：“不知道为什么，我最近总是心跳得厉害，似乎有什么大事情要发生了一般。”

“你若是心不跳了，那才发生大事情了。”笑声从人群后传出，一男一女两道身影缓缓走出，冲着萧玉笑道。

“咦？快看，竟然是血剑吴昊和青木女琥嘉啊。”

“这可是强榜前五的顶尖强者，平日里可很难见到啊，没想到今天连他们都出来了。”

两人的出现，顿时令广场上骚动起来，窃窃私语不断地响起。显然，对于能够见到这些内院中的真正风云人物，他们感到很振奋。

“怎么，你们两人假期结束了？”望着两人，萧玉轻笑道。

吴昊与琥嘉笑了笑，两年时间，也令两人成熟了许多。他们瞟了一眼萧玉身旁的雕像，笑容皆略微收敛，叹息道：“还好薰儿走得早，不然的话，她非去拼命不可。”

萧玉默然，她清楚萧炎与薰儿之间的感情，若是薰儿亲眼看着他被异火吞噬，恐怕定然会痛不欲生吧，现在这样，倒还好一些。

“咚！”

就在几人沉默时，清脆的钟声，突然在广场响起，喧哗的广场即刻安静下来。

随着钟声落下，突然有破风声响起，旋即几道身影从天空闪掠而下，最后在广场一处高台上现出了身来。

领先一人，赫然便是白发苍苍的大长老苏千，其后跟着几名同样年龄不小的长老，而最令全场目光关注的，还是苏千背后的三位年轻人。这三人年纪不算大，却皆气势不凡，胸口处佩戴的徽章，显示出了他们的身份，赫然也是长老之位。

要成为内院长老，至少需要斗王实力，由此可知，这三位年轻人，年纪轻轻便已经跻身斗王之阶！

“没想到林修崖、柳擎、林焱这三个家伙还真能留下来，其他一些家伙，大多都离开内院，闯荡大陆去了。”望着台上三张熟悉的面孔，吴昊笑着道。

“林修崖与柳擎是想在内院多修行一段时间，林焱那顽固的家伙，说他答应了萧炎要和他一起走，所以……”琥嘉无奈地摇了摇头，轻叹道。

“的确很顽固。”吴昊苦笑道。

高台上，苏千目光缓缓扫视着那人山人海的广场，片刻后，停留在了天焚炼气塔门口的那座雕像上，精神略有些恍惚，喃喃道：“若那小家伙还活着的话，恐怕连我都很难打败他了吧。”

苏千身后，林修崖三人对视了一眼，皆微微点头，以他们的傲气，在那个名字之下，也唯有心服口服。

“大长老，据消息说那黑盟最近正在大肆邀请别的势力加入，说不定有什么企图啊，不得不防。”一名长老上前一步，突然轻声道。

眉头微微一挑，苏千缓缓地点了点头，冷笑道：“那韩枫的确有些本事，短短两年时间竟然能组建个黑盟来与我迦南学院抗衡。”

几位长老皆微微点头，六品炼药师的号召力的确非同凡响。如今以黑盟的实力，就算是迦南学院也难以将之铲除，他们都知道，黑盟已经成了大长老心中的一根刺。

“算了，这种时候先不要谈那些不开心的事，我们有的是时间，慢慢跟他们耗吧。”摆了摆手，苏千淡淡地道。

“是。”闻言，众位长老皆应道。

“时间快到了，准备开启天焚炼气塔吧。”抬头看了一眼天色，苏千道。

一名长老恭声应是，从高台上飞掠而下，落在天焚炼气塔大门之外，手中快速地打出印结，然后一道斗气喷向大门之上，顿时，那厚重的漆黑大门，便在一阵阵嘎吱声响中，缓缓打开。

“记住，大家按照秩序进入，今日不可发生争夺，否则一周之内，将被禁……”苏千目光扫动，淡淡地说着。然而其话音还未彻底落下，感觉敏锐的他，脸色却突然一变，目光霍然转向天焚炼气塔，他清楚地感觉到，一股恐怖的炽热温度正在急速接近那里，当下急忙厉声喝道：“塔中有变故，立刻关闭塔门，快！”

苏千突如其来的厉喝，直接令满场一片寂静，无数人错愕地望着脸色大变的苏千，皆是一头雾水。

听得苏千大喝，虽然那名长老并不清楚究竟所发何事，不过还是以极快的速度将厚重大门轰然关闭！

就在塔门关闭之后不久，整个天地间，温度突然间升高了许多，轰隆隆犹如岩浆翻腾的巨响，带着地动山摇的气势，迅速地接近着塔尖。

“该死的，是陨落心炎。那东西又要爆发了？所有人立刻离开广场！”

场内温度刚刚升高，苏千脸色便变得极为惊慌，这种状况当年也出现过。

“嘭！”

苏千的喝声刚刚落下，恐怖的巨响，便轰然响彻天地，所有人都能够在此刻看见，那天焚炼气塔狠狠地颤了颤。

“嘭！”

又是一道巨响，那天焚炼气塔塔尖处，开始在苏千惊骇的目光中，出现一道道拇指粗的裂缝。

“嘭！”

巨响再度响彻，裂缝顷刻间便布满了塔尖，这种状况令苏千脸色煞白，难道当年的场景，又要再次出现了？

“轰！”

在最后一道轰然巨响中，坚硬无比的塔尖终于轰然爆裂，赤红色的岩浆柱，犹如火山喷发般，自塔中爆发而出，最后在无数道惊骇的目光中，暴冲天际，然后倾洒而下！

广场上顿时暴乱了起来，然而，就在岩浆距离地面还有几米时，却突然凝固，一道清朗笑声，带着掩饰不住的狂喜，犹如惊雷般响彻天空。

“哈哈，我萧炎终于出来了，哈哈！”

第二十章
试手

赤红色岩浆遍布天空，不过却诡异地未洒落下来，反而凝固在半空中，那模样，就犹如充斥天空的鲜血，极为刺眼。

整个广场，都是死一般的寂静，所有人目瞪口呆地望着天焚炼气塔这突如其来的变化。经过两年时间，进入内院的新生，大多都不知道当年爆发的那场惊天大战，所以，他们还是首次瞧见天焚炼气塔的变故！

看呆了的众人，很快便被那道突然响彻天空的狂笑声惊醒。一时间，尚还未回过神来的许多人都有些茫然地眨了眨眼睛。萧炎？这个名字似乎有点耳熟。

当然，这个名字或许对于寻常学员只是有些耳熟，不过对某些人来说，却刻骨铭心。当下，一道道震惊的目光，带着难以置信的狂喜，转向了天焚炼气塔！

“萧……萧炎？这个家伙还活着？他真的还活着！这个声音错不了！错不了！”

吴昊平日那总是板着的面孔，此刻，却布满狂喜，目光死死地望着那从天焚炼气塔塔尖暴涌而出的赤红岩浆柱，声音因为激动都变得略微有些嘶哑。

一旁，萧玉贝齿紧咬着嘴唇，娇躯轻轻地颤抖着，美眸因为激动甚至都涌上了一阵雾气，他还活着？他真的还活着！

高台之上，不仅是众位长老，就算一向脸色淡漠的大长老苏千，目光也怔怔地望着那直冲天际的岩浆柱，好一刻后，他方才有些失神地喃喃道："刚刚的声音……好像是萧炎？"

"大长老，是萧炎！绝对错不了，我就说那个家伙肯定死不了！哈哈！"林焱脸色因为激动而变得涨红。不知为何，林焱对于那个家伙，始终都抱着常人难以理解的信心，即使他被异火吞噬并且拖进无尽地底，林焱也坚信，那个顽强的家伙肯定会再爬出来！

虽然这种坚信有些迂腐顽固，但他就是相信！并且没有丝毫的理由。

"没死就好，没死就好。"苏千大长老笑了笑，虽然面目看上去有些平静，可语调显示出其心中的震撼与激动。

"这个家伙……果然不可用常理来推断啊。"

林修崖与柳擎对视了一眼，皆笑着轻叹了一口气，还好当初选择留下来，不然的话，恐怕便见不到今日这般震撼的一幕了。

在无数道充斥着各种神色的目光注视下，那从天焚炼气塔塔尖处暴射而出的岩浆柱突然一凝，旋即居然凭空分成两半。一道身影，缓缓地出现在全场所有人视线之中。

来人一袭黑袍，身躯颀长，配合那张挂着温和笑容的清秀脸颊，倒是有着别样的英俊。而当众人在瞧见这从岩浆中毫发无损缓缓行出的青年，略微一怔后，旋即便陡然想起了什么，一道道目光霍然转向了天焚炼气塔门口处的那雕像，于是，一道道吸着冷气的声音，在广场之上此起彼伏地响了起来。他们现在，终于想起萧炎究竟是何人了。

黑袍青年悬空而立，目光缓缓在下方人山人海的广场中扫过，最后终于看见了一些熟悉的面孔，嘴角浮起一抹笑容，双臂张开，朗笑道："呵呵，诸位，萧炎回来了，欢迎吗？"

"小家伙，能够再次相见，真是出人意料啊。"听得青年那朗笑声，苏千脸庞也忍不住浮现出笑容，大笑道。

“许久不见，大长老老当益壮了啊。”萧炎笑了笑，袖袍轻挥，那弥漫天际的赤红岩浆，便诡异地闪掠而回，尽数收缩进岩浆柱中，旋即在一道道震撼目光中，庞大的岩浆柱便顺着天焚炼气塔轰然砸落。那股巨大的声势，令人心神皆颤，而再次看向萧炎的目光中，敬畏更浓郁了许多。

举手投足间，便将如此庞大的岩浆柱遣退，这等真正的强者姿态，令无数内院学员眼中泛着火热。这，正是他们所追求的境界！

萧炎脚尖一点虚空，淡淡银芒浮现，旋即身形一闪，便犹如鬼魅般出现在了高台之上。

瞧得萧炎这般鬼魅速度，高台上众人都微微挑眉，很明显，现在的萧炎似乎比以前强了很多。

“晋阶斗王了？”苏千眼芒微闪，笑着道。他知道，以前的萧炎，真实实力只是斗灵级别而已。虽然萧炎最后能够与韩枫等斗皇阶别的强者战斗，不过以他的眼力，自然明白那力量并非真正属于萧炎。而现在，他能感觉到，这的的确确是萧炎本身的实力。

“应该是吧。”萧炎挠了挠头，也有些不太确定。这一次的突破是他在迷糊中达到的，因此对于自己究竟是何级别，并不是很清楚。

“让林修崖来试试？”苏千笑吟吟地道。他也颇为好奇，两年不见，这个总给人奇迹的小家伙，究竟能强到哪种地步？

“求之不得，当初始终没和他正面交过手。”萧炎轻笑，目光投向苏千背后也跃跃欲试的林修崖。

“没和你交手，一直是遗憾，今天正好补上。”林修崖笑了笑，脚尖一点石台，身形便闪掠而下，落在广场上的一片空地上，目光灼灼地望向萧炎。

许多人都听到了苏千等人的交谈，因此，那广场上众人瞧得林修崖下台，顿时兴奋了起来，呼啦啦地一下子便将此处围得水泄不通。内院之中很多人知道林修崖即为“狼牙”的创始人。虽说如今他已经不再插手狼牙之事，但凭借着他的声望，狼牙依然是内院一流势力，少有人敢招惹。

当然，更多的人，还是抱着想要一览萧炎真正实力的心思，这些年，萧炎几乎已经成为内院的一个传奇。不过虽然很多人口口相传着当年的那场惊天大战，但随着岁月流逝，一些新人听得多了，会有些忍不住地心生怀疑。一个当年和他们年纪差不多的新生，竟然入学短短一年便能够打败斗皇强者？这是否有些过于夸张了？

因此，如今瞧得萧炎再度出现，并且一出面，便要与林修崖这等强者试试手，他们自然极为乐意地想要大开一下眼界。

这些年，林修崖虽然已经成为长老，不过在学员之中依然有很大声望，其强横实力，也令所有刺头学员不敢对其有丝毫冒犯。所以，让他来做萧炎的对手，在这些学员心中，是最合适的人选。

望着广场上那黑压压的人群，萧炎忍不住摇了摇头，在这里似乎动静有些太大了吧？

“小家伙，如今内院可比两年前更加火爆了，刺头学生无数，你也不想以学长的身份，被这些小子猜测吧？”苏千微笑道，他让林修崖在大庭广众下与萧炎切磋一下，何尝不是在帮萧炎重拾声望。如今新生太多，前人终归容易被遗忘。

“两年？没想到这一晃眼，竟然过去了两年时间。”萧炎一怔，忍不住叹息了一声，旋即点了点头，身形一闪，再度出现时，赫然便已挺立在了林修崖面前。

“萧炎，你可是我们磐门的首领，可别丢人哦。现在所有磐门弟兄都在看着你这个失踪两年的老大呢！”萧炎刚刚站稳身子，大笑声便突然从外面响起，他一怔，顺着声音望去，却在场外一处高台，看见一大群黑压压的人影，而这群人的领头几位，不就是吴昊、琥嘉、紫妍还有萧玉吗？

在几人身后，是一大群目光炽热的人，此刻，他们正激动地望着场中那位一袭黑袍的年轻人。他们在加入磐门时，听到不少人一脸骄傲地诉说着当年磐门成立的过程以及它的创始人的事迹。因此，在他们心中，从未见过面的萧炎，有一种极为崇高的地位。

“待会儿再与你们叙旧。”

冲着吴昊等人笑了笑，萧炎缓缓转身，望着对面已经严阵以待的林修崖，对方的眼中充斥着异常强盛的忌惮。而以前，这种眼神，只在他眼中出现过，如今，却是调换了位置。

望着场中对峙的二人，高台上的苏千笑了笑，道：“你们认为林修崖能在萧炎手中坚持几个回合？”

闻言，众人皆是一怔，好片刻后，方才有一名长老低声道：“大长老说的是萧炎在将那些提升实力的东西都用上的前提下？”

“本身实力。”苏千微微摇头，轻声道，“我猜测，不会超过三个回合。”

众位长老再次一怔，半晌，先前那名长老方才干笑道：“林修崖如今可是五星斗王，就算是寻常斗皇强者，想三个回合内将之击败，都有些困难啊。”

苏千却微笑不语，虽然萧炎气息颇有些怪异，以至于连他都难以察觉到其真实实力。不过隐隐中，他却能够模糊感应到，萧炎如今的实力应该很恐怖。

周围人头涌动的空地上，萧炎拳头微微紧握，感受着体内澎湃的力量，轻轻一笑：“开始？”

“嗯！”

重重地一点头，一股斗王阶别强者方才具备的凶悍气势顿时自林修崖体内暴涌而出，两年时间，不仅已经让他真正地进入了斗王之阶，而且还令他在斗王阶别上，行走了颇远距离。以他如今的实力，就算是在内院众长老中，也能够跻身中上游！

“嘭！”

深青色的斗气自林修崖体内盛涌而出，手掌一握，一把完全由风属性能量凝聚而成的长剑浮现，长剑随意一甩，一道风刃便飙射而出，将坚硬的青石地面划出一道痕迹。

瞧得那近乎全副武装的林修崖，萧炎却笑着摇了摇头，脚掌之上，银色光芒若隐若现，细微的雷鸣声悄然响起，而在雷鸣声响起的那一霎，萧炎身形陡然一颤！

就在萧炎身形颤抖的一霎，那一脸凝重的林修崖脸色顿时一变，旋即在周围一道道错愕的目光中，手中长剑狠狠地朝着身后暴刺而去！

蕴含着凶猛劲风的一剑刺在半空中，却空无一物，这般局面，直接让林修崖浑身毛孔都紧缩了起来，他明明感觉到，萧炎的气息刚刚出现在了身后。

“这家伙的速度，怎么变得如此恐怖了？”

林修崖心中念头如闪电般转动着，以前萧炎的速度虽然迅猛，可至少是有迹可循，可如今，却犹如隐形一般，根本难以察觉。

视线四处闪移，林修崖眼瞳突然一缩，能量长剑对着身前，狠刺而出！

对于林修崖突然间四处乱刺的举动，周围的学员皆是一头雾水，萧炎不是站在原地没有动吗？他怎么突然发起疯了？

寻常学员自然看不出其中玄异，而实力强者方才能够隐隐发现，那停留在原地的萧炎身影，似乎略微有些虚幻。一些心思敏锐之辈，顿时心中泛起一抹骇然，这竟然是个残影？

如此悄无声息便遗留残影，这需要何等诡异莫测的身法与速度？

暴刺而出的长剑，在抵达半空某处时，一团碧绿火焰，却极其突兀地浮现。而随着长剑刺进那团火焰，众人便能够清晰地看见，由能量所凝聚的长剑，几乎没有丝毫的挣扎，便被那朵碧绿火焰焚烧成虚无。

长剑化为虚无，一道黑影犹如瞬移一般，在周围一道道震惊目光中，突兀出现。

黑袍青年冲着林修崖微微一笑，泛着碧绿火焰的手掌，猛然暴探而出，直接抓向林修崖的脖子。

“刃网！”

危险关头，林修崖展现出了极其不弱的战斗经验，手印一动，面前能量急速波动，最后凝聚成了一张深青色的能量网。

然而，对于这张布满细小风刃的能量网，萧炎手掌没有丝毫的停滞，就这般直接地探了过去，而在那碧绿火焰之下，尖锐的风刃网顿时犹如脆弱的薄纸般，从中撕裂开来。

而萧炎的手掌则毫无阻碍地穿过刃网，在距离林修崖脖子仅有半寸时，缓缓停止。

满场寂静！

所有人望着那在萧炎布满碧绿火焰的手掌下连动都不敢动一下的林修崖，一股震撼，悄然爬上脸庞。

一招！

一名五星斗王强者，竟然仅仅只在萧炎手中，坚持了极为简单的一招！

这一幕，就算是早就察觉萧炎实力到达一个极强地步的苏千，脸庞上都涌现了一抹惊诧。

在那满场寂静中，萧炎手掌之上的碧绿火焰迅速消失，冲着身体僵硬的林修崖微微一笑，道："林学长，承让了。"

小心翼翼地偏移开脑袋，林修崖苦笑了一声，虽然那碧绿火焰并未沾到自己的皮肤，他却能够感觉到，若是萧炎手掌再靠前一点，恐怕他将会在瞬间被那恐怖火焰焚烧成一团灰烬。

"你这家伙也太变态了，两年不见而已，竟然强到这种地步。"林修崖散去身体上的斗气，叹息道。本来以为自己的修炼速度已颇为不错，没想到竟然在萧炎手中仅仅坚持了一个回合，这倒令他略微有些颓丧。

"我占了异火的便宜而已，林学长可不用这般妄自菲薄。"萧炎笑着拍了拍林修崖的肩膀，旋即转头望着周围那黑压压的人群，笑吟吟地道，"诸位看够了吧？"

听得萧炎这话，周围众人方才讪讪一笑，心中对当年的那场大战，已经再没有了丝毫怀疑，以林修崖实力之强，在其手中都没有多少反抗之力，说其能够击败斗皇强者，倒也并非不可能。

萧炎与林修崖两人再度行上高台，萧炎望着一脸惊诧的苏千，不由笑着道："如何？能看出现在是何级别吗？”

苏千抚着胡须，一脸沉吟之色，好一会儿，方才缓缓道：“我看你先前施展身法时所泄露的气息，想必应该是在斗王巅峰，本来按照这等实力想要在一招内击败林修崖几乎是不可能之事，不过，你手上的那种碧绿火焰，却格外诡异。”

说到最后，苏千脸色略微有些凝重，因为先前在那碧绿火焰出现时，连他都隐隐感觉到一种淡淡的危险。这种危险虽然细若游丝，却格外清晰，这种情况令他很是有些迷惑。他并非没有见过异火，可就算是韩枫那等实力操控异火，都只是令他有些忌惮而已，却从未出现过这种感觉。

萧炎微微点头，这碧绿火焰是融合了青莲地心火与陨落心炎而形成的新型火焰，一种异火便极其强悍，更别说两种融合在一起。当初在地底与美杜莎女王纠缠时，以她的实力都格外忌惮，显然这火焰的强横程度颇为恐怖。

就在萧炎心中刚刚想起美杜莎女王时，一道七彩能量匹练突然自天空暴射而下，最后宛如游蛇般对着萧炎“刺啦”一声掠去，匹练所过处，连空气都发出一阵阵的刺耳声响。

七彩能量刚刚出现，萧炎便有所察觉，当下眉头微微一皱，这个女人竟然还不死心吗？

就在萧炎准备动手防御时，一旁同时发现突如其来攻击的苏千，脸色微微一变，袖袍一挥，雄浑斗气暴涌而出，最后与那道七彩能量狠狠对撞在一起，顿时，嘹亮巨响便在天空响起，犹如惊雷般。

“阁下既然来了，又何必藏头露尾、鬼鬼祟祟？”

苏千抬头望着晴朗天空，冷喝道。先前萧炎出现之时，他便隐隐感觉到有另外一股极为强悍的气息出现，不过以他的实力，竟然都拿捏不准那气息究竟是在何方，直到先前那道七彩能量爆发时，他方才将之锁定。

突然爆发的对碰，令广场上无数学员惊诧地抬起了头，不过空空如也的天空，却没有半个人影。

就在苏千喝声落下后不久，天空上，空间微微蠕动，旋即一道曼妙娇躯凭空浮现。妖媚的狭长眸子淡淡地扫过下方的人海，而凡是被那对充斥着无尽诱惑眼瞳瞟见的人，都忍不住心脏狠狠一跳，甚至连脸庞都浮现出一点红润。

淡漠眸子缓缓扫动，最后停留在了苏千身旁的黑袍青年身上，冰凉杀意掠过，水蛇般的纤细腰肢一扭，身形暴掠而下，仅仅眨眼工夫，便出现在了距离萧炎仅有几米的地方，纤手一旋，庞大的七彩能量涌出，夹杂着排山倒海的劲风，对着萧炎狠狠拍去。

“这是内院，阁下如此作为，是不是有些太嚣张了？”瞧得刚现身的妖媚美人不仅不答话，还再次对萧炎发动攻击，苏千脸色顿时微沉，身形一闪，便出现在了萧炎面前。干枯手掌微微一抖，旋即与那犹如白玉般的纤手，对碰在了一起。

“轰！”

双掌对碰，一阵狂风夹杂着轰然巨响爆发而起，一道道手臂粗壮的裂缝，在周围那些震撼的目光中，犹如蜘蛛网一般，急速延伸而出，遍布整个高台。

狂风将周围人群吹得东倒西歪，苏千身旁，除了萧炎身形未曾挪动之外，其他所有人都或多或少地退了几步。

“嘭！”

双掌一触即分，低沉闷响中，那道曼妙纤细的身影矫健地闪掠回半空，脚掌在虚空连踩十几步方才稳住，而反观苏千，也向后退了几步，而且每一次落脚，都会在坚硬地板上留下半寸深的脚印。

显然，这一次的对碰，两人竟然旗鼓相当！

与那神秘女人正面对轰了一记，苏千脸庞上的凝重更加浓郁，从那短暂交手中，他能够感应出，对方赫然也是一名斗宗强者！

“阁下究竟是何人？还请报上名来！”

天空之上，女子悬空而立，红裙飘飘，包裹出一副充斥着无比诱惑的凹凸曲线。精致脸颊，冷艳动人，却是这股冰冷令广场上不少人暗中心头滚烫，这女子，简直对所有男人都有着不小的杀伤力。

美杜莎女王那堪称完美的容颜，甚至连苏千都微微怔了一怔，更别提那些涉世未深的毛头学员们，一些定力不好之人都不知道暗中吞了多少次口水了。

“我的目的是萧炎，和你无关！”

美杜莎女王冷冷地盯着萧炎，红唇微启，清脆而酥麻的声音，让不少人骨头在此刻变得松软了下来。

听得美杜莎女王这话，满场目光都汇聚在了萧炎身上，诧异目光中也有着些许艳羡。能被这般美人点名寻找，在这些年轻人看来，也是一种不小的荣耀了。

“你认识她？”苏千眉头一皱，对着萧炎低声道。

“有点过节。”萧炎干笑道，有些含糊其辞。

“唉，你这家伙，怎么全招惹这些麻烦的家伙，这女人竟然也是斗宗强者，真要打起来，我都不见得能打退她。”苏千大为头疼地道。没想到这家伙一出来，就给他们带来这等麻烦。斗宗强者，就是放眼整个大陆，那也是极为强悍的存在啊。

萧炎也一声苦笑，抬头对着美杜莎女王无奈地道："你究竟想怎么样啊？你已经自由了，快回你该回的地方去吧。"

闻言，美杜莎女王顿时有种气疯了的感觉，这浑蛋干了那些事，竟然还一脸不耐烦地问自己想怎么样。

“等杀了你，我自然会回去。”

“呵呵，这位朋友，萧炎是我内院之人，若是彼此有过节，我们可以坐下来谈谈，何必一定要动手？”苏千笑呵呵地道。面对着一名斗宗强者，他自然不可能表现得太强硬。

对于苏千的话，美杜莎女王却理也不理，充斥着诱惑的眸子泛着森寒地盯着萧炎，片刻后，方才冷声道："不要以为有个斗宗强者庇护着你，我便杀不了你，我就不信，他能一辈子跟在你身边！"

说完，美杜莎女王身形一闪，便化为一道流光冲着内院之外闪掠而去，眨眼时间，便消失不见。

一脸无奈地望着远去的美杜莎女王，萧炎忍不住敲了敲脑袋，大为头疼。不是说女子一旦失身于谁后，就算不对其百依百顺，也至少会有些复杂情感的吗？为什么这女人对他就只知道杀呢？杀了他难道就能改变她被他占有过的事实吗？

“你这小子，现在可好，被一名斗宗强者盯上，日后怕是有苦头吃了，真是麻烦啊。”苏千叹了一口气，被斗宗强者盯上，可不是什么好玩的事。

萧炎摊了摊手，旋即似是想到了什么，有些尴尬地道：“还有个麻烦事忘记告诉你。”

苏千一怔，旋即皱眉道：“又怎么了？你别说得罪的斗宗强者不止一个啊。”

“这倒不是……”萧炎咧嘴一笑，讪讪地道，“那个……我不小心把陨落心炎给炼化了，也就是说，以后你那天焚炼气塔恐怕没多少提升修炼速度的效果了。”

苏千眼睛眨了眨，片刻后，脑子顿时感到一阵晕眩。

“这个灾星！”